조선의 마음

조선의 마음

지은이 신봉승 · **발행인** 김윤태 · **발행처** 도서출판 선 · **교정 · 교열** 한정아 조광희 · **북디자인** 추정희
초판 1쇄 발행 2005년 3월 25일 · **재판 1쇄 발행** 2006년 7월 10일
주소 서울시 종로구 돈의동 114-1 초동교회 206호 · **전화** 02-762-3335 · **전송** 02-762-3371 · **E-mail** sunytk@hanmail.net
등록번호 제15-201호 · **등록일자** 1995년 3월 27일

값 15,000원
ISBN 89-86509-57-1 03810

조선의 마음

신봉승 지음

산

차 례

문학으로 읽는 조선의 마음

사람에게 마음이 있듯이 나라에도 마음이 있다. 지혜롭고 너그러운 사람이 이웃으로부터 존경을 받듯이 지혜롭고 너그러운 나라가 선진국의 예우를 받는다.

조선왕조는 가난한 나라였어도 지혜로운 나라였다. 역사 앞에서 옷깃을 여밀 줄 아는 외경심이 몸에 배어 있었고, 정의롭지 않은 일을 멀리할 줄 아는 선비들이 사는 나라였다고 나는 늘 말해 왔다.

주변 사람들은 그런 나에게 '몇 년에 무슨 일이 있었다'는 식의 통설적인 내용이 아니라, 정말로 재미있고 유익한 조선의 역사를 한 권의 책으로 엮어 달라는 부탁을 자주 하였다. 학교에 다닐 때, '태, 정, 태, 세, 문, 단, 세…'를 수없이 외워서 역사시험 때마다 고비를 넘기기는 하였으나, 어른이 되고 보니 도무지 아는 게 없다는 푸념을 할 때도 있었다.

'몇 년에 무슨 일이 있었다'가 아닌 정말로 재미있고 유익한 내용이란 어떤 것일까. 그렇지, 사람의 냄새가 물씬 풍기는 이야기면서 그 내용이 오늘을 사는 사람들에게 지식이 되고 길잡이가 된다면 더 바랄 나위가 없지 않겠는가.

조선왕조가 500여 년 동안 단일 왕조를 지탱하기 위해서는 창업, 수성, 창조, 정착, 위기, 구조조정과 같은 어려운 고비를 넘길 때마다 출중한 지도자가 있어야 했고, 또 살신성인의 정신으로 나라에 이바지한 지식인들의 호연지기가 곧 조선의 마음일 것이라는 생각이 들었다.

이때부터 역사 칼럼의 초점을 '조선의 마음'에 맞추면서 한편 한편 써 모았던 것이 어느새 조선왕조 500년을 관통할 만한 분량이 되었다. 여기에 시대의 성격을 살필 수 있는 특별한 사연들을 새로 써서 보충하였더니 56편의 역사 칼럼으로 정리가 되었다.

이 희귀한 역사의 뒷얘기를 태조 이성계의 창업 시기부터 대한제국이 궤멸하는 과정까지 연대기순으로 배열하였더니 정말로 '조선의 마음'을 진솔하게 살필 수 있는 재미있고 유익한 책이 되었다.

그동안 많은 이웃들이 내게 지워 주었던 짐을 벗어던지는 홀가분한 마음으로 광복 60년이 되는 환력의 새해를 맞을 생각이다.

을유년의 새해를 맞으며
艸堂 辛 奉 承 합장

I

창업은 수성을 부르고

나라를 세웠으면 이름을 지어야지

조선왕조

조선왕조는 무척도 가난한 나라였다. 봄에 한발이 일고, 여름에 홍수가 나서 가을걷이가 시원치 않으면 백성들은 영락없이 초근목피草根木皮로 연명해야 하였다. 게다가 하급관리의 탐욕과 착취는 또 얼마나 잔인하였던가. 이같이 살기 어려웠던 조선왕조가 무엇으로 500년이라는 장구한 세월 동안 단일 왕조의 기틀을 유지할 수 있었을까. 두말할 것도 없이 국가 기강이 무너지지 않았기 때문이다. 다시 말하면 도덕국가라는 뜻이다.

도덕국가가 되기 위해서는 조정의 상층부가 건재하여야 한다. 정승과 판서들이 역사에 대한 외경심이 있어야 하고, 목에 칼이 들어와도 바른말(直言)을 할 수 있는 지식인(선비)이 있어야 한다. 직언은 자신의 불이익을 전제로 하지 않고서는 불가능하고, 개인적인 이해나 소속된 집단의 이해에 매달리면 직언은 이루어지지 않는다.

그 직언하는 용기를 편년체의 일기로 집대성한 것이 세계의 기록유산으로 지정된 「조선왕조실록」이다. 세계 어떤 나라도 제 나라 역사를 500년 동안의 일기로 정리하여 적고, 그것을 세세만년 후세에 전한 예는 없다. 무엇이 이런 엄청난 일을 성사되게 하였는가.

조선왕조의 특징을 한마디로 정리한다면 '붓을 든 선비가 칼을 든 무반武班을 다스린 나라'라고 할 수 있다. 그것도 500년이라는 장구한 세월 동안 선비가 군인을 다스렸다는 사실은 세계 어디에서도 찾아볼 수 없는 불가사의한 역사가 아닐 수 없다.

조선왕조의 창업은 1388년(고려 우왕 14) 5월, 요동정벌에 나섰던 이성계가 위화도에서 회군을 단행한 것이 단초가 된다. 고려시대 말기가 그러하듯이, 권력을 가진 자의 부정부패가 난무하고 백성들의 삶이 안온하지 못하면 항간에는 유언비어가 무성하게 떠돌게 된다.

이성계가 위화도에서 회군하고 있다는 소문이 퍼지면서 개경開京(개성)거리에는 '목자득국木子得國'이라는 풍설이 난무하였다. 목木자와 자子자를 합치면 이李가 된다. 그러니까 이씨 성을 가진 사람이 나라를 얻어 임금이 된다는 뜻이다.

쿠데타의 시나리오가 그러한 것처럼, 개성으로 돌아온 이성계는 이미 권력형 부정부패의 원흉으로 지목되어 있는 염흥방廉興邦, 임견미林堅味 등을 잡아서 극형에 처하고 그들의 재산을 몰수하는 것으로 민심을 등에 업으면서 쿠데타의 계획을 구체화한다. 그리고 자신을 지지하지 않는 반대 세력인 이른바 수구파 정적政敵의 제거에 나선다.

:: 개성 선죽교
고려말 정몽주鄭夢周가 피살된 곳으로 알려진 개성의 돌다리. 앞에 보이는 비각에는 정몽주의 사적을 새긴 비석이 있다

　기울어 가는 고려왕조의 마지막 버팀목이나 다름이 없던 당대의 명
장이자 수구세력의 두령 격인 최영崔瑩(1316~1388)과 높은 학덕으로 그
명성을 일세에 떨친 석학 우현보禹玄寶 등을 제거하더니, 끝내는 정몽주
鄭夢周(1337~1392)마저 선죽교에서 주살하는 것으로 쿠데타의 장애요소를
모두 제거하는 데 성공한다.

　이젠 누구도 이성계의 명을 거역할 수 없을 것이라고 판단되었을 때,
쿠데타의 실세들에게 등을 떼밀리는 수순을 밟으면서 이성계는 문하시
중門下侍中(지금의 국무총리)의 자리에 오른다.

:: 태조 어진

우리가 경험한 현대사가 그러했듯이, 쿠데타의 실세가 실권을 장악하면 임금은 허수아비가 되게 마련이다. 이성계를 임금으로 옹립하려는 세력들에 의해 우왕禑王은 강화도에 부처되었다가 강원도 강릉으로 옮겨져 비극적인 종말을 맞았고, 그 뒤를 이어 타의에 의해 왕위에 올랐던 창왕昌王 또한 강화도에 추방되면서 서인庶人으로 강등되는 수모를 겪었다. 창왕의 뒤를 이은 공양왕恭讓王은 목숨을 보전하기 위해 신하인 이성계와 동맹을 맺기까지 하였다.

동맹 문서에 이성계는 공양왕과의 의리를 지킨다고 확약하고 있지만, 쿠데타의 실세들에게 그런 약조 문서 따위가 통할 리 없었다. 그들은 약조 문서의 먹물도 채 마르기 전에 공양왕을 강원도 땅 원주에 부처하였다. 장장 34대, 475년 동안이나 왕권을 이어 온 고려왕조高麗王朝는 이렇게 종말을 고하고 만다.

역성혁명易姓革命의 실세들은 이성계에게 왕위에 오를 것을 눈물로 강청한다. 이성계는 "학덕을 갖추지 못한 자질로 어찌 왕위에 오를 수 있겠는가"라고 되풀이 강조하며 극구 사양하다가, 마침내 1392년 7월 17일 또다시 실세들에게 등을 떼밀리어 용상에 오른다는 구색을 갖추면서 수창궁壽昌宮 화평전和平殿에서 임금의 자리에 올라 새 나라의 창업을 선언하였다.

나라의 이름(國號)은 어찌해야 하나. 왕王씨가 아닌 이씨가 임금이 되었는데 여전히 '고려'라고 할 수는 없을 터이다. 그로부터 넉 달 뒤인 11월 27일 비로소 새 나라의 국호를 거론하게 된다. 여러 의논들로 분분하다가 마침내 '조선'과 '화령和寧'의 두 가지로 압축되었다.

'조선'이야 예부터 동이東夷의 나라로 불려 왔으니 당연히 거론되어

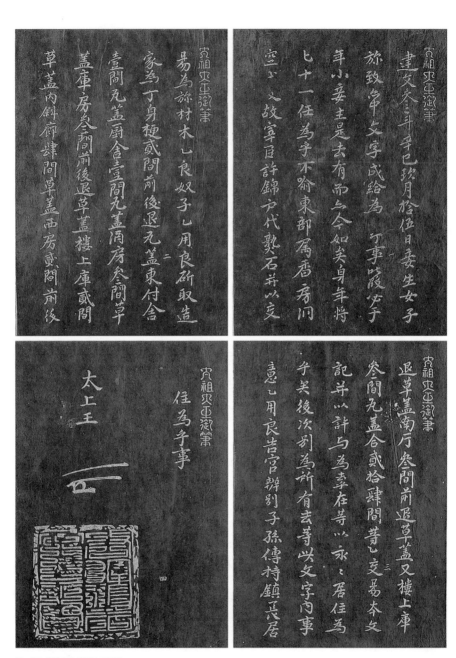

:: 태조대왕어필 太祖大王御筆

마땅하지만, '화령'이라는 지명이 국호로 등장한 것은 대단히 흥미로운 일이다. 화령은 영흥부永興府이니 지금의 함흥이다. 영흥부는 태조 이성계가 태어난 곳, 그러니까 이성계가 태어난 곳을 국호로 정하자는 아첨배들의 의향이 반영되었다는 뜻이다.

이에 태조 이성계(1335~1408)는 '조선'과 '화령' 중에서 국호를 정하기로 하고 명나라 황제에게 재가를 청하는 사신을 보냈다. 칠삭둥이 한명회의 할아버지인 한상질이 사신의 우두머리였다.

명나라 황제의 조칙은 이러하였다.

동이東夷의 국호에 다만 '조선'의 칭호가 아름답고, 또 그것이 전래된 지 오래되었으니 그 명칭을 근본하여 본받을 것이며, 하늘을 본받아 백성을 다스려서 후사後嗣를 영구히 번성케 하라.

이런 절차를 받으면서 조선이라는 국호가 정해지긴 했는데, 나라의 이름을 정하는 중대사에까지 명나라 황제의 재가를 받아야 했다면 자존심 상하는 일이 아닐 수 없다. 그 까닭을 해명하기는 어렵지 않다. 중국인들의 자만심이나 다름이 없는 중화사상中華思想 때문이다. '중화'는 가운데 핀 꽃이라는 뜻이다. '가운데 핀 꽃'은 주변 국가를 무시하기를 다반사로 하면서 변방邊邦으로 취급한다.

새로 탄생한 조선이라는 왕조는 519년 동안 27명의 군왕이 다스리게 되지만, '가운데 꽃'이라고 자부하는 중화사상에 치여서 언제나 전전긍긍해야 하는 설움을 겪을 수밖에 없었다.

천도가 급하다
계룡산에서 한양으로

이성계가 조선왕조를 창업하였어도 개경거리는 썰렁하기만 하였다. 고려왕조를 섬겨 온 유민들이 도무지 새 왕조에 협조할 생각을 하지 않았기 때문이다. 최영이 죽었을 때는 무려 15일 동안이나 저잣거리의 문이 열리지 않았고, 새 정부의 모든 정책을 곱게 받아들이기는 고사하고 사사건건 불만의 꼬투리를 잡았다. 고려왕조를 잊지 못하는 보수 세력과 새로운 조선왕조를 따르려는 진보 세력으로 갈라지는 갈등이 시작된 셈이다.

고려의 유민들이 뿜어내는 따갑고 원한에 찬 눈초리를 견딜 수 없었던 이성계는 천도遷都를 결심하게 된다. 새로운 수도를 만들어서 자신을 따르는 백성들과 살고 싶은 마음을 어찌 그르다고만 하랴. 새 나라의 수도를 새로운 곳으로 정하려는 당위성을 나무랄 수 없으며, 나라를 세운 장본인인 이성계와 그를 따르는 세력들이 옮겨 가겠다고 하면 누구도 반대할 수 없는 노릇이다.

새 서울의 후보지로는 단연 한양이 거론될 수밖에 없었다. 한양은 이미 고려왕조의 문종 22년(1068)에 이궁離宮을 지어 남경南京이라 했고, 숙종 9년(1104)에는 남경의 도심지역에 새 궁궐을 짓기까지 했었다. 충렬왕 2년(1278)에는 한양부漢陽府로 승격되었고, 공민왕 6년(1357)에 옛 궁을 수리하여 천도하려 한 일도 있었으며, 우왕 8년(1382)에는 잠시나마 천도한 일까지 있었다. 이는 모두가 '도참설(풍수지리설)'에 한양이 명당으로 기록되어 있었기 때문이다. 그러나 이때에 이르러 충청도 계룡산이 길지라는 새로운 견해가 강력하게 대두되면서 새 도읍지로 유력시되었다.

태조 이성계는 양주 땅 회암사에 머물고 있던 왕사王師 무학대사無學大師와 신료들을 거느리고 몸소 계룡산으로 행차하여 그곳 신도안新都內을 세세히 답사하고 새 도읍지로 확정하였다.

태조 이성계는 새 도읍지의 축성을 구상하면서 계룡산 신도안에 머물게 된다. 그리고 기와를 굽는 사람, 철물을 만드는 대장장이, 목재를 다듬을 목수 등의 공장工匠들을 대거 불러들여 공사를 가속화해 나갔다. 중국으로 떠났던 한상질이 '조선'이라는 국호를 확정 지어 온 것도 이때였다.

'호사다마'라는 말이 있다. 나라의 이름이 정해지고 새 수도의 건설이 착착 진행

∷ 무학대사 초상

되던 무렵, 경기좌우도의 도관찰사인 하륜河崙이 계룡산 정도가 잘못되었음을 강력히 제기하였다 연유는 계룡산이 국토의 남쪽에 치우쳐 있으며, '물이 장생長生을 피하여 곧 쇠퇴' 할 땅이라는 것이었다.

당대의 석학이면서 도참설에 능했던 하륜의 진언이기도 하였지만, 그가 왕조 창업의 실세인 이방원의 계열임을 감안한다면 무게가 실린 주청이고도 남는다. 태조 이성계는 고심 끝에 이를 받아들인다. 결국 계룡산 신도안은 조선왕조의 수도로 정해진 지 불과 10여개월 만에, 그것도 토목공사가 한창 진행되던 중에 취소되었다.

계룡산 신도안 다음으로 거론된 새 도읍지는 단연 지금의 서울인 한양이었다. 한양에서도 '무악' 과 '북악' 을 두고 극심한 논란이 있었다. 더 구체적으로는 지금의 경복궁 터냐, 아니면 서강西江에 새로운 궁궐 터를 잡느냐 하는 의견의 대립이었다.

태조 이성계는 고심에 고심을 거듭한 끝에, 왕사인 무학대사와 대소 신료들 간의 이견을 조정하여 지금의 터전인 인왕산을 진산으로 삼으면서 도성의 축조와 궁궐의 역사를 시작하게 하였다.

태조 3년(1394) 10월 28일.

조선왕조는 새 도읍지인 한양으로 천도하고 다음해 6월 6일 한양부를 한성부漢城府로 고쳤으니, 이 한성부가 이후 500년 동안 도성의 공식 명칭으로 사용된다.

새 도읍이 정해지면 임금이 거처하는 대궐보다 종묘宗廟와 사직단社稷壇을 먼저 지어야 한다. 종묘는 역대 왕실의 임금과 왕비의 위패를 모시는 곳이라 나라에서 가장 성스러운 곳이며, 사직단은 사단社壇과 직단稷壇으로 나누어져 나라의 국토신國土神은 사단에 모시고, 농사의 오곡신

五穀神은 직단에 모시는 것이 법으로 정해진 것이나 다름없었다.

또한 종묘와 사직단의 위치는 예부터 정해진 법도에 따라야 했다. 그 위치를 정하는 법도가 좌묘우사左廟右社이다. 다시 말하면 주궁의 왼쪽에 종묘를 두어야 하고, 오른쪽에 사직단을 두어야 한다는 뜻이다.

자, 지금 조선왕조의 주궁인 경복궁 광화문 앞에 우리가 광화문을 등지고 서 있다고 치자. 왼쪽(지금의 종로구 훈정동)에 종묘가 있고, 오른쪽에 사직단(지금의 사직공원)이 있지 않은가. 바로 이런 것이 예부터 정해진 법도인 '좌묘우사'를 따르고 있음이다.

종묘에 위패가 모셔지면 제사를 지내야 한다. 이 제사가 왕실은 물론 국가에서도 가장 장엄하고 성스러운 제사이다. 비록 지금은 조선왕조가 사라지고 없지만, 아직도 종묘대제宗廟大祭가 숙연하게 봉행되고 있다. 종묘대제에 사용되는 음악은 우리 고유의 선율이다. 그 문화적인 가치로 유네스코에서 정한 세계의 문화유산으로 지정되었다. 그것은 우리의 삶의 모습이 세계가 간직해야 할 문화유산이라는 자부심을 갖게 한다.

왕실이든 가정이든 조상을 섬기는 숭조사상崇祖思想은 도덕의 근간이며, 큰아들에게 상속을 하는 것은 농경국가農耕國家가 갖추어야 하는 규범이다. 종묘와 사직단이 완성되었다면 왕실의 위엄을 세워야 한다. 흔히 구중궁궐九重宮闕이라고 불리며 백성들은 감히 상상도 할 수 없는 어마어마한 대궐을 지어 놓고 수백 명의 내시와 상궁들을 거느리는 초호화판의 별천지는 나라와 왕실의 상징이기도 하다.

그 비용은 얼마가 들어가도 상관하지 않는다. 예로부터 임금은 무치無恥라고 하지 않았던가. 무치란 창피함이 없다는 뜻이다.

이미 술에 취하여 덕에 배부르고

경복궁

아름다운 문장을 만나면 가슴이 두근거린다. 장강과도 같이 도도하게 흐르는 문장을 읽으면 그 문장 속으로 뛰어들고 싶어진다. 조선왕조 창업 시기의 대석학이었던 삼봉 정도전(1337~1398)이 경복궁을 창건했을 때 그 여러 전각의 이름을 지어 올린 문장을 읽으면, 공부하여 무엇에 쓸 것인가에 대한 답이 절로 나온다.

「조선왕조실록」에 그 전문이 실려 있다.

신이 살펴보건대, 궁궐이라는 것은 임금이 정사를 하는 곳이요, 사방에서 우러러보는 곳입니다. 신민臣民들이 다 조성造成한 바이므로 그 제도를 장엄하게 하여 존엄성을 보이게 하고, 그 명칭을 아름답게 하여 보고 감동하

:: 「백악춘효도 白岳春曉圖」 안중식(1915)

게 하여야 합니다. 한漢나라와 당唐나
라 이래로 궁전의 이름은 그대로 하
기도 하고 혹은 개혁하기도 하였으
나, 그 존엄성을 보이고 감상을 일으
키게 한 뜻에는 변함이 없습니다. 전
하께서 즉위하신 지 3년 만에 도읍을
한양으로 정하여 먼저 종묘를 세우
고, 다음에 궁궐을 경영하시며, (중략)
신 정도전에게 분부하시기를 "궁궐의
이름을 지어서 나라와 더불어 한없이
아름답게 하라" 하셨으므로, 신이 분
부 받자와 삼가 손을 모으고 머리를
조아려 「시경詩經」 주아周雅에 있는
"이미 술에 취하여 덕에 배가 불러서
군자의 만년을 빛내는 복을 빈다"라
는 시를 외우며 새 궁궐의 이름을 경
복궁景福宮이라 짓기를 청하오니, 전
하와 자손께서 만년 태평의 업을 누
리시옵고 사방의 신민으로 하여금 길
이 보고 느끼게 하옵니다.

이렇게 시작되는 도도한 문장은
경복궁 안에 즐비한 모든 전각의

文憲公三峯鄭道傳像

∷ 삼봉 정도전 영정 三峯鄭道傳影幀

이름을 짓게 된 까닭을 하나하나 적어가는데, 정도전의 깊은 학문에서 우러나는 문장이기에 숨 쉴 겨를 없이 읽어 가게 된다.

경복궁의 정문이 광화문이다. 광화문 앞 양 옆 거리에는 조선왕조의 주요관청이 들어서 있었기에 지금의 세종로 거리를 당시는 육조관아六曹官衙라고 불렀다.

육조관아를 지나서 광화문에 들어서면 또 하나의 문인 홍례문弘禮門이 아름다운 자태를 드러낸다. 그 홍례문을 다시 지나면 개천이 흐른다. 세상의 찌든 때(俗塵)를 씻어 내고 들어오라는 뜻이다. 그 개천 위로 정교하게 다듬어진 돌다리 영제교永濟橋가 놓여지고, 천록·산예라고 불리는 돌짐승이 냇물을 내려다보고 앉은 정겨운 광경과 만나게 된다. 냇물을 타고 들어올지도 모르는 상서롭지 못한 기운을 물리치는 장치라니 신비스럽기까지 하다.

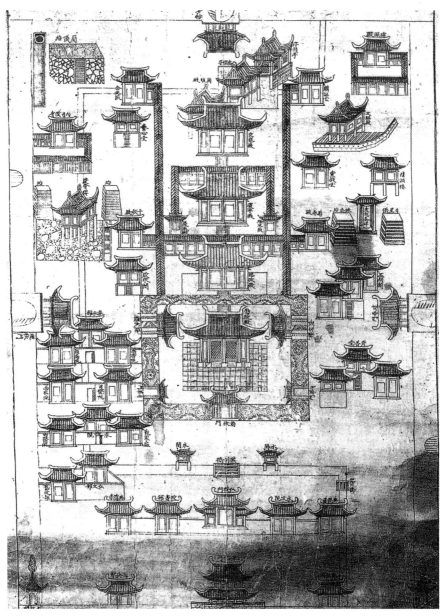

:: 경복궁도 景福宮圖

영제교를 건너면 근정문이 우뚝하다. 근정문을 들어서면 품석品石이 정연하게 서 있는 마당이 있다. 나라의 큰일이 있을 때 대소신료들이 도열하는 공간이다. 아, 거기 안쪽 월대 위에 조선왕조의 정전인 근정전勤政殿이 위풍당당하게 서 있다. 정치를 근면하게 하고서야 백성들이 편할 수 있다는 '근정' 이라는 낱말이 천 근의 무게로 다가선다.

근정전의 뒤를 돌아 사정문을 나서면 역대의 임금이 정무를 살피던 사정전思政殿이 천추전과 만춘전을 양 옆에 거느리고 서 있다. 사정전의 '사정' 또한 모든 정사는 생각하고 또 생각한 다음에 확정하라는 준엄한 가르침이다.

두 전각이 모두 임금이 정무를 살피고 신하들과 만나는 곳이지만, 특히 천추전千秋殿은 세종대왕이 집현전 학사들과 만나서 한글(正音)에 관해 토론하고, 과학자들과 만나서 일식日蝕과 월식月蝕을 계산하게 하여 세계 최초로 일식과 월식을 예고豫告하게 한 유서 깊은 전각이 아닐 수 없다.

다시 사정전 뒤에 있는 향오문을 나서면 '제왕들이 세세만년 황극의 복을 누리라' 는 뜻의 연침인 강녕전康寧殿이 소침전인 경성전과 연생전을 거느리고 서 있으며, 그 뒤쪽에 또 하나의 침전인 교태전이 우뚝하다. 교태전에서 경회루 쪽으로 함원전含元殿과 조선 과학의 정수라고 일컬어지는, 이른바 천지 자연의 이치를 시간과 연계하여 방 안 가득히 설치하였던 흠경각欽敬閣이 있다.

흠경각의 내부는 하루가 저무는 과정을 옥 인형과 나무 인형의 움직임으로 표시하게 되어 있었다. 세종시대의 이 크고 정교한 시계에 관해서는 「조선왕조실록」에 세세하게 적혀 있다.

삼봉 정도전은 위와 같은 순서에 따라 전각의 이름을 짓게 된 연유를 아름답고 도도한 문장으로 적어나갔다.

아, 얼마나 아름다운가. 우리가 아주 자연스럽게 입에 담는 경복궁의 뜻이 '이미 술에 취하여 덕에 배가 불러서 군자의 만년을 빛내는 복을 빈다.'라니…. 기회가 닿으면 모두 한 번씩 읽어 보기를 권한다.

경복궁은 임진왜란 때 잿더미가 되었다가 1865년 흥선대원군에 의해 중건되었다. 외척에 의해 상처받은 왕권을 회복하기 위한 흥선대원군의 몸부림으로, 원납전의 비난을 감수하는 어려움을 겪고서야 중건에 성공하지만, 불행하게도 일제에 의해 다시 훼손되었다.

일제는 경복궁 한가운데에 조선총독부 청사를 지었다. 이웃나라의

:: 수난의 현장 – 근정전이 지켜보는 가운데 조선총독부 청사 건립공사가 진행되고 있다. 이 터는 광화문과 근정문 사이에 있던 흥례문과 그 좌우 행각 유화문 용성문 영제교 등을 철거한 자리이다.

역사를 말살하고 비하하려는 그 발상은 참으로 간악하고 천박하다. 프랑스를 점령한 독일군이 마르세이유 궁에 돌로 된 점령군 사령부를 지었다면 유럽 사람들이 용납했을 리가 없다.

일제의 침탈에서 벗어난 지 실로 반세기가 지나고서야 그 크고 흉측했던 조선 총독부 청사를 무너뜨리고 경복궁의 복원공사가 시작되었다. 우리의 산야에서 자란 목재가 다듬어지고 석재가 가꾸어지면서 서서히 옛 모습을 갖추어가더니 2003년에 이르러 준공이 되었다. 아직 완전하게 복원된 것은 아니지만 그래도 우리는 경복궁이 지녔던 본래의 모습에 조금은 더 가까이 다가갈 수 있게 되었다.

삼봉 정도전의 장강과도 같은 도도한 대문장에도 살아 있는 숨결이 다시 담기게 된 셈이다.

위패에 적힌 이름이 '묘호'

주祖와 종宗

임금의 이름에는 대개 세 가지가 있다. 누구에게나 어렸을 때 불렸던 아명이 있는 것처럼 임금에게도 초휘初諱가 있다. 조선왕조를 창업한 이성계의 경우는 초휘가 성계成桂이고, 호가 송헌松軒이다. 그러므로 이성계가 임금이 되기 전에는 모두 초휘나 호를 불렀을 것이지만, 임금의 자리에 오른 다음에도 초휘나 호를 부른다면 불경의 죄를 범하게 된다. 그러므로 아무리 어렸을 때의 이름이라도 함부로 부를 수가 없다.

살아 있는 임금이 '전하'나 '상감마마'로 통칭되는 것은 그래서 당연하다. 그렇게 불릴 수 있는 사람은 그야말로 임금 한 사람뿐이기 때문이다. 그렇다면 태조太祖니 고종高宗이니 하는 호칭은 무엇일까. 이에 대해 정확히 아는 사람은 뜻밖으로 많지 않다.

　태조, 세조 혹은 성종, 고종과 같은 임금의 호칭을 묘호廟號라고 한다.
묘호는 글자 그대로 임금이 세상을 떠나면 그 위패에 적는 이름이다.
또 위패를 종묘宗廟에 모시자면 이미 모셔진 다른 분의 묘호와 중복이
되어서는 안 되기에 새로 지어서 올리게 된다.

　그러므로 태조, 세조, 성종, 고종과 같은 묘호는 모두 임금이 세상을
떠난 다음에 지어 올리게 된다. 연극이나 드라마에서 살아 있는 임금을
세조니 고종이니 하고 부르는 것은 편의상 그런 것일 뿐, 어찌 죽은 다
음에 지어 올리는 묘호를 살아 있는 임금에게 적용할 수 있단 말인가.

:: 종묘정전 – 장엄하고 엄숙하면서도 절제된 곡선미를 보여 준다

　또 한 가지, 시호諡號라는 호칭도 있다. 시호는 꼭 임금에게만 주어지
는 호칭은 아니다. 나라에 크게 공헌한 분들에게도 시호가 내려진다.
이순신 장군을 충무공忠武公이라 부르기도 하고, 이율곡 선생을 문성공
文成公이라 부르기도 하는데 '충무' 와 '문성' 이 바로 그 분들에게 내려
진 시호이다.

　군왕이나 중전, 대비에게는 생전에도 시호가 올려지는 경우가 있다.
나라에 큰 경사가 있으면 신하들이 아름답고 뜻이 깊은 글자를 골라서
시호로 올린다. 또 중국에서도 조선의 임금에게 시호를 지어 보내는 경

우가 있었다. 그러므로 임금의 시호는 한 가지만 있는 것이 아니라 여러 가지가 있다.

예컨대, 우리가 잘 아는 세종대왕의 '시호'는 英文叡式仁聖孝明大王이다. 영문, 예식, 인성, 효명과 같은 것이 따로 올려진 시호이고, 여기에 명나라 황제가 '장헌莊憲'이라는 시호를 지어서 보냈으므로, 그분의 실록을 「세종장헌대왕실록世宗莊憲大王實錄」이라고 한다. 그러니까 때로는 '묘호'와 '시호'를 합쳐서 쓰는 경우가 있음을 알 수 있다.

조선왕조가 창업되었을 때 가장 먼저 서둘러야 할 일이 종묘를 짓는 일이었다. 창업주 이성계의 선조들의 위패를 봉안하고서야 왕실의 위엄이 설 것이기 때문이다. 그리하여 태조 원년(1392) 11월 6일에 이성계의 4대 선조의 존호尊號를 책봉해 올리게 되었다.

그러자니 '묘호'를 짓는 규범이 있어야 했으므로 이론이 분분해질 수밖에 없었다. 또 이성계 이후의 임금들에게도 묘호를 지어 올리는 규정을 만들어 두어야만 후일의 혼란도 피할 수가 있었다.

이날의 「조선왕조실록」황조실皇祖室의 책호문에 적힌 내용은 이러하다.

공功이 있는 이는 조祖로 하고, 덕德이 있는 이는 종宗으로 하니, 효도는 어버이를 높이는 것보다 큰 것이 없으며, 시호로써 이름을 바꾸게 하니 예의는 마땅히 왕으로 추존함을 먼저 해야 될 것입니다.

이 규정이 모든 임금의 '묘호'를 짓는 규범이 될 수밖에 없다. 그 실례를 한 가지 들자면 임진왜란으로 큰 고초를 겪었던 선조宣祖의 경우가 재미있다. 그의 첫 '묘호'는 선종宣宗이었다가 세월이 많이 흐른 다음에야 신조로 개칭되었다. 그러므로 지금 우리가 읽고 있는 그의 실록은 「선종실록宣宗實錄」으로 되어 있다.

그렇게 된 원인은 소상히 밝혀져 있지를 않으나, 구태여 추리를 해보자면 임진왜란의 초기 패전과 고초 때문에 그의 공을 인정하지 않다가 후일에 이르러 승전의 공을 인정한 것이 된다.

우리가 역사 드라마를 시청할 때나 역사 소설을 읽으면서 "조종의 영혼들께서 진노하실 것이오!"라는 대사를 접하게 된다면, '조'와 '종'의 영혼들이 진노했으니까 세상을 떠난 모든 임금들이 노할 것이라는 뜻이므로 뭔가가 잘못되어도 크게 잘못되었다는 의미임을 알게 된다.

실록 대하 드라마 「조선왕조 500년」을 집필하는 동안 각계각층으로부터 여러 종류의 많은 질문을 받았지만, 아무리 설명을 해 주어도 잘 알아듣지 못하는 대목이 바로 이 것이었다.

"선생님, 조가 높습니까, 종이 높습니까?"

정말 어이없는 질문이 아닐 수 없지만, 이 질문의 참뜻을 이해하기 위해서는 약간의 부연설명이 필요하다.

공교롭게도 왕조 초기 임금의 묘호에 태조나 세조와 같이 '조'가 붙어 있는 데다가 그들이 모두 쿠데타와 같은 정변으로 왕권을 탈취했던 임금이었으므로 '조'의 개념에 투쟁적인 의미를 부여하는 경우가 많다.

중·고등학교 교감선생님들에게 역사교육에 대한 교양강좌를 하면서 '조'와 '종'을 구별할 수 있느냐고 질문을 해 본 일이 있다. 아니나 다를까 '조는 쿠데타와 같은 불법으로 정권을 탈취한 임금에게 붙여지는 것이며, '종'은 그렇지 않은 임금에게 붙여진다.'는 대답이 나왔다. 교사로 출발하여 교감의 지위에 오르기 위해서는 20여 년에 가까운 교직의 경력이 필요할 것이다.

그 긴 세월 동안 수많은 제자들에게 국사를 가르친 교감선생님들의 사정이 이와 같다면 일반 지식인들의 잘못된 지식을 탓해서 무엇 하겠는가. 그래서 퓰리처상을 수상한 미국의 역사 소설가 거스리 주니어 Guthrie Jr.의 다음과 같은 명언을 가슴 깊이 새겨 둘 필요가 있다.

역사란 충분히 가르쳐지지 않고 있으며, 역사란 충분히 일반인들에게 알려지지 않고 있다!

잘못된 후계자 지명
왕자의 난

쿠데타의 두령은 후계자 선정에 실패하는 경우가 많다. 권력을 장악하고 나면 자만심에 빠지게 되면서 자신과 대결할 만한 능력이 있다고 판단되는 후계자는 견제하거나 제거해야 한다는 강박관념에 빠지기 때문이다. 또 후계자를 미리 정하면 권력의 누수현상이 있을까 두려워서 2인자와 3인자의 경쟁을 유도하여 자연도태를 시도하는 것이 쿠데타의 생리이기도 하다.

쿠데타의 두령이었던 박정희 대통령의 불행은 후계자를 일찍 지목하지 않고 스스로 후계자임을 자칭하는 사람들로 하여금 끊임없이 경쟁하게 하였다가 낭패를 자초한 경우에 해당된다.

조선왕조를 창업한 태조 이성계도 잘못된 후계자 지명으로 참담하고 불행한 통한의 여생을 자초하게 된다. 이성계가 위화도에서 회군하여 개경으로 입성할 무렵부터 새 왕조를 창업하고 왕위에 오르는 과정에서 가장 공헌이 컸던 사람은 단연 다섯째 아들 이방원(1367~1422)이었다. 그러나 이성계가 후계자를 정하는 과정에서 이방원을 제외하는 실책을 자초한 데는 그럴만한 까닭이 있었다.

고려시대의 유명인사에게는 대개 아내가 두 사람 있었다. 시골에 사는 본처를 향처鄕妻라 했고, 개경에 사는 둘째 아내를 경처京妻라고 불렀다. 이성계는 본처이자 향처인 한韓씨와의 슬하에 다섯 아들과 세 딸을 두고, 후실이자 경처인 강康씨의 소생으로는 아들 둘이 있었다.

경기도 포천에 머물고 있던 이성계의 향처 한씨는 불행하게도 조선왕조가 창업되기 1년 전에 세상을 떠남으로써 후일 신의왕후神懿王后로 추존이 되지만, 경처 강씨는 당당히 중전의 자리에 오른다. 사정이 이러하고 보니 이성계는 살아 있는 중전의 애원을 뿌리치기 어렵게 되었다. 이런 까닭으로 강씨의 둘째 아들인 방석芳碩을 세자로 지명하였을 것이 분명하다.

개국 1등공신이나 다름이 없는 이방원이 연부역강한 26세요, 세자로 책봉된 방석이 겨우 12세라면 그 책봉이 자연스럽다거나 온당했던 것으로 보기는 어렵다. 이방원이 분노하는 것은 당연하다. 또 한씨 소생의 아들들이 이방원의 편이 되는 것도 인지상정일 수밖에 없다.

"용서할 수가 없다!"

이방원의 분노가 '1차 왕자의 난'으로 이어지는 단초가 된다. 당시 이성계의 일급 참모는 천하의 대석학 정도전鄭道傳. 조선 초기의 가장 현명한 석학이자 경세가인 정도전이 무슨 연유로 이 잘못된 후계자 선정에 앞장을 섰는지, 혹은 찬성했는지에 대해 내 짧은 소견으로서는 도저히 이해할 수 없다 정도전이 이방원의 성품을 모를 까닭이 없다. 알고서도 악수를 두었다면 권력에 눈이 어두웠거나, 나라의 미래를 생각하지 못한 아주 경솔한 판단을 했다고밖에 볼 수가 없다. 결국 정도전은 이방원의 칼날에 목숨을 잃는다.

그렇다면 정도전은 왜 이 같은 비극을 자초했을까. 후일 신덕왕후神德王后로 봉해질 중전 강씨의 애절하고 간곡한 소청을 저버리지 못했을 수도 있고, 이성계가 방석을 지극히 귀애하는 마음을 읽고 있었을 수도 있다. 그러나 어느 쪽이든 정도전과 같은 당대의 석학이 나라의 미래를 걱정하는 마음보다 사욕을 앞세웠다면 그의 학문이나 경륜까지도 매도될 위험이 있다.

이방원은 절치부심하며 신덕왕후가 세상을 떠나기를 기다렸다가 방석을 옹립하는 데 앞장섰던 정도전, 박은 등을 일거에 제거하는 '1차 왕자의 난'을 일으키면서 둘째 형인 방과(定宗)를 왕위에 밀어 올린다.

쿠데타의 주체 세력에 등을 떼밀려 최고의 권좌에 오르면 모든 화근이 자신에게로 밀려 올 것이라는 두려움에 떨게 된다. 국가보위비상대책위원회(약칭 국보위) 위원장이라는 막강한 권한을 휘두르던 전두환 장군이 건재하였을 때 최규하 대통령이 견디기 어려웠던 이치와 조금도 다름이 없다.

이방원은 '2차 왕자의 난'을 일으키며 바로 위 형님인 방간의 목숨을 앗아내고서야 수하들의 등에 떼밀리는 수순을 밟으면서 임금의 자리에 오른다. 조선왕조의 세 번째 임금인 태종의 탄생은 이 같은 우여곡절을 겪었다.

임금의 자리를 미련 없이 내동댕이치고 양주 회암사에 은거하고 있던 태조 이성계는 형제 간의 살육이라는 전대미문의 참극을 지켜보면서 인생의 무상함을 느낀다. 그는 이방원을 경원하였다. 이복 동생과 동복 형을 죽인 금수보다 못한 이방원이 미웠다. 그렇게 미운 자식이 임금의 자리에 있는 도성 땅에서 살고 싶지가 않았다.

"함흥으로 갈 것이다!"

함흥은 이성계가 태어나서 잔뼈가 굵은 고향이다.

태종 이방원은 함흥으로 떠나간 아버지 이성계를 그냥 내버려 둘 수가 없었다. 아무리 임금이라는 권좌에 있다 해도 자식 된 도리를 다해야 백성들의 귀감이 될 수 있지 않겠는가.

이방원은 함흥에 있는 아버지 이성계에게 도성으로 돌아오기를 청하는 사신을 보낸다. 그러나 이성계는 아들이 보낸 사신들을 하나하나 제거할 정도로 노여움을 삭이지 못한다. 이렇게 함흥으로 보낸 사신들에게서 아무 소식이 없다 하여 생긴 말이 지금도 쓰이는 '함흥차사咸興差使'이다.

치미는 울화를 견디지 못한 이성계는 아들 이방원을 죽이기 위해 도성으로 돌아온다. 그는 마중을 나온 아들이자 임금인 이방원을 향해 활을 쏘았지만 뜻을 이루지 못했고, 자신에게 술잔을 올리기 위해 가까이 다가오면 철퇴를 휘둘러서 죽일 생각이었지만 현명한 신하들의 진언에 따라 이방원은 내시로 하여금 대신 잔을 올리게 하였다.

이성계는 감추고 있던 철퇴를 술상 위에 내동댕이치면서 회한의 한마디를 토해 냈다는 기록도 있다.

"천명이 네게 있음이니라!"

나라를 세운 태조 이성계의 말년은 통한의 세월이었다. 후계자를 잘못 지명한 자업자득임이 분명하다. 역사가 지나간 시대의 일만 적는 것이 아니라 미래로 이어지는 맥락이라는 사실을 실감하게 한다.

:: 함흥본궁 咸興本宮 − 함남 함흥시 사포구역 소나무동에 위치한 용의 눈물의 현장. 조선의 태조 이성계가 왕이 된 다음 1392~1398년 사이 조상들이 살던 집터에 새로 지은 집으로 이후 권좌를 물려주고 말년의 외로움과 울분을 달래던 곳이다. 이성계는 이곳에서 아들인 태종 방원이 보낸 사신들을 죽이거나 가두곤 했는데 함흥차사란 말이 바로 여기에서 연유한 것이다.

모든 악명은 내가 짊어지고

태종의 유신

나라의 미래를 내다보는 정치를 하고 국운의 융성을 위하여 자신을 희생할 줄 아는 통치자가 있다면 상찬해서 마땅하지만, 그것을 빙자하여 독선과 독단으로 수많은 사람들의 목숨을 앗아갔다면 옳은 정치를 하였다고 할 수 없다.

"백 가지 선정善政이 한 가지 악정惡政을 상쇄하지 못한다."

이 명언은 떠나간 통치자들에게는 치적을 평가하는 척도가 되지만, 살아 있는 오늘의 정치 지도자들에게는 귀감으로 삼아야 할 경구가 된다. 그런 점에서 태종 이방원의 호방한 성품과 미래를 내다보는 통치철학은 오늘을 살아가는 우리에게도 큰 교훈이 된다.

태종 이방원은 군사 쿠데타의 주역이면서도 후계자 양성에 성공함으로써 국운의 융성에 크게 이바지하는 강력한 왕도정치를 펼쳐 나갔다. 이른바 문민독재文民獨裁의 시작이었다. 쿠데타로 인한 계층 간의 괴리와 민초들의 아픈 상처를 씻어 내면서 국론을 하나로 모아 새로운 태평성대를 열어 가겠다는 그의 오랜 염원을 불태우기 시작한다.

쿠데타의 상처가 아물고 명실상부한 문민정부가 수립되자면 줄잡아 30여 년의 세월이 필요한 것은 예나 지금이나 다를 바가 없다. 이성계가 쿠데타에 성공하여 임금의 자리에 오르면서 집권의 길을 트고, 정종·태종을 거쳐 명실상부한 문민정부라고 할 수 있는 세종이 보위를 이어받을 때까지 28년의 세월이 필요했듯이, 박정희 장군이 주도한 5.16군사 쿠데타에서 제5, 제6공화국을 거쳐 김영삼 대통령의 문민정부가 들어서기까지 30여 년의 세월이 필요했던 것은 우연의 일치가 아니라 역사의 사이클이 그러하다는 사실에 유념할 필요가 있다.

태종이 왕위에 있었던 18년은 새로운 태평성대를 열기 위한 힘의 정치를 밀어붙인 유신의 기간이었다. 공교롭게도 쿠데타에서 유신으로 이어지는 박정희 대통령의 18년과도 맥을 같이한다.

태종 이방원은 세자이자 큰아들인 양녕대군이 새로운 태평성대를 이끌어 갈 왕재가 아님을 간파하고 도성 밖으로 내쳤고, 장자상속長子相續이 아니라는 비난과 고뇌를 감내하면서까지 셋째인 충녕대군(후일의 세종)을 새 세자로 삼은 것도 태종의 염원이 담긴 결단이 아닐 수 없다.

태종은 다음 대(세종시대)의 태평성대를 열어 가기 위한 일이라면 물불을 가리지 않았다. 자신의 처남이자 세종의 외숙들인 민무질, 민무구, 민무휼 등 4형제를 원지에 부처하였다가 사약을 내려서 죽였다.

태종비 원경왕후元敬王后가 격노한 것은 당연하다. 이성계의 위화도

회군에서 태종이 임금의 자리에 오르기까지 원경왕후의 친가인 민씨 일족의 공헌은 지대하였다는 말이 모자랄 정도였다. 제1차 왕자의 난 때는 창칼에 이르기까지 모든 군장을 그들이 마련하였다.

원경왕후의 미친 듯한 절규와 항변은 "당신 혼자서 임금이 되었는가. 그 모든 것이 내 아우들의 공헌이 아니었나!"와 직결된다. 그러나 태종은 물러서기는커녕 원경왕후의 폐비廢妃를 입에 담을 정도로 강경하게 맞서나갔다.

"외척外戚이 성하면 나라가 망한다."

얼마나 분명한 명답인가. 태종의 통치철학은 비인간적이라고 말할 수 있을 만큼 냉엄하였다. 그는 다음 시대에 장애가 되고 방해가 될 수 있는 인물이라면 가차 없이 처단하였다. 자신의 그림자와 같았던 총신 이숙번까지 귀양형에 처한 것이 이를 입증한다.

태종 이방원(재위 1400~1418)은 찬란한 세종시대를 확실하게 열어 가기 위해 환갑도 되기 전인 52세의 젊은 나이에 왕위에서 물러나는 용단을 내렸고, 4년 동안 상왕으로 군림하면서 지성으로 세종을 돌보았다. 자신의 사후까지를 염려하는 단호한 결기가 아닐 수 없다.

태종은 왕위에서 물러나면서 만기는 세종이 친재하되 국방에 관한 일만은 자신이 처단할 것이라고 선언하였다. 요즘도 가끔 거론되는 이원정부二元政府의 시작이었다.

이원정부에서는 왕명이 두 곳에서 나오게 마련이다. 그러므로 신하들은 명령이 나오는 두 곳의 눈치를 살필 수밖에 없다. 국정이 혼란해질 수도 있고, 국론이 분열될 위험도 있다.

명나라에 사신으로 가 있던 청송부원군 심온沈溫이 이를 지적하자,

격노한 태종은 자신의 사돈이며 세종의 장인인 심온이 귀국하는 것을 기다렸다가 자진自盡을 명한다. 세종이 애원한 것은 말할 것도 없고, 며느리 세종비가 머리를 풀고 맨발로 달려와 아비를 살려 줄 것을 눈물로 호소하여도 받아들이질 않았다.

눈치 빠른 신하들은 세종비가 죄인의 딸이라 하여 폐비할 것을 청하였으나 태종은 단호하게 거절하였다.

"비록 평범한 가정에서 태어난 부녀자도 일단 출가를 하면 연좌하지 않는 법인데, 이미 왕비가 된 심씨에게 어찌 죄를 줄 수 있는가."

태평성대를 열어 이끌어 가야 할 세종시대에 방해가 될 만한 인물,

어질고 착하기만 한 세종을 흔들어서 난정을 시도할 위험이 있는 인물이라고 판단되면 척분도 친분도 가리지 않고 가차 없이 처단해야 하였다. 그리하여 세종의 손에는 피를 묻히지 않겠다는 태종의 노심초사는 처절하기까지 하였다.

태종 이방원은 아들 세종을 불러 자신의 통치철학을 입에 담는다.

천하의 모든 악명惡名은 내가 짊어지고 갈 것이니, 주상은 오직 성군聖君의 이름을 만세에 남기도록 하라!

위대한 세종시대는 태종 이방원의 호방했던 통치철학이 만들어 낸 걸작품이 분명하지만, 오늘을 사는 어느 누구도 태종을 위대한 군왕이라고 평가하지 않는다.

'백 가지 선정이 한 가지 악정을 상쇄하지 못한다'는 판국에 몇 가지 잘한 것으로 지나간 역사를 평가하려는 우를 범해선 안 된다는 사실을 명료하게 보여주고 있음이 아닌가.

병권만은 내줄 수 없다
대마두 정벌

　동해에 떠 있는 외로운 섬 독도獨島는 누가 뭐라고 해도 우리 땅이지
만, 일본 사람들은 그 섬을 다케시마(竹島)라고 부르면서 제 나라 영토라
고 생떼를 쓴다. 한·일 관계가 꼬일 적이면 외로운 독도가 거론되면서
우리를 화나게 할 때마다 생각나는 게 있다.

　한국과 일본 사이에 가로놓여 있는 대한해협을 현해탄이라고 하지만
그 폭이 넓지 않아서 양국의 정치인들은 곧잘 일의대수一衣帶水라는 말
로 두 나라가 가까운 사이임을 강조하곤 한다. 그 현해탄 한가운데에
대마도라는 두 개의 섬이 있다. 대마도와 한국과의 관계는 멀리 삼국시
대로까지 거슬러 올라간다. 해적 떼나 다름이 없던 왜구倭寇의 본거지
였기 때문이다.

대마도는 땅이 척박하여 생산물이 귀하였다. 그래서 대마도 주민들은 한반도의 서해안을 노략질해야만 목숨을 부지할 수 있었고, 때로는 내륙 깊숙이까지 들어와서 분탕질을 일삼았다. 인명의 손상은 말할 것도 없었고 심하면 한 마을이 쑥밭이 되는 경우도 허다하였다. 따라서 신라시대는 물론이요, 고려시대의 위정자들은 언제나 왜구 퇴치에 골머리를 앓을 수밖에 없었다.

조선왕조를 창업한 태조 이성계는 고려시대 말기에 왜구를 소탕하던 명장이었다. 왜구들은 이성계란 이름만 들어도 싸우기는 고사하고 도망가기에 바빴다. 그런 이성계가 임금의 자리에 올랐으니 왜구의 소굴인 대마도를 그냥 둘 까닭이 없다.

1396년(태조 5) 12월 3일.

태조 이성계는 대마도 정벌을 명하였다. 이 일을 「조선왕조실록」은 병자동정丙子東征이라 적었으나 이성계는 끝내 뜻을 이루지 못하였다. 태조 이성계의 내심을 누구보다도 잘 알고 있었던 태종 이방원은 재위 18년 만에 왕위를 세종에게 물려주고 자신은 상왕上王이 되었다. 그러면서도 병권兵權만은 손아귀에 쥐고 있었다. 언뜻 국방의 중요성만은 자신이 관장해야겠다는 뜻으로 보이겠지만, 실제로는 대마도 정벌이라는 부왕(이성계)의 유지를 받들기 위해서였다.

1419년(세종 1년) 5월 14일.

태종 이방원은 드디어 대마도 정벌을 명한다. 원정군의 총사령관 격인 삼군도체찰사에는 명장 이종무李從茂(1360~1425)로 삼았다. 원정군의 규모만도 당시로는 어마어마하였다. 크고 작은 병선이 227척, 병력은 1만 7 285명이었다. 면밀하게 수립한 작전계획에 따라 선단과 병력은 거

:: 이종무 묘 李從茂墓 – 용인시 수지면 고기리

제도의 견내량見乃梁에 집결하였다.

6월 17일, 병사들을 태운 선단은 대마도를 향해 출진하였으나 폭풍우를 만나 거제도로 다시 돌아오고야 만다. 사령관 이종무는 날이 개기를 하늘에 빌고 또 빌었으나 비바람은 멈추지 않았다.

마침내 이틀 후인 6월 19일. 폭풍우는 씻은 듯 갰다. 사시巳時(오전 10시쯤)에 이르러 이종무는 선단과 병사들을 정비하고 다시 거제도를 떠났다. 이때의 대마도 정벌을 을해동정乙亥東征이라고도 하고, 을해동왜역乙亥東倭役이라고도 한다.

이종무는 정탐 상륙을 위해 우선 10척의 배를 대마도 연안으로 접근시켰다. 그런데 뜻밖의 사태가 일어났다. 대마도의 도민들이 조선선단을 보자 손을 흔들면서 달려 나왔다. 그들은 섬을 나갔던 왜구들이 돌아오는 것으로 착각을 했던 것이다.

"아이들과 부녀자는 살상하지 말라!"

절제사 박실朴實이 소리치자 대마도 도민들은 그제야 혼비백산하여 도주하기에 바빴다. 이렇게 대마도는 쉽게 조선의 원정군에게 점령되었다. 뒤늦게야 이 같은 소식에 접한 대마도 도주 도도웅와都都熊瓦는 반격을 명했으나 이미 때가 늦었다.

조선 원정군은 이때 왜구의 배 129척 중에서 쓸 만한 것 20여 척만 남기고 모두 불태웠고, 그들의 가옥 1939동을 불태웠으며, 목을 친 왜구의 수 114명, 생포 21명의 전과를 올렸다. 그러나 도주 도도웅와는 패잔병들을 거느리고 게릴라전으로 대응해 왔다. 비록 산발적인 전투였으나 박실의 장졸 180여 명이 전사하는 엄청난 피해도 있었다.

그리고 7월 1일. 대마도 도주 도도웅와는 이종무 앞에 꿇어 엎드려 항복을 하였다. 이로써 대마도는 조선의 원정군에 의해 완전하게 소탕, 정벌된다. 도주의 항복을 받은 이종무 장군은 병사와 선단을 이끌고 거제도로 개선하니 그날이 7월 3일이었다.

군사를 동원하여 대마도를 점령하고, 도주의 항복을 받았다면 그 섬에 점령군을 주둔시키는 것이 전쟁의 생리인데, 이종무 장군은 왜 한사람의 병사도 남기지 않고 모두 철군, 개선하였을까?

역사를 읽으면서 가정을 두고 생각하는 것은 금물이지만, 그때 대마도를 소탕하고 병력을 주둔시켰다면 대마도는 지금 우리 땅이 되었을 것이 분명하다. 그런데 왜 병력을 주둔시키지 않았을까? 대답은 아주 간단하다. 대마도가 본시 우리 땅이기에 병력을 주둔시킬 필요가 없었음을 기록이 입증하고 있다.

태종 이방원은 왜구의 소굴인 대마도를 정벌하고 난 다음, 병조판서 조말생趙末生을 불러 대마도가 조선의 땅임을 분명히 하는 서찰을 대마도 도주에게 전하게 하였다.

대마도는 경상도의 계림鷄林에 속해 있으니, 본디 우리나라 땅이라는 것이 문적에 실려 있음을 상고해 볼 수 있다. 다만 그 땅이 심히 작고 또 바다 가운데에 있어서 왕래함이 막혀 백성들이 쓰지 않게 되었을 뿐이다. (중략) 내가 대통을 이은 이래로 부왕의 뜻을 이어 저들을 측은한 마음으로 사랑할 것이니라. 이제 대마도란 섬에도 역시 하늘에서 내린 윤리와 도덕의 성품이 있을 것이니 어찌 시세를 알고 의리에 통하여 깨닫는 사람이 없겠는가. 대마도 수호 도도웅와는 그 자신自新할 길을 열어 멸망의 화를 면하게 하고 나의 생민生民을 사랑하는 뜻에 맞도록 하라.

아, 그랬던가. 태종 이방원은 대마도가 경상도 계림에 속해 있음을 여러 문적을 통해 상고할 수 있기에 거기에 사는 백성들도 조선의 백성으로 사랑할 것이라고 유시한 대목에 유념하면 된다.

일본인들이 독도가 일본 땅이라고 생떼를 쓸때 마다 600여 년 전에 기록된 「태종실록」을 읽어 주면서 대마도가 우리 땅임을 깨우쳐 주고 싶은 마음 간절해지는 것도 역사를 읽는 즐거움이 아닐까 싶다.

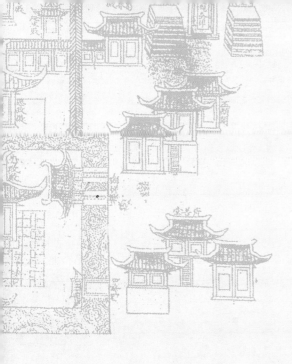

Ⅱ

문민정치와 창조의 시대

조선조 여인들의 아름다운 이름

잘못 배운 여사

우리 역사를 입에 담으면서 제멋대로 단정하다가 그것이 잘못된 채 굳어진 경우가 참으로 많다. 선무당이 사람 잡는 격이나 다름없는 그 많은 잘못 중에서도 조선시대에 살았던 여성들에게는 이름이 없었다고 주장하는 것은 도를 넘치는 무지가 분명하다.

특히 외국에서 유학하고 돌아온 유명 여성이나 여권 신장을 주장하는 여성 지도자의 강연을 듣고 있노라면 자신의 무지를 태연하게 드러내는 광경을 종종 보게 된다. 가령 조선조의 여성들에게 이름이 없는 것은 남존여비 사상에 젖어 있었기 때문에 딸아이가 태어나면 이름을 지어 주지 않은 것이라고 목청을 돋우는데, 도대체 누가 이런 잘못된 지식을 그 분들에게 전해 주었는지, 또 무슨 책에 그런 것이 적혀 있었는지 정말

한심해진다.

아무리 누워서 침을 뱉는 식자우환이라 해도 그렇지, 다른 모든 나라에서는 부모들이 딸자식에게 이름을 지어 주는데 동방의 예의지국이라는 조선에서만 딸아이기에 이름을 지어 주지 않았다니, 그런 터무니없는 무지를 대중 앞에서 태연히 공개한대서야 말이 되는가.

무심히 산허리를 돌아가다 보니 이름 없는 묘지에 등 굽은 들꽃이 피었기에 '할미꽃'이라는 이름을 지어 주고, 줄기가 뾰족하고 길다 하여 '쥐꼬리풀'이라고 이름 지었으며, 심지어 바다에서 서식하는 미물에까지 '불가사리'니 '말미잘'이니 하는 그럴듯한 이름을 지어 주었는데, 행여 귀한 딸자식에게 이름을 지어 주지 않은 것이 남존여비 사상 때문이라고 생각한다면 아예 공부를 하지 않은 분이라고 격을 낮추어 평가해도 무방하지 않을까 싶다.

더구나 족보를 살펴보고 딸의 이름을 적어야 할 자리에 사위의 이름이 대신 적혀 있었다 하여 그것이 여성들에게 이름이 없었기 때문이라든가, 남존여비 사상에서 비롯된 것이라고 우겨댄다면 그야말로 제 나라의 역사와 관행, 풍속을 모르는 무지의 소행임을 스스로 밝히고 다니는 것과 조금도 다름이 없다.

선현의 삶을 살펴볼 수 있는 가장 확실한 전적인 「조선왕조실록」에는 수많은 여성들의 이름이 소개되어 있다. 물론 사대부가의 여성들이 아닌 일반 상민 출신의 여성들 이름이 대부분이다. 모두가 순수한 우리말로 된 이름을 사용했으나, 그것이 「조선왕조실록」에 등재되는 과정에서 음가音價가 한문으로 고쳐져 적혔음도 확연하게 알 수 있다.

그 실례로 '구슬'이라는 이름은 '仇瑟伊'(세종 5년 7월 4일자)로 적었고,

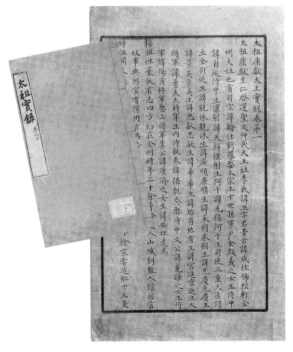

∴∴ 「조선왕조실록」 국보 151호

'방울'이라는 이름은 '方兀'(세종 23년 9월 17일자)로 적었으며, '보배'는
'寶背'(세종 18년 7월 6일자), 혹은 '寶排'(태종 10년 5월 1일자)로 적었는데,
'보배'의 경우 '貟'와 '背'를 혼용한 것은 음가를 옮겨 적는 사람(史官)
들의 취향으로 보아도 무방하다.

'장미薔薇'(세종 2년 8월 14일자)라는 이름도 많이 나온다. 이 이름에는 착
각의 여지가 많다. 장미꽃은 Rose와 연관되기 때문이다. 그래서 장미
꽃을 연상할 때 그것이 서양의 꽃이라는 선입견으로 '장미'라는 말도
일본을 통하여 전래된 것으로 착각하기 쉽다. 그러나 일본에서는 Rose

를 장미라 하지 않고 'ばら'라는 제 나라 말을 쓴다. 물론 「장미배양법(薔薇培養法)」이라는 책이 명치明治 8년에 간행된 바 있으나 이 경우는 개량 장미를 의미한다.

그러므로 조선조 여인들의 이름으로 많이 쓰인 '장미'는 Rose가 아닌 들장미에서 따온 것이다. 들장미의 원산지가 히말라야 산맥의 북쪽인 중국 땅이라는 사실도 알아두어 손해될 일은 아니다.

'국화'(태조 7년 10월 28일자)나 '매화'(태종 3년 3월 4일자)라는 이름도 장미의 경우와 크게 다를 바가 없다. 이와 같은 확증이 있음에도 장미라는 꽃 이름이 일본을 통하여 전래되었다고 짐작하여 단정하는 것은 얼마나 무지하고 우스꽝스러운 일인가.

구슬, 방울, 보배, 장미, 매화, 국화 등으로 불린 조선조 서민 여성들의 이름은 순결하고 아름답기만 하다. 물론 반가의 여성들에게도 이름이 있었다. 섹스 스캔들로 일세에 이름을 떨친 왕가의 여성이 어을우동於乙宇同이었고, 연산군의 총비가 장녹수張綠水이며, 숙종이 그토록 사랑했던 장희빈의 이름이 장옥정張玉貞이다. 광해군이 총애한 상궁의 이름이 김개시金介屎인데, 여기서 개시는 '개똥이'라고 읽어야 한다. 이 무수한 「조선왕조실록」의 기록을 보고서도 조선의 여인들에게 이름이 없다고 말할 수 있을까.

뿐만이 아니라 동양 삼국에서 으뜸가는 여류 시인으로 문명을 떨쳤던 난설헌蘭雪軒의 이름이 초희楚姬이고, 또 성삼문成三問의 어머니는 미치未齒, 아내는 차산次山, 딸은 효옥孝玉이다. 같은 시대의 인물인 김문기金文起의 아내는 봉비奉非, 딸은 종산終山이었으니 이렇게 적어 가자면 책을 한 권 엮어도 끝을 낼 수가 없다.

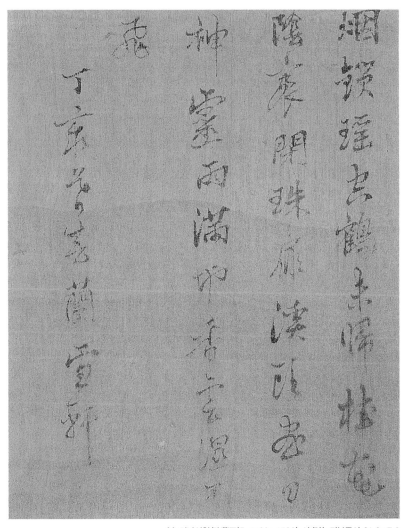

:: 허난설헌(許蘭雪軒, 1563~1589) 시〈詩〉 견본묵서 21.6×7.0

다만 조선조 여성들은 어려서 아기씨, 아씨 등으로 불리다가 출가를 하게 되면 마님, 노마님, 대부인 등과 같은 생활화된 존칭이 다양했음으로 이름이 불려질 일이 별로 없었다. 그런 까닭으로 사회적으로 떠들석한 화제를 뿌린 여성이 아니고는 그 이름이 전해지지 않는 것이 당연하다.

이런 경우도 있다. 귀하게 얻은 자식에게 천한 이름을 지어서 부르면 병치레를 면할 수 있다는 속설에 따라 지은 개똥이(介叱同 : 세조 14년 9월 6일자), 쇠똥이(牛叱同 : 같은 조), 말똥이(馬叱同 : 광해조), 가시레(加屎同 : 광해 5년 6월조) 등의 이름도 있어서 그 시대의 사람의 정취를 흠씬 느끼게 한다.

족보에 딸 이름을 적지 않고 사위 이름을 대신 올린 것은 그의 아버지를 명시하여 연혼連婚을 과장하기 위해서였다. 요즘도 재벌은 재벌끼리, 혹은 정계의 유력인사와 사돈을 맺는 것을 자랑으로 삼는다. 마찬가지로 옛날에도 우리 집안은 아무 가문과 혼인하였음을 널리 알려서 위세를 세우겠다는 뜻으로 딸 대신 사위 이름을 적었다. 조선시대에 역적으로 몰리면 삼족三族(본댁, 사돈, 외가)을 멸하는 악례가 있었으니 모두가 사위 이름을 족보에 적으면서 불러들인 액운이 아니고 무엇이겠는가.

모국의 역사를 비하하고, 선현들의 관행이나 풍속을 왜곡하면서는 미래로 나아갈 수 없다. 역사와 관행과 풍속이 깊게 어우러져 나라의 정체성을 만들어 간다.

지금 우리에게는 그 정체성의 확립이 가장 시급한 일이다.

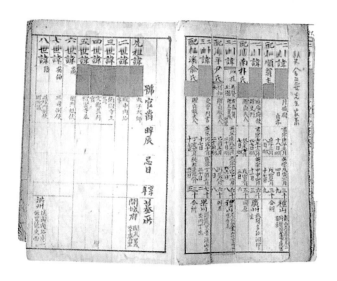

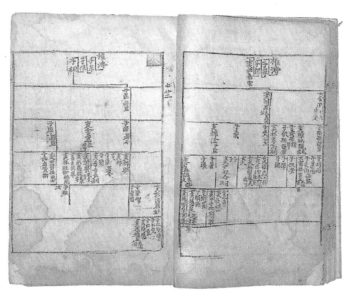

:: 추사 김정희 집안 족보(위), 안동권씨 족보(아래)
* 위 족보를 보면 여성들의 가계 계승 권리와 재산 상속에 차별이 없다

스물두 살의 지성

청년 세종

한 나라를 통치하는 군왕이든 패전을 모르는 용장이든 어떤 개인의 삶에 '위대하다'는 찬사를 보내기는 그리 쉽지가 않다. 그래서 한 인간의 삶을 두고 '위대하다'고 상찬할 수 있는 인물이 우리 가까이에 있다는 사실은 진실로 행복한 일이 아닐 수 없다. 성군 세종대왕의 삶이 바로 그렇다.

세종대왕은 스물두 살 젊은 나이에 아버지 태종의 뒤를 이어 보위에 오른다. 아무리 학문을 많이 쌓고 천성이 어질다고 하더라도 스물두 살이면 임금의 자리에 오르기엔 어린 나이라고 할 수밖에 없다. 세종은 태종이라는 거목 아래서 어려운 시대를 이끌어 갈 위엄과 지혜를 배웠고, 그 아버지로부터 완벽한 검증을 받았다. 그러함에도 아직 한 나라

:: 세종대왕 어진

를 다스릴 만한 능력이 있다고 단정하기에는 어린 나이가 분명하다.

세종은 실천력을 갖춘 젊은 지성이었다. 그가 임금의 자리에 오르자 불운하게도 무려 7년 동안 나라가 혹독한 가뭄에 시달린다. 이때의 일을 역사는 '세종의 7년 대한大旱'이라고 적는다. 백성들의 운명이 오직 농사에 달려 있던 시절, 요즘과 같이 관개 시설마저 넉넉하지 못했던 상황에 내리 7년 동안 농사를 망쳤다면 백성들의 살길이 막연해지는 것은 당연하다.

세종은 육조관아의 큰길(지금의 광화문 거리)에 가마솥을 내다 걸게 하고 죽을 끓여서 도성 백성들에게 먹이게 하였다. 그때 할 수 있었던 최선의 진휼임이 분명하다.

세종은 배고파 허덕이는 백성들의 참상을 지켜보다가 경복궁으로 무거운 발걸음을 옮긴다. 경회루 근처에 이른 세종은 따르는 신료들에게 시름에 가득한 목소리로 당부한다.

이때의 일을 「세종실록」은 다음과 같이 적고 있다.

임금이 경회루 동쪽에 버려둔 재목으로 별실別室 두 칸을 짓게 하였는데, 주초柱礎도 쓰지 않고 띠(茅草)로 덮게 하였으니 장식은 모두 친히 명령하여 힘써 검소하게 하였다. 임금은 이때에 와서 정전正殿에 들지 않고 이 별실에서 기거하였다.

백성들의 고초와 아픔을 몸소 체험으로 감당하려는 청년 세종의 지행知行함이 여기에 이르자 신료들은 당황하지 않을 수가 없었다. 정승과 판서들은 연일 세종이 기거하는 초가 마당에 꿇어앉아 침전으로 들

것을 지어하였고, 왕비 소헌왕후昭憲王后 또한 눈물로 호소하였다는 기록도 보인다.

"백성들이 끼니를 이어 가지 못하는데, 어찌 내가 호화로운 침전에 누워 편한 잠을 잘 수 있겠는가."

요즘의 정치인들이 이런 귀감을 알고나 있는지 자못 의심스러운 것은 우리의 정치 환경이 날로 폐허의 질곡으로만 달리고 있기 때문이다. 그래, 배우기 싫으면 흉내라도 좀 내 주었으면 하는 심정일 뿐이다.

청년 세종을 괴롭혔던 또 하나의 불행은 그의 치세에 국상國喪이 많았다는 점이다. 그는 재위 중에 아버지 태종과 어머니 원경왕후 그리고 큰아버지 정종과 사랑하는 아내 소헌왕후와의 사별로, 재위 기간(32년)의 3분의 1에 해당하는 10여 년 동안을 상복을 입고 지내야 하였다.

스물여섯 살의 세종은 아버지 태종의 상중에 장대 같은 빗줄기가 쏟아져서 그 빗물이 무릎에까지 차는데도 빈전의 마당에서 일어나지 않았다. 놀란 신하들이 평상을 들고 달려와서 올라앉기를 애원하는데도 이를 가납하지 않았다고 「세종실록」에 기록되어 있을 정도라면, 10여 년이나 계속되는 국상 기간이 얼마나 상심되고 고통스러웠을 것인지는 짐작하고도 남는다.

뿐만이 아니다. 세종대왕이 누구보다도 아끼고 사랑했던 정소공주貞昭公主를 잃었을 때, 그 고통과 슬픔은 이루 형언할 수 없었다. 열두 살 어린 공주가 세상을 뜨자 세종은 친히 제문을 지어 어린 딸의 영혼을 달랬다.

그 제문의 내용이 얼마나 눈물겹던가.

아비는 말하노라. 목숨이 길고 짧은 것은 이미 운명이 정해져 있으므로 비록 움직일 수 없는 바이지만, 부녀 간의 지극한 정리는 스스로 끊을 수가 없도다.

슬프다! 너의 일생은 연약한 여식으로 태어나 자태가 단정하고 맑았으며 품성이 곱고 아름다웠도다. 내가 너의 손을 이끌고 다닐 때 너의 행실은 진실로 효성스럽고 우애가 있었다. 나이는 어렸지만 어른같이 훌륭하여 자애의 정이 쏠려 너를 어루만지고 사랑하기를 더욱 두터이 하였도다. 네가 혼인하여 함께 편한 삶을 누리려 하였더니 어찌 하찮은 병에 걸려 좀더 오래 살지 못하고 마침내 이러한 슬픔을 당할 줄 뜻하였으랴.

내가 병구호를 잘못한 까닭이냐, 너의 고운 목소리와 아름다운 모습은 눈에 완연하건만 곱고 맑은 너의 영혼은 어디로 갔다는 말이냐. 가슴을 치며 통곡하노라. 아무리 참으려 해도 눈물이 가슴을 적시는도다. 이제 현실에 지체하여 나의 슬픈 회포를 풀고자 하노라. 넋이여, 앎이 있거든 이 내 말을 부디 들어 주려무나.

죽은 여식에 대한 애틋한 사랑과 꽃피우지 못한 재능을 애처롭게 여기는 아버지의 상심이 절절하게 넘쳐흐르는 명문이 아닐 수 없다. 더구나 정소공주의 시신을 안고 내주질 않아서 염이 늦추어졌다는 기록에 이르러서는 인간 세종의 따뜻한 부정에 눈시울까지 적시게 된다.

성군 세종은 무엇보다도 역사 인식에 투철하였다. 그가 우리에게 들려주는 치자治者의 도리는 아무리 되씹어도 손해될 것이 없다.

대저 정치를 잘하려면 지나간 시대의 치란治亂의 자취를 살펴보아야 한다. 그 치란의 자취를 살펴보려면 오로지 역사의 기록을 상고하여야 한다.

세종 시절의 국민투표

임금의 자질

　전국을 다니면서 강연을 하다 보면 가끔은 리더십에 관한 이야기를 입에 담을 때가 있다. 그런 기회가 있을 때마다 나는 세계 역사상 가장 훌륭한 지도자는 단연 성군 세종이라고 목청을 높이곤 한다. 그러나 세계의 사람들은 고사하고 우리나라 사람들조차도 성군 세종에 대해 겨우 '한글'을 만들었다는 정도만 알고 있다.

　일이 이런 지경이 된 데는 역사학자보다 사회학이나, 철학을 전공하신 분들이 성군 세종의 행적을 사회학적인 시각에서 혹은 철학적인 안목으로 우리에게는 물론 세계인에게 부각하지 못한 때문이라고 핀잔을 놓기도 하였다.

　정말 그렇다. 성군 세종의 행적을 살펴보면 감탄의 경지를 넘어서서

깜짝깜짝 놀라게 되는 경우가 허다하다. 세종 시절에 국민투표가 있었다면 믿을 사람이 있을까. 그러나 성군 세종은 국민투표보다 더 정확한 방법으로 백성들의 뜻을 살폈고, 백성들의 반대가 찬성보다 높은 수치로 나타나면 법안 자체를 폐기하는 민주적인 군주였다.

그 사연은 이러하다.

어느 해, 세종은 농민들로부터 세공을 거두어 들이는 조세법의 개편을 시도하게 되었다. 지금까지 조정이 일방적으로 강행해 온 공법貢法에 대한 백성들의 불만이 높다는 사실을 알게 되었기 때문이다. 그럴 수밖에 없는 것이 호남지역의 비옥한 농토에서 농사를 짓는 사람들과 함경도 지방의 척박한 땅에서 농사를 짓는 사람들의 세액이 같았던 것이다.

결국 조정은 경상 · 전라 · 충청도의 전답을 상등上等으로 정하고, 경기 · 황해 · 강원도 등을 중등中等으로, 평안 · 함경도를 하등下等으로 정하는 등 전국의 토지를 3등급으로 나누었으나, 백성들의 불만은 가라앉지를 않았다.

이에 대한 세종의 어의는 단호하였다.

"가가호호를 방문해서라도 각 농가의 의견을 모두 들으라."

조정은 전국 각지에 경차관敬差官을 파견하여 농가의 생생한 의견을 듣기로 하였다. 경차관이란 암행어사를 말한다. 이때는 아직 암행어사 제도가 정착되기 전이었다.

수백 명의 경차관들이 전국 곳곳을 두루 돌면서 각 농가의 의견을 빠짐없이 수렴하였다. 말만 다르지 방법은 요즘의 국민투표와 꼭 같다. 아니 국민투표보다 더 정확한 의견을 모을 수 있었다. 이때 직접 조사한 각 도의 찬반 수치는 「세종실록」에 상세히 적혀 있다.

아니나 다를까, 농토가 척박한 지역에서는 모두가 반대였다. 세종은 그 결과를 보고받는 자리에서 호조판서 안순에게 명하였다. 토지의 등급을 더 세세하게 나누고, 모든 백성들이 수긍할 수 있는 새로운 공법을 서둘러 제정하라는 왕명이었다.

오직 백성을 주인으로 하는 성군 세종의 위민정책爲民政策은 그의 인본사상에서 기인된다. 세종의 인간 사랑은 때와 장소를 가리지 않는다. 훈민정음 창제가 한창 무르익어 갈 때 세종은 밤늦게, 혹은 이른 새벽에 홀로 집현전集賢殿을 둘러보곤 하였다.

어느 해 겨울, 성군 세종이 새벽녘에 집현전에 들렀다가 잠이 든 신숙주에게 자신의 가죽 옷을 벗어 덮어 주고 침전으로 돌아왔다는 일화는 널리 알려진 이야기다.

뿐만이 아니다. 세종시대 중기에 윤회尹淮, 신장申檣, 남수문南秀文라는 당대의 주호들이 있었다. 세 사람 모두 학덕과 문명을 떨치던 집현전 학사들이었다. 이들이 모여 앉으면 누구라 할 것 없이 두주불사하였는데, 시詩와 경서經書를 입에 담으면 해가 지는 것을 몰랐고, 재담을 시작하면 낮밤이 바뀌는 줄을 몰랐다 하여 당대 사람들은 이들을 3주호라고 불렀다.

세종은 이들을 한자리에 불러 술 때문에 일찍 목숨을 잃게 되는 것이니, 과음을 삼가기를 간곡히 타이르고, 특히 윤회와 신장에게는 한자리에서 세 잔 이상은 마시지 말도록 엄명을 내렸다. 그 후 윤회와 신장은 세종의 하교를 받들어 어떠한 경우에도 세 잔 이상은 마시지 않았으나, 아주 큰 그릇으로 세 잔을 마셨던 탓에 주량은 오히려 전보다 늘어난 셈이었다.

:: 세종대왕 어필御筆

세종은 이 말을 전해 듣고 술을 덜 마시게 하려 한 것이 술을 더 마시게 하는 결과가 되었다고 탄식하였다. 신장이 일찌 세상을 떠나자 정승 허조許稠는 "술이 신장을 망쳤도다!"라고 한탄하였고, 얼마 뒤 남수문마저도 세상을 버리자 성군 세종은 술의 해독을 명료하게 열거하면서 다음과 같은 경계의 윤음을 내렸다.

술의 해독은 매우 크다. 어찌 곡식을 썩히고 재물을 허비하는 일뿐이겠는가. 술은 안으로 마음과 의지를 손상시키고, 겉으로는 사람의 위엄과 품위를 잃게 한다. 혹은 술 때문에 부모를 봉양奉養하는 일마저 저버리게 되고, 남녀의 분별을 문란케 만든다. 그 해독이 크면 나라를 잃고 집안을 망치게 만들며, 그 해독이 작으면 성품을 거칠게 하고 생명을 잃게 만든다. 술이 강상綱常을 더럽히고 문란하게 만들어 풍속을 퇴폐하게 하는 것은 이루 다 일일이 그 예를 들기가 어려울 정도이다.

세종의 치세가 가장 훌륭했던 태평성대로 평가되는 것은 정법正法과 조화를 무엇보다도 소중히 하였던 그분의 인본사상이 실행에 옮겨졌기 때문이다. 성군 세종은 정무를 살피는 데에서도 상경常經(사람이 지켜야 할 변치 않는 법도)과 권도權道(왕명으로 임기응변에 대응하는 것)를 존중하면서도 어느 한쪽에 치우치지 않았으며, 특히 몸소 정법을 실행해 보이는 것으로 신료들로 하여금 귀감을 삼게 하였다.

맹자가 말하였던가. 백성이 가장 중하고, 정부는 그 다음이며, 임금이 제일 가볍다. 성군 세종은 이를 몸소 실천해 보인 위대한 군왕이자 지도자였다.

정승의 집은 초가삼간

고불 맹사성

요즘같이 세상이 어수선하기도 쉽지 않다. 주위를 살펴보면 도무지 성한 곳이라고는 없다. 그래서 사람들은 나라가 거덜났다고도 하고, 알 만한 사람들의 낙담은 헤아릴 길이 없이 크다. 나라가 일제의 사슬에서 해방된 지도 어언 60년을 헤아리게 되었는데, 오늘을 사는 우리들이 존경과 신뢰를 보낼 만한 원로元老는 어찌하여 눈 씻고 찾아보아도 없는 것일까. 이런 때 우리가 존경하고 믿고 의지할 만한 원로가 한 사람이라도 있어서 중구난방이 된 정치판이나 사회풍조에 일침을 가하면서 바로 사는 길이 무엇인지를 가르쳐 준다면 얼마나 다행한 일이 겠는가.

역사책을 읽노라면 한 시대를 풍미한 휴머니스트들이 많다. 그들의 삶이 너무도 진솔하고 아름다웠기에 따르는 후학들에게는 두고두고 귀감으로 남는다. 이미 수세기 전에 세상을 등진 그분들의 이름에서 끊임없이 향수를 느끼게 되고, 그들이 다시 살아 와 우리 곁에 있어주기를 간절히 바라게 되는 것은, 물론 오늘의 우리들에게는 의지할 수 있는 원로가 없기 때문이다.

아무리 가난하게 살아도 낙담을 뿌리치는 용기가 솟아오르고, 견딜 수 없는 핍박과 고통에 시달리면서도 그것을 참아낼 수 있는 의지가 살아서 꿈틀거리기 위해서는 한여름 뙤약볕에서 시원한 그늘을 제공해 주는 느티나무와 같은 원로가 우리 곁에 있어야 한다.

나는 세종조의 명신이자 삶의 아름다움을 실천하여 보여준 고불古佛 맹사성孟思誠(1360~1438)을 한없이 그리워한다. 또 그가 다시 살아나 우리 곁으로 돌아와 주기를 바라는 환상에 젖을 때도 한두 번이 아니다. 물론 맹사성의 큰 그늘이 세파에 시달리는 내 정신의 상처를 그나마 따뜻하게 어루만져 주기 때문이다.

고려 말(공민왕 9년)에 태어난 맹사성은 저 유명한 최영 장군의 손자사위이다. 고려 우왕 때 문과에 장원하여 세종조에 이르러 벼슬이 좌의정에 이르렀어도 삶이 청빈하고 검소하여 평생을 초가집에서 살았던 청백리清白吏의 표상이었다.

어느 날 병조판서가 국사를 의논하기 위해 그의 초가집을 찾았다가 소낙비를 맞게 되었다. 정승이 거처하는 방 안에 있었는데도 관복이 빗물에 젖을 지경이었다. 병조판서는 국사에 관한 의논을 마치고 집으로 돌아와서 행랑行廊채를 모두 헐어 버렸다는 고사는 시사하는 바가 크다.

정승의 집이 그같이 검소한데 판서의 집이 행랑으로 둘러싸여 있는 것이 양심의 가책이 되었기 때문이다. 윗물이 맑아야 아랫물이 맑은

:: 고불 맹사성 고택 古佛孟思誠古宅 - 아산시 배방면 중리

법, 원로의 인품이 널리 아랫사람에게 귀감이 되어 아랫사람의 행실을
고쳐 가는 것을 어찌 아름답다 아니하랴.

맹사성의 효성은 참으로 지극하였다. 열 살 되던 해에 어머니가 세상
을 떠났는데 소년 맹사성은 7일 동안 물 한 모금 마시지 아니하였고,
삼년상을 치르는 동안 묘소 밑에 여막을 짓고 거기서 기거하였다.

또 돌아가신 어머니를 위해 묘소에 동백나무 한 그루를 심었는데 멧
돼지가 그 나무를 쪼아서 말라 죽게 하였다. 소년 맹사성은 그것이 안
타까워 통곡을 거듭하였더니 어느 날 호랑이가 그 멧돼지를 죽였다. 사
람들은 호랑이가 소년 맹사성의 효성에 감동하여 그렇게 한 것이라고
말하였다. 이와 같은 설화적 감동의 진위는 고사하고라도 그의 인품

에 대한 신뢰가 있기 전에는 생겨날 수 없는 고사임은 당연하다.

맹사성의 고향은 온양이다. 그는 효성이 지극히어 고향의 어른들을 찾아뵙기 위해 자주 온양으로 내려가면서도 민폐를 끼치지 않겠다는 생각으로 언제나 소를 타고 다녔다. 머리엔 삿갓을 쓰고 소잔등에 올라 앉아 피리를 불며 지나가는 노인을 누가 일국의 좌의정으로 볼 수 있을까. 그런데도 연도에 있는 고을 원들은 맹사성에게 술대접을 하기 위해 길가에 차일을 쳐 놓고 기다리곤 하였다.

어느 날 진위賑威 현감과 양성楊城 현감이 연못가에 차일을 치고 맹사성이 지나가기를 기다리고 있다가 황소를 타고 가는 노인을 발견하고는 부하들에게 달려가서 질타하기를 명하였다. 부하들이 노인에게 달려와 힐문하자 맹사성은 웃으면서 대답하였다.

"아무리 원님이기로 길을 가는 백성을 막을 수가 있겠느냐. 어서 가서 '맹 고불'이 제 소를 타고 가더라고 일러라."

부하들이 달려와서 노인의 말을 전하자 두 고을의 원은 얼마나 혼비백산하였던지 몸을 일으키면서 가지고 나왔던 고을의 인감印鑑을 연못에 빠뜨리고 말았다. 그런 연유로 지금도 그 연못을 침인연枕印淵(도장을 빠뜨린 연못)이라고 부른다.

또 맹사성은 피리를 잘 불었다. 그는 집에 있을 때마다 피리를 불었으므로 사람들은 그의 피리 소리를 듣고 그가 집에 있음을 알았다는 고사도 있다. 맹사성이 남긴 이 같은 일화를 적자면 끝이 없지만, 그는 섬기는 임금에게는 직언하기를 서슴지 않았고, 거느리는 아랫사람들은 따뜻한 사랑으로 다독였다. 그러므로 당시 사람들은 물론 오늘을 사는 우리들에게도 친근감과 존경심 그리고 신뢰감이 솟아오르게 한다.

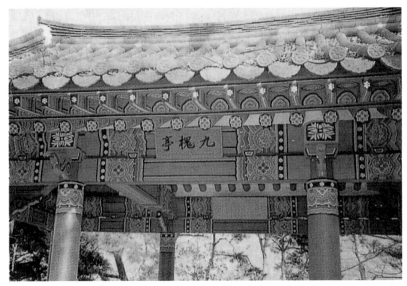

:: 구괴정九槐亭 – 이 구괴정은 방촌 황희, 고불 맹사성, 경암 허조등 3승상의 우의를 기념하기 위하여 1인이 3주씩 괴목 9주를 식수하였는데 현재에는 1주만 남아있는 기념물이다.

　맹사성은 좌의정의 자리에서 물러나자 일반 백성들과 꼭 같은 삶(太平閑民)을 살아갈 만큼 특권의식이 없었다. 마을 사람들은 아무리 큰 고통을 당할지라도 맹사성의 모습을 대하면 모든 시름이 가시곤 하였다. 아니 맹 고불의 이름만 들어도 백성들은 위안을 받았다. 참으로 큰 원로의 본보기가 아닐 수 없다.

　맹사성은 정승의 자리에 있으면서도 권위의식이 없었다. 그는 치부할 수 있는 위치에 있으면서도 검소하고 근검하는 모습을 실천해 보였다. 또한 태산교악과 같은 학문과 덕망으로 정승의 도리와 책무를 다하면서도 관리들에게는 물론 백성들에게까지 손톱 만한 피해도 주지 않았다. 오히려 탁월한 유머로 동시대 사람들에게 밝은 웃음을 선사하곤 하였다. 맹사성의 삶은 곧 양식을 실천해 보인 값진 귀감이 아니고 무엇이랴.

오늘을 사는 우리들의 주위에는 어찌하여 고불 맹사성과 같은 인품이 없을까. 내가 맹사성과 같은 원로가 제공하는 그늘에서 잠시 쉬면서 삶에 찌든 땀방울을 식히고 싶은 것은, 아니 맹사성이 다시 살아 와서 우리들 곁에 있어 주기를 바라는 환상에 빠지는 것은 우리 시대를 풍미하는 휴머니스트가 없기 때문이다.

우리의 현대사를 살펴보면서 가장 가슴 쓰린 점은 30여 년에 걸친 군사문화가 원로가 될 만한 인품들에게 볼품없고 쓸모없는 감투를 씌워서 속물俗物로 전락시킨 일이다.

우리의 삶을 아름답다고 느끼게 하기 위해서는 맹사성의 육신이 아니라 그의 고매한 정신이 다시 살아 와야 한다. 그것이 우리의 위안이요, 안식이기 때문이다.

프라하 광장의 천문시계

장영실의 흠경각

동유럽을 여행하게 되면 체코의 수도 프라하에 들르게 된다. 프라하의 심장부나 다름이 없는 '구시가지 광장'은 10세기 이래 무역과 상업의 중심지였고, 특히 고딕·르네상스·바로크 양식의 아름다운 건축물은 숨을 멈추게 할 정도로 미적 감각을 뽐낸다.

프라하 광장에서도 관광객들의 이목을 집중시키는 명물은 역시 구시청사에 설치된 천문시계이다. 두 개의 원반으로 구성된 이 거대한 시계는 하루도 빠짐없이, 또 매 시간 아름다운 종소리를 울려 주는데, 소리만이 아니라 고정된 이벤트가 동시에 진행된다.

종소리가 울리기 시작하면 원반 위에 있는 천사의 조각상 양 옆으로 창문이 열리고, 죽음의 신이 울린다는 종소리와 함께 그리스도의 12제자가 나와서 안쪽으로 천천히 사라진 뒤 마지막으로 시계 위쪽에 있는 닭이 운다. 광장을 가득 메운 세계의 관광객들은 이 광경을 지켜보면서 경탄을 한다.

이 천문시계의 제작연도는 15세기로 되어 있고, 만든 사람은 시계 제작의 거장이었던 미쿨라슈라는 설과 프라하의 천문학자이자 수학교수였던 하누슈라는 두 가지 설이 있다고 적혀 있다.

몇 해 전 나는 프라하의 구시가지 광장에서 이 천문시계를 쳐다보면서 '원 별것도 아닌 것을 가지고 손님을 끌어 모으지 않나' 하며 빈정거렸던 기억이 생생하다. 우리 역사에 대한 자부심이 꿈틀거렸기 때문이다. 우리에게는 이와 비슷한 시기인 세종 20년(1438)에 이보다 훨씬 더 크고 정교한 시계가 있었기 때문이다.

:: 흠경각欽敬閣 - 자동으로 작동하는 옥루기륜玉漏機輪을 설치하였던 흠경각은 세종 20년 호군護軍 장영실이 어명으로 건립하였다

경복궁 안 경회루 근처에 우뚝한 흠경각欽敬閣은 온 방 안이 대형 시계로 설계되어 있었고, 자연의 조화를 상징하는 기물을 설치하였는데 그 기물이 하루의 시간을 따라서 오묘하게 변하는 과정을 일목요연하게 보여 주었다.

「세종실록」은 이 대형 시계가 설치된 흠경각의 조화를 아주 소상하게 적고 있다.

전각殿閣의 한복판에는 일곱 자 높이의 산이 우뚝 솟아 있는데, 물 먹인 종이를 오려 붙여 만든 것이지만 어찌나 정교하고 세밀한지 기슭마다에는 나무가 심어져 있고 계곡에는 물이 흐르고 있다. 지산紙山 안에 설치된 '옥루전기玉漏轉機'가 작동하면서 물을 흘려보내기 때문이다.

오색 구름이 서려 있는 울창한 산마루 위에는 둥근 해가 떠 있는데, 그 해는 하루에 한 번씩 돌아서 낮에는 산 밖으로 나타나고, 밤에는 산속으로 들어가며 (중략) 해 밑에는 옥으로 만든 여자 인형 넷이 구름을 탄 형상으로 서 있고 그들의 손에는 금 목탁이 쥐어져 있다. 그들은 동·서·남·북 네 방향에 각각 서 있어서 인시寅時, 묘시卯時, 진시辰時가 되면 동쪽에 있는 여자 인형이 목탁을 두들겼고, 사시巳時, 오시午時, 미시未時가 되면 남쪽에 있는 여자 인형이 목탁을 쳤다. (중략) 또 여자 인형 바로 곁에는 네 가지 귀형鬼形을 만들어 배치하였는데, 그들이 하는 일은 방향을 나타내는 일이다. 즉 인시가 되면 청룡신靑龍神이 북쪽으로 향하고, 묘시에는 동쪽으로 향하며, (중략) 시간이 되면 시간을 맡은 인형이 종을 치고, 경更이 되면 경을 맡은 인형이 북을 치고, 점點이 되면 점을 맡은 인형이 징을 치도록 되어있다. (중략) 또 산 밑 평지에는 쥐, 소, 범, 토끼, 용, 뱀, 말,

양, 원숭이, 닭, 개, 돼지 등 12가지를 나타내는 짐승의 형상으로 조각된 방위신들이 엎드려 있고 그 뒤에는 각각 구멍이 있다. 이 구멍은 평시에는 닫혀 있으나, 자시子時가 되면 구멍이 저절로 열리면서 인형 옥녀玉女가 자시패를 가지고 나옴과 동시에 쥐 형상의 방위신이 벌떡 일어난다. 자시가 지나면 옥녀는 저절로 구멍 속으로 들어가고 쥐 형상의 방위신도 도로 자리에 엎드린다. (중략) 또 오방위午方位 앞에는 대를 하나 세워 놓고, 그 대 위에 그릇 하나를 놓았다. 그릇 북쪽에는 관복을 입은 인형이 있어, 금병을 가지고 그 그릇에 물을 따르는 형상을 하고 있다. 옥루전기에서 흘러나오는 물이 금병을 통해 끊임없이 그릇 속으로 흘러드는데, 가득 차면 엎어져서 다시 옥루전기 안으로 흘러 들어간다.

세종시대의 천문·과학을 빛낸 걸출한 과학자는 단연 대호군 장영실蔣英實이다. 이 장영실의 발탁은 성군 세종의 인재 등용을 보여주는 백미가 아닐 수 없다. 장영실은 동래 관노의 아들로 태어났으나 성군 세종의 배려로 벼슬길에 들어서게 되었고, 이순지, 정인지 등 천하의 대석학의 지도를 받으면서 해시계, 물시계 등을 만들어 세종시대의 과학을 빛낸 출중한 인물이다.

장영실이 발명한 천문기기는 수를 헤아릴 수 없을 만큼 많다. 우리가 항용 해시계라고 부르는 앙부일구仰釜日晷의 정확도는 이미 세계에 널리 알려진 일인데, 세종은 그 해시계를 사람들의 내왕이 많은 혜정교惠政橋(지금의 삼각동에 있었다)와 종묘 앞길에 설치하게 하고 지나가는 사람들로 하여금 시각을 헤아릴 수 있도록 실용화하였다.

경복궁이 복원되면서 흠경각도 복원되었으나, 정작 그 안에 장치되었던 대형 시계는 아직 복원되지 않고 있다. 일의 순서를 몰라도 분수가 있지, 그 대형 시계가 복원된다면 우리 국민 누구도 프라하의 천문시계를 보고 놀라지 않아도 된다. 또 세계의 관광객들은 흠경각의 대형시계를 보기 위해 경복궁으로 몰려들 것이며, 우리의 청소년들은 우리역사에 대한 자부심을 키워 갈 수 있지 않을까.

∷ 앙부일구 – 보물 845호

옥체는 병고에 시달리고

훈민정음 창제

 1997년은 성군 세종이 탄신하신 지 600돌이 되는 해다. 이 뜻 깊은 해의 10월 1일, 세계기록유산Memory of the World 국제자문위원회에서는 우리나라의 「훈민정음」(국보 70호)과 「조선왕조실록」(국보 151호)을 세계기록유산으로 선정하였다.

 따라서 세계의 모든 인종들은, 또 어떤 오지에서도 인터넷의 유네스코 홈페이지(www.unesco.org/webworld)로 들어가 'memory' 난을 클릭하면 「훈민정음」은 물론 「조선왕조실록」과도 만날 수 있게 되었다.

 세계기록유산은 각종 문서나 책, 사진, 그림, 영상물, 구전 등 인류의 기억과 관련된 문화유산 가운데서 세계적인 보존 가치가 있는 것으로 지정하게 되어 있다.

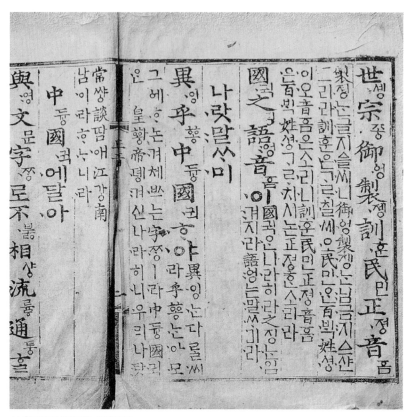

:: 「훈민정음 訓民正音」 국보 70호

「훈민정음」은 세계의 문자 중에서 유일하게 언제(1446년 9월 상순, 음력), 누가(세종대왕, 집현전 학사), 무슨 연유(나랏말씀이 중국에 달라…)로 만들었다는 완벽한 논증을 가지고 있는, 그야말로 세계에 자랑할 만한 우리 정서의 모태이자 모국어의 성전이라는 뜻에서도 세계기록유산으로 선정된 배경은 우리의 자부심이 되고도 남을 일이다.

성군 세종이 훈민정음을 창제할 때 그로부터 600여 년의 세월이 흐른 뒤 컴퓨터라는 기계가 만들어지고, 그것을 이용한 인터넷이나 이메일이 세계를 석권할 것임을 짐작했을 까닭이 없고, 더구나 휴대전화기를 이용한 문자 메시지가 내왕할 것이라고는 꿈에도 상상하지 못했을 터인데도 우리 한글이 그와 같은 새롭고 다채로운 미디어에 완벽하게 적응되고 있다면 얼마나 경탄할 일인가.

성군 세종이 훈민정음을 창제할 때의 여러 일화는 잘 알려져 있다. 그가 뛰어난 음운音韻 학자였기에 집현전 학자들을 이끌어 갈 수 있었고, 신숙주와 성삼문을 무려 10여 차례나 요동에 보내 중국학자의 자문을 받게 했음이 분명하다.

훈민정음을 반포할 당시 세종의 춘추 48세, 그야말로 기력이 왕성해야 할 시절이었지만 옥체는 병고에 시달려 이미 시들대로 시들어 있었다. 발걸음을 내딛을 수 없을 만큼 극심했던 각기병脚氣病은 그분의 왕성한 활동력을 제한하였고, 몸을 돌아눕기조차 어렵게 하는 창질瘡疾은 끝없이 이어지는 오한에 시달리게 하였다. 뿐만이 아니다. 오늘날 당뇨병으로 일컬어지는 조갈병燥渴病의 합병증으로 극심한 안질眼疾을 앓았다. 이무렵 세종은 눈앞에 앉아 있는 신하의 목소리를 듣고서야 누구인지를 알 정도였다.

성군 세종이 어디 예사 임금이던가. 당대의 석학들로 구성된 그의 신료들은 세종의 옥체를 심려하지 않을 수 없었다. 당시의 석학들은 비록 의원醫員이 아닐지라도 약방문을 입에 담을 수 있을 정도로 박식하였다. 대소신료들은 전의典醫들과 의논을 거듭하면서 성군 세종의 옥체를 보전할 방도를 강구하기 시작하였다. 그 결과 '검은 염소'를 고아서 즙을 내어 올리기로 하였다.

성군 세종이 이를 마다할 것이라고 짐작한 신료들은 그간의 경위를 설명하면서 '검은 염소'의 즙을 드시기를 간곡히 청하였다.

"그 검은 염소라는 것이 어느 나라의 짐승인고?"

신료들은 '검은 염소'가 우리 토종이 아님을 사뢰면서 다시 드시기를 간곡히 청하였다.

"어찌 임금의 병을 고치고자 하여 남의 나라에서 들여온 짐승의 씨를 말릴 수가 있겠느냐"

이 비답 하나로 세종대왕이 성인聖人의 경지에 있었음을 알게 된다. 세계의 어느 정치지도자의 생각이 이런 경지에까지 이를 수가 있을까.

마침내 1446년(세종 28년) 9월 초(양력 10월 9일)에 새로운 글자 훈민정음을 반포하였고, 이순지, 장영실 등의 과학자에 명하여서는 수많은 천문과학기기를 만들게 하면서 「칠정산내외편七政算內外編」과 같은 천문 서적을 편찬, 간행하였다.

「칠정산내외편」이 완간됨으로써 일식과 월식의 이치를 수리로 산출할 수 있게 되었고, 나아가서 세계 최초로 일식과 월식을 예고하는 나라가 되었다. 일식을 계산하자면 양력陽曆을 활용해야 한다. 세종시대에 어떻게 양력을 쓸 수 있었을까. 이 해답도 어렵지 않게 풀린다. 고려

때도 그랬지만 조선시대에 들어와서도 많은 회회인回回人들이 귀화하여 살고 있었다. 회회인들은 양력을 쓰는 아라비아 사람들이다.

성군 세종이 이룬 업적은 수없이 많다.

박연朴堧(1378~1458)으로 하여금 경석磬石을 찾게 하여 마침내 중국과 다른 순수한 우리의 악기를 만들어 정악正樂의 틀을 세우면서 친히 200 여곡을 작곡하기도 하였으며, 김종서에게 명하여 육진을 설치하게 하여 국경을 정비하게 하였다.

또 나라의 미풍과 양속을 보전하고 건전한 국민정서를 함양하기 위하여 「삼강행실도三綱行實圖」를 편찬하였다. 글을 모르는 백성들을 위하여 책의 한쪽 면은 그림으로 설명하였다. 만화를 이용한 백성들의 계몽이라는 점에서 획기적인 기획이지만, 거기에 담겨진 내용에 주목할 필요가 있다.

이를테면 '포은운명圃隱殞命'과 '길재항절吉再抗節'이라는 대목이 그것이다. '포은운명'은 정몽주의 충절을 담은 것이며, '길재항절'은 조선왕조가 개국되었는데도 고려의 구신이라 하여 절개를 지킨 길재(1353~1419)의 충절을 찬양한 내용이다. 정몽주는 세종의 아버지(태종)에 의해 선죽교에서 격살되었고, 길재는 할아버지(태조)의 부름을 받지 않은 사람인데도 불구하고 그들 두 사람의 충절과 지조를 찬양하여 백성들로 하여금 귀감으로 삼게 한 것은 '두 임금을 섬기지 아니한 지조 높은 선비'의 기질을 조선왕조의 도덕적 기반으로 삼고자 한 성군 세종의 포용력이자 정치철학이었다.

누가 말했던가. 성군 세종, 그가 바로 조선왕조였다.

임금도 처복이 없으면
내명부의 동성애

임금에게도 사생활이 있다. 비록 첩첩산중과도 같은 대궐에 살고 있어도 부모를 모셔야 하고 처자를 거느려야 하기에 가족 간에 유대가 있는 것처럼 갈등도 있게 마련이다.

태조 이성계와 태종 이방원은 극심한 부자간의 갈등을 겪어야 했고, 시어머니 인수대비와 며느리인 성종비 윤씨 간의 갈등은 여염집에서 겪는 고부姑婦 간의 충돌을 방불케 한다. 또 수양대군과 단종이 겪은 갈등은 숙질 간에 다투는 상속 싸움과 비교될 수 있다.

대궐 안은 여염집과 달라서 특수한 조건이 많다. 우선 평생을 혼자 살아야 하는 수많은 상궁尚宮들로 인해 불화가 일기도 한다. 상궁들은 임금의 눈에 들어 후궁이나 잉첩媵妾이 되려는 욕망을 안고 살기에 중전과의 갈등은 암투로 상존하고, 그들 스스로도 성적인 욕구를 해결하기 위해서는 동성애에 의존할 수밖에 없었다.

임금에게도 처복이라는 게 있다. 성품이 드센 지어미(중전)를 만나면 왕실에도 편할 날이 별로 없고, 간악한 후궁을 만나면 잉첩 간의 투기가 옥사로 번지기까지 한다. 그러하기에 사약을 받고 죽은 중전도 있으며, 폐비가 되어 궐 밖으로 쫓겨난 왕비도 있다.

처복이 없기로 하면 세종의 후사였던 문종文宗을 따를 사람이 없다. 문종은 세자 시절부터 음률音律과 주색을 멀리하고 학문에만 정진하여 아버지 세종으로부터 지극한 사랑을 받았고, 세종 말기에는 부왕을 대신하여 모든 서정을 총괄하는 대리청정代理聽政에 임하기도 하였다.

물론 문종은 세자일 때 지어미를 맞아들였으나, 한 번도 아닌 두 번에 걸친 불미한 사건에 휘말리게 된다. 결국 두 사람의 지어미가 모두 대죄를 지었기에 연속으로 폐빈廢嬪해야 하는 불행을 경험한다.

첫 번째 지어미로 맞아들인 여인이 휘빈徽嬪 김씨였다. 휘빈 김씨는 빈궁의 자리에 오른 날부터 독수공방이었다. 밤낮으로 책 읽기에 골몰하는 문종은 동궁과 집현전을 오가며, 혹은 독서삼매경에 빠져 빈궁전을 찾는 일이 거의 없었다. 빈궁 김씨는 멀리 있는 지아비를 가까이 끌어들이기 위해 점쟁이들이 보는 비방서에 매달리게 된다.

휘빈 김씨는 비방서에 적혀 있는 대로 지아비의 신발을 훔쳐다가 태운 재를 술에 타서 마시게 하는 등 비열한 방법으로 투기를 일삼다가 발각된다. 격노한 세종 내외는 맏며느리를 폐출케 하는 아픔을 감내할 수밖에 없었다.

두 번째로 맞아들인 순빈純嬪 봉씨奉氏는 대궐 안에 번지고 있던 동성

:: 조선시대 풍속도 – 여성의 내밀한 심정을 가장 잘 드러낸 작품이다.

애同性愛에 휘말리게 되면서 이성을 잃는다. 이 사건은 상궁이나 무수리들의 삶을 엿볼 수 있는 귀중한 단서라는 점에서 세세히 음미해 둘 필요가 있다.

봉씨는 소쌍召雙이라는 무수리 아이에게 동성연애를 강요하다가 소헌왕후에게 발각되어 문초를 받게 된다. 소쌍의 자복은 이러하였다.

빈궁마마께서 쇤네와 동침한 후에는 시비를 시켜서 이불을 개게 하지 않고 빈궁마마께서 손수 이불을 갰고, 더러워진 금침은 남몰래 비자를 시켜서 빨았습니다.

소헌왕후가 동성끼리의 동침을 어떻게 하였느냐고 다그치자 소쌍은 다시 대답하였다.

빈궁께서 강요하여 하는 수 없이 반쯤 옷을 벗고 병풍 안으로 들어갔습니다. 빈궁께서는 저의 옷을 강제로 벗기고 억지로 자리에 눕게 하여 남자와 교합하는 모양으로 희롱하였습니다.

진노한 소헌왕후는 마침내 빈궁 봉씨를 불러 그 진상을 물었다. 「세종장헌대왕실록」은 놀랍게도 빈궁 봉씨의 말을 가감 없이 기록해 놓고 있다.

召雙與端之常時愛好, 不獨夜寢, 晝亦交頸砥舌….(소쌍이 항상 단지를 사랑하고 좋아해서 밤에는 함께 잘 뿐만이 아니라 낮에도 서로 목을 껴안고 혀를 바꾸어 가며 빨았다….)

이 기록으로 살핀다면 대궐 안 여인들의 동성애가 되겠지만, 꼭 대궐에서만 있었던 일이라고 단정하기가 어렵다. 그러므로 조선조 여인들의 자유분방했던 사랑의 형식이 어느 경지에 있었는지를 알게 하는 아주 귀한 대목이 아닐 수 없다.

마침내 순빈 봉씨도 폐빈이 되어 대궐에서 쫓겨나게 된다. 여염집에서도 맏며느리를 두 번씩 쫓아낸다면 가문의 수치라고 여기는데, 성군 세종이 몸소 겪은 불운이니 그 분의 심려가 어느 정도였을지는 충분히 짐작할 수가 있다.

세종 내외는 쫓아낸 두 며느리가 모두 동궁의 후궁이었으므로 세 번째 빈궁은 간택령을 내리고 명문대가의 규수를 맞자고 세자를 설득하였으나, 문종은 이미 두 사람의 지어미를 버린 처지로 백성들을 번거롭게 할 면목이 없다면서 사양을 거듭하였다. 세종은 성군의 자질을 보이는 세자의 뜻을 받아들이지 않을 수 없었다.

이에 세 번째로 맞아들인 권權씨도 동궁의 후궁 중에서 간택할 수밖에 없었다. 바로 이 권씨가 단종의 어머니인 현덕왕후顯德王后이다.

문종이 단명했던 것은 왕실 가정사의 뒤틀림이 스트레스로 쌓여 일어난 일이 아닌가 싶기도 하지만, 성군의 자질을 타고난 문종이 단명하여 소년 단종을 보위에 오르게 했고, 그것이 다음 대의 피바람을 불러일으키게 된 것이라면 임금도 처복이 있어야 하고, 왕실의 가정사에도 탈이 없어야 나라가 평안해진다는 교훈도 함께 배우게 된다.

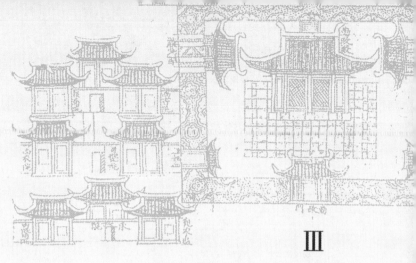

Ⅲ
위기를 헤치는 난세의 칼

소년 단종

세종의 유언

1452년 5월 14일, 오후 여섯 시. 조선왕조의 다섯 번째 임금인 문종 (1414~1452)이 세상을 떴다. 춘추 서른아홉 살에 재위 기간이 겨우 2년 3개월이었다면 엄청난 아쉬움을 남기는 죽음이 아닐 수 없다.

문종은 성군 세종대왕의 맏이로 태어나, 무려 30여 년 동안이나 세자의 자리에 있었다. 천성이 여자와 음률을 좋아하지 아니하고 오직 학문에만 몰두하였던 탓에 아버지 세종으로부터 지극한 사랑과 신임을 받았고, 집현전 학사들도 문종의 인품을 존경하였다.

조선왕조 시대에는 세자에게 신칭臣稱을 하는 것을 엄격히 금하였다. 다시 말하면 세자 앞에서는 '신 아무개'라고 말할 수가 없다. 세자에게 아첨하는 것은 다음 시대의 영화를 노리자는 저의가 있기에 금상(당대의

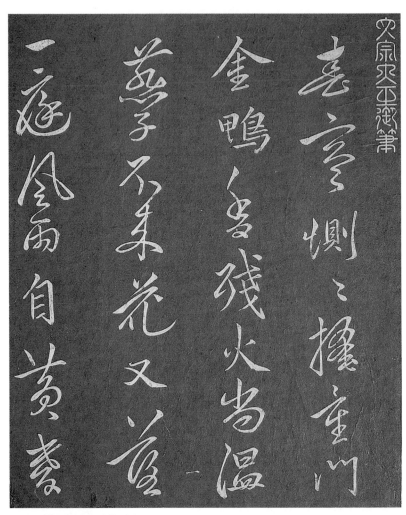

:: 문종대왕어필 文宗大王御筆 석각 26.7×21.1

임금)에게는 불충이 된다. 이 같은 법도까지도 세자 시절의 문종에게는 통하지 않았다.

"세자가 서정을 관장한 지도 오래되었으니, 대소신료들은 세자에게 마땅히 '신칭'을 해야 할 것이다."

성군 세종의 명을 계기로 모든 신료들은 세자 시절의 문종에게 '신 아무개'라 하고 몸을 낮추면서 군왕으로 예우하였다.

인명이 재천이라면 문종의 승하도 불가피하다. 그러나 후사가 문제였다. 다음 대의 보위를 이어 갈 세자(후일의 단종)가 겨우 열두 살이다. 부왕이 세상을 떠나면 아무리 춘추가 어려도 세자가 임금의 자리에 올라야 한다. 그러나 열두 살짜리 임금에게 한 나라를 다스려 갈 능력이 있을 까닭이 없다.

이같이 어려울 때를 대비하여 수렴청정垂簾聽政이라는 장치가 마련되어 있다. 수렴청정은 어린 임금의 어머니인 대비나 대왕대비가 임금의 뒤에 발을 치고 앉아서 정무를 보살피는 경우를 말한다. 그러나 불행하게도 소년 단종의 어머니인 현덕빈顯德嬪은 단종을 생산하고 곧 세상을 떠났고, 세 번에 걸친 아내와의 이별이 가슴 쓰렸던 탓에 문종은 새 중전을 맞이하지 않은 채 세상을 떠났다. 게다가 소년 단종은 세종의 후궁인 혜빈 양씨의 손에서 자랐던 탓에 수렴청정의 조건이 성립되지 않았다.

그 다음 방법으로는 섭정攝政을 정하여 소년 단종이 성년이 될 때까지 대소 정무를 관장하게 할 수 있겠지만, 이때의 사정이 이를 용인하기 어렵게 되어 있었다. 섭정을 정하자면 종친 중에서 덕망은 물론 지도력을 갖춘 사람을 골라야 한다. 그렇다면 세상을 떠난 문종 임금의 형제들이 이에 해당된다.

문종의 바로 밑 아우가 수양대군, 그 다음이 안평대군이다. 수양대군의 성품은 남성답고 우락부락하지만, 학문이 높아서 세종의 사랑을 받고 있었던 탓에 이때만 해도 정치적인 야망이 없었다. 안평대군은 그림과 글씨에 능하면서도 천하의 풍류객이라 많은 문사들의 존경을 받고 있었다. 우열을 가릴 수 없는 출중한 왕숙 두 사람이 권력의 핵심에 있다면, 신료들은 두 패거리로 갈라지는 것이 정치판의 생리다.

수렴청정도 섭정도 불가능한 어린 임금을 에워싸고 조정을 운영하는 절대적인 존재라면 당연히 영의정 황보 인(?~1453)이었고, 그와 뜻을 같이하는 사람이 우의정 김종서(1390~1453)다. 여기에 소년 단종의 양모나 다름이 없는 혜빈 양씨가 가세한다면 왕숙들은 힘을 쓸 수 없게 된다.

영의정 황보 인과 우의정 김종서는 서둘러 '분경奔競의 금지'를 발표하였다. 분경이란 무엇인가. 종친이나 조정 중신들을 찾아다니면서 사사로운 이해를 청탁하는 것을 말한다. 언뜻 들어도 종친들의 발을 묶으려는 저의가 담겼다. 수양대군이 진노하는 것은 당연하다.

왕숙들의 행동반경을 묶어 놓고 조정 중신들이 국정을 농락하겠다면, 수양대군을 중심으로 한 종친들이 강력하게 반발할 수밖에 없다. 이에 황보 인, 김종서 등은 일단 자신들의 경솔을 사과하는 것으로 종친들을 무마하였다. 그러나 대립되었던 앙금이 가시지 않는다면 정치는 꼬여 갈 수밖에 없다.

분경 다음으로 문제가 된 것이 이른바 황표정치黃標政治였다. 가령 어떤 관료를 등용하자면 먼저 임금이 그 사람의 인품과 능력을 알아야 하지만, 소년 단종이 그런 정보를 알 리 없다. 황보 인과 김종서가 등용해

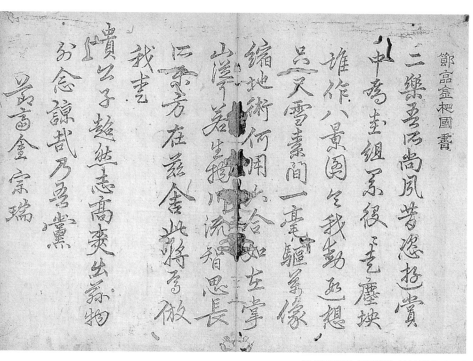

絶品金判國書

三樂吾兄所尚風華恣好賞
中豈無畫組宗後三老塵埃
誰作八景圖全我動遐想
只又雪素間一毫驅寫像
縮地術何用吠合如左掌
山岸若生動川流智思長
仁茶方在兹舍此將乞倣
我書
憤公子超然志高爽出荼物
分念諒哉乃吾黨
吳當金宗瑞

∷ 김종서필적 金宗瑞筆跡, 紙本帖裝 31.6×18

야할 인물을 3배수로 올리면서 해당자의 이름자 위에 노란 물감으로 표시를 해 놓으면 임금은 노란 물감으로 표시된 인물을 등용한다는 왕명을 내리게 된다.

수양대군의 눈에는 이 황표정치 또한 황보 인, 김종서 등이 권력을 전횡하려는 것으로 보였을 것이 분명하다. 수양대군은 안평대군을 찾아가 조선왕조가 이씨의 나라임을 강조하면서 정권을 유린하려는 황보 인, 김종서를 응징할 것을 강력하게 주장한다. 그러나 안평대군은 그들과 친분을 유지하고 있다. 황보 인, 김종서 등이 건재해야만 섭정을 필요로 할 때 자신에게 유리해진다. 여기에 혜빈 양씨가 어린 단종을 부추기면 어찌 되는가.

소년 단종을 보호하여야 하는 당위성은 이미 왕위에 올라 있는 것도 중요하지만, 성군 세종의 유고가 살아 있다는 점도 무겁게 작용되고 있었다. 태어나면서 어머니를 잃은 왕손을 세종은 지극히 귀애하였다. 성군 세종이 어린 세손을 안고 대궐을 거닐다가 성삼문(1418~1456), 신숙주, 최항 등 집현전 학사들과 만나게 되면, 세종은 환하게 웃으며 말하곤 하였다.

"경들은 어린 세손 보기를 나와 같이 하라."

성군 세종(1397~1450)이 세상을 떠난 지 아직 3년도 되지를 않았다. 세종의 지극한 사랑을 받았던 젊은 신료들에게는 세종의 이 한마디가 천명과 같은 것임은 말할 나위도 없다.

황보 인, 김종서 등 조정의 원훈들은 물론 성삼문, 신숙주, 최항 등 젊은 학사들도 성군 세종의 유고를 지키기 위한 일이라면 목숨을 버릴 태세가 되어 있는 실정에서 그들 집현전 학사들과 함께 고락을 했던 수양대군으로서는 분노를 드러내기가 어려운 노릇이 아닐 수 없다.

조선왕조는 할아버지가 창업한 나라다. 그 후 수성의 과정을 거치면서 얼마나 많은 사람들이 피를 흘렸던가. 그 원혼들이 아직도 구천을 맴돌고 있을 것인데, 이씨가 아닌 황보 인, 김종서 등이 어린 임금을 싸고돌면서 권력을 전횡한다면 왕조의 전도를 장담할 수 없다.

왕실의 피를 받은 처지로 이를 묵과할 수 없다는 것이 수양대군이 궐기할 수 있는 단 하나의 명분이었다.

수양이 뽑아 든 난세의 칼
계유정란

불법으로 정권을 탈취하는 행위를 쿠데타라고 하고, 또 혁명이라고도 한다. 군대를 동원하여 기존의 정권을 무너뜨리자면 거기에 따르는 그럴듯한 명분이 있어야 한다. 그러나 그 어떤 명분도 기존 질서를 무너뜨렸다는 점에서 정당화될 수 없다.

쿠데타를 성사시키기 위해서는 빈틈없는 계획을 세워서 일사불란하게 밀고 나갈 수 있는 재사가 있어야 하고, 또 성사되고 난 다음에 명분을 정당화할 수 있는 두뇌집단이 있어야 한다. 그리고 기존의 질서를 일거에 무너뜨릴 수 있는 군사력이 있어야 하는 것도 당연하다.

문종이 세상을 떠나면서 조정과 종친 사이에 갈등의 요소가 생겨나기 시작하였다. 소년 단종의 큰 숙부인 수양대군에게도 조정이라는 집

:: 세조 어진

단과 안평대군이라는 아우와의 갈등이 증폭되기 시작한다. 성품이 불과 같은 수양대군은 갈등의 두 요인을 일거에 제거할 궁리를 한다.

혼자서는 할 수 없는 이 거대한 계획을 실행에 옮기기 위해서는 죽음을 무릅써야 하고, 그러자니 목숨을 내걸고 자신을 따라 주어야 할 두 뇌집단이 있어야 한다. 이 무렵 수양대군과 흉금을 터놓을 수 있는 유일한 인물은 권람뿐이었다. 그 권람이 어려서부터 막역한 친구였던 칠삭둥이 한명회를 데려온다.

이때 한명회는 경덕궁직敬德宮直으로 있는 보잘것없는 사내였다. 말이 벼슬이지 개성에 있는 경덕궁(이성계가 살던 집)의 문지기가 무슨 벼슬이겠는가. 그것도 불혹의 나이를 눈앞에 둔 서른여덟 살이라면 이만저만한 늦깎이가 아니다.

수양대군과 한명회의 만남, 이 만남이 한명회를 정치의 중심부로 끌어들이면서 조선조 왕통의 흐름을 뒤바꾸는 단초를 마련하게 된다. 수양대군은 한명회의 속내를 읽으면서 그의 예리한 판단력과 종횡무진한 지혜에 놀라움을 금치 못한다.

한명회는 수양대군에게 '생살부生殺簿'를 만들어 올린다. 생살부가 무엇인가. 살릴 사람과 죽일 사람의 명단을 적은 명부다. 물론 죽일 사람의 명단에는 영의정 황보 인, 우의정 김종서, 아우 안평대군이 올라 있다. 수양대군은 안평대군만을 살리고 싶다 하였으나, 한명회의 대답은 이를 용납하지 않을 정도로 냉엄하였다. 지금 살려 두면 나중에 또 죽여야 할 사단이 있을 것이므로 같은 일로 사람을 죽이는 일을 두 번 되풀이할 수 없다는 논리였다.

마침내 수양대군은 한명회의 명석한 판단에 두 손을 든다.

"공은 나의 장자방張子方이다."

이때의 장자방은 사람의 이름을 말하기보다 빈틈없이 일을 꾸미는 '출중한 막료'라는 의미에 더 가깝다.

계획이 섰으면 실행에 옮겨야 한다. 수양대군은 한명회가 세운 계책에 따라 1453년 10월, 칠흑 같은 야밤을 이용하여 김종서의 집으로 달려가서 거목 김종서에게 철퇴를 내린다. 그리고 소년 단종에게로 달려갔다. 이때 단종은 향교동에 있는 매부 영양위 정종鄭悰의 사저에 나와 있었다.

수양대군은 김종서 등 일당이 역모를 꾀한다 하므로 먼저 처단할 수밖에 없었다고 거짓으로 고하면서 중신들을 소집하여 일을 수습할 수 있도록 해 달라고 강청한다.

영의정 황보 인, 우찬성 이양, 병조판서 조극관 등 '생살부'에 이름이 올라 있는 중신들이 모두 정종의 집에서 주살되면서 피바람이 휘몰아친 후 날이 밝았다.

수양대군은 아우인 안평대군 부자를 강화도에 압송하고, 어린 단종의 유일한 의지처인 혜빈 양씨까지 궐 밖으로 내친 다음에 한명회 등에게 등을 떼밀리는 수순을 밟으면서 '일인지하요, 만인지상'이라는 영의정의 자리에 올라 조정의 실권을 장악한다. 이 일련의 사태를 역사는 '계유정란癸酉靖亂'이라고 적었다.

조선시대의 종친은 높은 벼슬에 종사할 수 없다. 어린 조카의 안위를 지키고, 나라의 기강을 세우기 위해 궐기하였다는 명분이 있어도 수양대군이 영의정의 자리에 오르는 것은 불법이다. 그 불법을 정당화하기 위해 수양대군은 당대의 석학 정인지와는 사돈을 맺으면서 가까이 끌

:: 안평대군 이용李瑢 〈春夜宴桃李園序〉墨紙金泥 25.4×11

어들이고, 한명회를 통하여 신숙주(1417~1475)까지 측근으로 맞아들인다. 모두가 어린 조카를 폐하고 왕위에 오르려는 시나리오였다

마침내 1455년 윤 6월 11일, 수양대군(1417~1468)은 어린 조카 단종을 상왕으로 밀어내고 임금의 자리에 오르게 된다. 이날 상왕으로 물러나는 단종은 경회루 앞에서 숙부 수양대군에게 어보를 넘겨준다. 입직승지 성삼문은 수양대군이 지켜보는 앞에서 통곡을 쏟아 낸다. 성군 세종의 유고를 지켜 내지 못한 가책의 울음이었다.

쿠데타나 다름이 없는 계유정란의 피바람을 등에 업고 수양대군은 조선왕조의 여섯 번째 임금의 자리에 오른다. 불법으로 찬탈한 임금의 자리가 편할 리가 없다.

성군 세종의 유고를 받들어야 하는 집현전 학사들이 마침내 세조 제거에 나선다. 상왕으로 물러난 단종을 다시 보위로 모시기 위해서는 그 길이 최선인 것은 분명하다. 중국에서 온 사신에게 연회를 베푸는 자리에서 세조의 목을 치려는 계획은 착착 진행된다.

세조와 세자는 물론 상왕으로 물러나 있던 단종도 참석하게 되어 있는 거창한 연회의 자리가 마련된다. 바로 세조의 등 뒤에서 운검雲劍을 들고 서 있게 될 성삼문의 아버지 성승成勝과 강골의 무장 유응부俞應浮가 운검을 내려치면 세조는 살아남을 길이 없다.

그러나 이 치밀했던 집현전 연회 당일, 한명회는 아침 일찍 입궐하여 세조를 배알한다. 뭔가 불길한 낌새가 느껴져서이다.

"전하, 연회장의 대소사를 신에게 맡겨 주소서."

세조는 승지 한명회의 간청을 단호히 거절한다. 연회장의 대소사는 예조에서 관장하는 일이기 때문이다.

"전하, 날이 무척 무덥고 연회장인 광연전은 심히 좁습니다. 혹시라도 불미한 일이 있다면, 매사에 이치만 따지는 예조로서는 분별을 못할 때가 있을 것으로 아옵니다. 신에게 맡겨 주소서."

한명회가 지적하는 불미한 일이 무엇이냐고 세조가 다급하게 묻지만 한명회는 끝내 대답하지 못한다. 오직 영감에 의한 짐작일 뿐이기 때문이다. 그러나 한명회는 조르고 또 졸라서 세조의 허락을 받아 낸다.

연회장으로 쓰일 창덕궁 광연전으로 달려간 한명회는 장검을 들고 다가서는 유응부 등 운검을 막아 선다.

"운검을 폐하라는 어명이요!"

물론 왕명의 사칭이다. 대단한 기지이자 배짱이 아닐 수 없다. 성품이 불과 같았던 유응부는 한명회를 단칼에 베고라도 들어갈 것을 주장하지만 성삼문 등 문약한 선비들은 뒷일이 두려워서 거사 일을 뒤로 미루기로 한다. 왕명을 사칭한 한명회의 영감 하나로 세조는 목숨을 구하게 되었고, 집현전 학사들의 계책은 물거품이 되고 만다.

아니 물거품이 아니라, 이 일이 저 피바람 넘치는 사육신의 옥사로 이어지면서 성삼문, 박팽년, 유응부, 유성원 등 천하의 집현전 학사들이 이슬로 사라지게 된다.

김종서와 황보 인 등을 주살하는 '계유정란'에서 집현전 학사들의 씨가 마르는 '병자년의 옥사'에 이르는 동안 우리는 한명회의 날카롭고 예민한 통찰력을 발견하게 되고, 때로는 한 시대를 풍미하는 정치력은 타고난 영감靈感이나 직감直感에 의해서 발휘될 수 있음도 알게 된다.

압구정동 엘레지
질삭뭉이 한명회

　밤이면 불야성을 이루는 지금의 압구정동, 그 '압구정동'이라는 동명
은 바로 그 자리에 서 있었던 한명회의 정자 '압구정狎鷗亭'에서 유래되었
음은 누구나 아는 사실이지만, 그때의 실상은 정확히 알려져 있지 않다.

　당시의 압구정이 어떤 규모의 정자였는지를 소상하게 알려주는 문자
로 된 기록은 없지만, 대단히 아름답고 호화로웠다는 것은 남겨진 그림
이나 당시의 정황으로 미루어 짐작할 수 있다.

　압구정의 운치는 말할 것도 없고, 그것이 얼마나 화려하고 아름다웠
으면 멀리 중국(명나라)에까지 소문이 나서 조선으로 오는 중국의 사신이
면 누구나 압구정에서 연회를 베풀어 주기를 소망하였다는 기록이 있
을까.

:: 「압구정 狎鷗亭」 비단에 채색 31.0×20 간송미술관 소장

당시의 법도로는 임금의 허락이 없이는 중국에서 온 사신들을 개인이 초청할 수 없다. 사정이 이와 같고 보면 압구정의 주인인 한명회가 아무리 성종 임금의 장인이라 해도 난감한 노릇이 아닐 수 없다. 중국에서 온 사신들을 홀대한다면 정치적인 보복으로 이어지는 것이 당시의 사정이다. 따라서 행패를 일삼으려는 중국 사신들을 압구정으로 불러 융숭하게 예우하고자 한다면 국법을 어겨야 하는 어려움이 있다.

　성종 11년 6월 7일자 「성종실록」의 기사는 압구정의 유래와 함께 한명회의 난감한 심회를 적어 놓고 있다.

　신이 압구정을 지은 것을 깊이 스스로 뉘우칩니다. 신이 옛날 사신이 되어 중국 조정에 들어갔을 때 학사 예겸倪謙을 만나게 되어 간곡히 청하기를 "한강에 조그만 정자를 지었으니, 원컨대 아름다운 이름을 내려 주십시오" 했더니 이에 압구狎鷗라고 이름하고 또 기記를 지어 주었습니다. 중국 사신이 이것으로 인하여 이 정자가 있는 것을 알고 가 보고자 하는 것입니다.

　또 한림학사 예겸의 학문과 인품 탓으로 중국의 학사들이 앞을 다투어 압구정에 부치는 시를 지어서 보냈다는 기록이 있는 것으로 미루어서는 그들의 시를 편액으로 만들어서 정자에 걸었을 것이 분명하다. 그러므로 압구정이 호화롭고 아름다웠다는 사실에 명소의 개념을 덧붙인 격이 되었다.

　설사 그렇기로 압구정이 건재하고서는 말썽이 이어지게 마련이어서 그 후에도 중국에서 온 사신들은 누구나 압구정에서 연회하기를 강청하였다. 사정이 이러하다면 때로는 허락해야 할 경우도 있었을 법하다.

막강한 세도가 한명회는 오만하게도 대궐에서 쓰는 차일遮日을 빌려서 정자의 위엄을 높이기까지 하였다. 이에 대한 성종의 엄명이 성종 12년 6월 25일자 「성종실록」에 적혀 있다.

이미 잔치를 차리지 않기로 하였는데, 또 무엇 때문에 처마를 잇대는 공사를 하겠는가. 지금 큰 가뭄을 당하였으므로 뜻대로 유관遊觀할 수 없거니와, 내 생각으로는 이 정자는 헐어 없애야 마땅하다. 중국 사신이 중국에 가서 정자의 풍경이 아름답다는 것을 말하면, 뒤에 우리나라에 사신으로 오는 사람이 다 유관하려 할 것이니, 이는 폐단을 여는 것이다. 또 강가에 정자를 꾸미서 유관하는 곳으로 삼은 자가 많다 하는데, 나는 아름다운 일로 여기지 않는다. 내일 제천정에 주봉배晝捧杯를 차리고 압구정에 장막을 치지 말도록 하라.

조선시대 500년을 모두 살펴도 한명회만 한 입지전적인 인물을 찾기는 어렵다. 불우한 청년시절을 보내고 불혹의 나이로 수양대군의 휘하에 들어가면서 계유정란을 주도하게 된다. 그의 예리한 통찰력과 판단력은 누구도 따를 수가 없다. 그가 승승장구하는 것은 권력의 주변이 그를 필요로 하기 때문이었다.

한명회(1415~1487)는 단종, 세조, 예종, 성종에 이르는 4대에 걸쳐 33년간을 조정의 핵심 요직에서 활약하는 동안 '일인지하요, 만인지상'이라는 영의정의 자리를 두 번이나 거쳤고, 성종 초에는 원상의 자리에 올라 국가의 위기를 관리했던 당대의 경세가이자 임금(성종)의 장인이기도 하였다.

한명회가 한강 건너에 세운 압구정이 당대의 명소가 된 것은 그의 지위를 보아서도 당연한 것이지만, 중국에서 오는 사신들에게까지 명소가 된 것은 한명회의 명성이 중국에까지 떨쳤음을 짐작하게 하는 대목이다.

압구정이 정치적으로 문제가 된 것은 권력이 영원하지 않기 때문일 수도 있다. 한명회의 나이가 고령에 이르고 정치적인 영향력이 줄어든다면 호화로운 별장 압구정은 당연히 여러 사람의 입에 오르내리게 된다.

결국 압구정 문제는 성종의 진노를 사기에 이른다. 「성종실록」이 이를 잘 말해 주고 있다.

내가 듣건대, 재상 중에 강가에 정자를 지은 사람이 매우 많다고 한다. 지금도 중국의 사신들이 압구정에서 놀자고 하거니와, 뒤에 오는 사신들도 반드시 강가에 있는 정자에서 놀자고 할 것이니, 나는 강가에 있는 정자를 헐고자 한다. 올해 안에 모두 헐어 없애도록 하라.

한명회와 성종의 관계는 임금과 신하의 관계이면서 장인과 사위의 관계이기도 하다. 임금의 지위에 있는 사위가 장인의 정자를 헐어 없애라고 진노하였다면 압구정으로 인한 폐해가 얼마나 컸던가를 짐작할 수 있다.

:: 한명회 신도비 韓明澮神道碑 – 천안시 수신면 속창리

그런 압구정이지만 언제 지어져서 언제 헐렸다는 정확한 기록이 없는 것은 아쉬움으로 남는다.

조선조 초기에는 한강 가에 아름답고 호화로운 정자가 많았다. 특히 마포나루와 양화나루 중간 지역에 많았다는 기록을 뒷받침 하듯, 효령대군이 몸소 지었다는 희우정喜雨亭(지금의 망원정)은 지금도 남아있다. 그런데도 유독 한명회만은 한강 건너편 언덕에 정자를 지었다. 놀라운 선견지명이 아닐 수 없다.

한명회의 압구정이 화려한 소비문화 때문에 군신간의 논란대상이 되었었는데…, 그로부터 500여 년이 지난 지금에 이르러 그 정자가 있었던 지역이 호화롭고 사치스러운 소비문화로 또다시 세간의 화제에 휩싸이는 것은 역사가 무심히 흘러가는 과거만의 기록이 아니라, 살아서 꿈틀거리는 맥락임을 선명하게 보여 주고 있음이라 하겠다.

유씨 부인의 죽음
숙주나물과 신숙주

역사와 역사소설은 엄격하게 구별된다. 역사가 사실을 실증적으로 기록하는 학문이라면, 역사소설은 역사를 소재로 하는 픽션(虛構)이기 때문이다. 그러나 사람들의 마음속에 역사인식을 심어 주면서 그 감동을 오래 지속하게 하는 것은 역사라는 학문이 아니라 역사소설의 영향이라는 사실은 누구나 알고 있다. 그러한 까닭으로 한 편의 잘못된 역사소설이 실재했던 인물들을 터무니없이 비하하고 왜곡하는 경우가 있다. 신숙주에 관한 여러 가지 사연들이 이를 잘 입증하고 있다.

한국인에게 심어진 신숙주의 인상은 배신자의 전형으로 되어 있다. 예컨대 신숙주의 배신이 싫어서 숙주나물도 먹지 않겠다는 정도다. 이것이 얼마나 잘못된 편견인지는 곧 입증이 되겠지만, 이같이 허황된 편

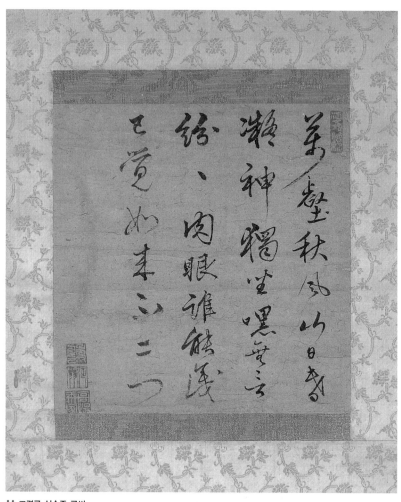

:: 고령군 신숙주 글씨

견이 생겨난 것은 역사적인 사실에서 기인된 것이 아니라, 역사소설의 기술이 잘못된 데서 시작되었다.

우리나라의 근·현대 소설 작단에서 가장 왕성하게 역사소설을 집필해 온 이름 있는 작가들의 작품에 「단종애사」, 「목매이는 여자」, 「윤씨 부인의 죽음」과 같이 세조와 단종의 관계를 소재로 한 역사소설이 있다. 바로 이 소설들이 신숙주를 배신자의 전형으로 만들어 놓은 주범이다. 그 원인이 어디에 있는지 살펴보기로 한다.

세조 2년 1월 23일자 「세조실록」에는 신숙주의 아내인 윤씨 부인의 죽음에 대한 기사가 소상히 적혀 있다.

신 대제학은 다른 공신의 예와 다르고, 또 만 리 외방에 있으며 여러 아들이 어리니, 나의 애통함을 다 말할 수가 없다. 의정부에서 초종에 관계하여 염장하게 하며, 또 관원을 보내어 장례 지내는 등의 일을 상세히 아뢰도록 하라.

또한 관을 짜는 널판자, 쌀, 콩 50석, 종이 70석, 석회 50석, 송지 3두, 유둔 4부를 내려 주고, 신숙주의 매부 되는 조효문에게 호상을 친히 명하였다. 이때 신숙주는 명나라에 사신으로 가 있었으므로 위의 기사를 소개해두어야만 여러 역사소설이 잘못된 연유를 살필 수 있다.

그의 부인은 영의정 윤자운의 누이였다. 공이 세종조의 팔학사에 참예하여 더욱이 성삼문과 가장 친밀하더니 병자년의 난에 성삼문 등의 옥사가 일어났다. 그날 밤 공이 집으로 돌아오니 중문이 환히 열려 있었으나 윤부인은 보이지 않았다. 공이 방을 살펴본즉 부인이 홀로 다락 위에 올라가 물었더니 대답하기를 "당신이 평일에 성 학사 등과 형제와 다름없이 좋아 지내더니, 이제 성 학사 등의 옥사가 있었다 하니 당신도 반드시 그들과 함께 죽을 것이므로 통지가 있기를 기다려서 자결하기로 하였더니, 이제 당신이 살아서 돌아온 것은 생각 밖의 일이오" 하므로 그가 무연히 부끄 러워서 몸 둘 곳을 모르는 듯하였다.

「송와잡기」에서

그러나 「식소록」에는 정난하던 날이라 하였으나, 윤씨 부인은 병자년 정 월에 죽었고, 사육신의 옥사는 4월의 일이다.

「연려실기술」에서

위에 인용한 두 가지 사료는 각각 우리나라의 대표적인 야사집인 「송 와잡기」와 「연려실기술」에 등재되어 있다. 여기서 우리는 같은 책에 실 려 있는 서로 내용이 상반되는 사료가 얼마나 많은 사람들의 역사인식 을 혼란에 빠뜨리는지를 알게 된다.

병자년의 옥사(사육신의 참변)와 같은 참변이 생기면 호사가들은 치미는 울분을 참지 못하고, 마음에 들지 않는 사람(개인적인 감정에서)을 골라 호 되게 매도하는 경우가 있다. 「송와잡기」가 바로 그와 같은 예에 해당된 다. 더 구체적으로 말한다면, 이미 죽고 없는 신숙주의 아내 윤씨 부인 을 무려 다섯 달 동안이나 살려 두었다가 신숙주를 매도하는 데 쓰고 있음을 알 수가 있다.

결국 「단종애사」, 「목매이는 여자」, 「윤씨 부인의 죽음」을 쓴 작가들은 「세조실록」에 적혀 있는 사실은 전혀 등한히 한 채(확인하지 않은 채), 야사집인 「송와잡기」의 잘못된 기록에만 근거하여 소설을 썼던 탓으로 수많은 독자들에게 잘못된 역사를 강요한 꼴이 되었다.

더러는 「조선왕조실록」의 기사를 '승자의 기록'이라 하면서 불신하려는 사람들도 있지만, 그것은 어디까지나 정치적인 사안의 기록에서 야기되는 것일 뿐, 천문이나 풍속, 특히 여성의 죽음 등 비정치적인 사안까지 불신하려는 것은 「조선왕조실록」을 읽지 않았거나 정독하지 않은 데서 기인하는 무지가 분명하기에 '우선 「조선왕조실록」을 읽어보라'고 간곡히 당부하고 싶다.

역사소설이 허구인 것은 엄연한 사실이지만 반드시 지켜야 하는 원칙이 있다는 사실을 잊어서는 안 된다. 가령 포은 정몽주는 어떠한 경우에도 선죽교에서 죽어야 하고, 사도세자는 뒤주 속에서 죽어야 하며, 단종은 영월의 청령포에서 죽을 수밖에 없다.

픽션이라는 개념을 존중한다 하여 정몽주가 서울의 남산에서 주살되고, 사도세자가 사약을 받고 죽으며, 또 단종이 수원에서 죽는다면 그것을 온전한 역사소설이라고 할 수 없다. 반드시 지켜야 하는 룰을 저버렸기 때문이다.

신숙주에 관한 또 다른 편견과 무지가 작용하여 위에 소개한 소설의 일부를 고등학교 국어 교과서에 수록한 때가 있었다. 그 결과는 참으로 가공할 만한 것이었다. 잘못된 역사소설을 탐독한 사람들과, 고등학교 국어 시간에 잘못된 역사소설에 의지한 교사들의 무비판적인 가르침에 감동한 청소년들은 마침내 신숙주를 배신자의 전형으로 뇌리에 새기게 되었다. 심지어 아무 근거도 없이 숙주나물을 빗대어 신숙주의 배신을 매도하는 지경에까지 이르렀다.

이 한심하고 부끄러운 편견이 지속되어 오다가 1970년대에 이르러 뜻 있는 학자들과 고령신문高靈申門에서 고등학교 국어 교과서에 등재된 「윤씨 부인의 죽음」을 삭제해 줄 것을 강력히 요구하기에 이르렀고, 문교부(지금의 교육인적자원부)에서는 사실이 명백한 그들의 요청을 받아들이지 않을 수 없었다.

역사소설이 사실을 존중해야 하는 것은 앞으로 다가올 일이 아니라 이미 지나간 일이기 때문이며, 거기에는 시대의 의미가 담겨져 있기 때문이다. 역사가 함축하고 있는 시대의 의미를 토막내어 인식하거나 왜곡하면 역사를 올바르게 해석할 수 없게 된다. 역사는 흐름으로 읽어야 바로 읽을 수 있기 때문이다.

시신은 물 위에 뜨고
단종의 자살

노산군으로 강등되었다가 강원도 영월 땅, 청령포에 유배되었던 상
왕 단종(1441~1457)은 다시 서울로 돌아오지 못하고 유배지에서 세상을
뜬다. 이 단종의 죽음에 대한 억측은 지금까지도 사람들의 입에 오르내
리면서 혼란을 거듭하게 한다.

그 혼란의 단초는 「세조실록」의 기록에서 시작된다.

실록은 단종의 죽음을 "금성대군과 송현수(단종의 장인)가 죽었다는 소
식을 듣고 스스로 목매어 자결하니 예로써 장사 지냈다"라고 적고 있
다. 그러나 「논사록」, 「병자록」, 「송와잡기」, 「음애일기」 등을 살펴보면
한결같이 노산군이 금부도사에 의해 형을 받았다고 적혀 있다.

여기서 어느 쪽의 기록이 옳은가 하는 문제가 생기는데, 후일 중종

:: 강원도 영월 청령포 - 3면이 깊은 강물로 둘러싸여 있는데다 한쪽 면은 높은 벼랑에 가로막혀 천연의 감옥과 같은 곳이다.

때에 이르러 노산군의 무덤을 찾지 못해 노심초사하였다는 기록이 「세
조실록」을 불신하게 하더니, 중종의 명을 받은 김안로가 영월로 달려가
노산군의 무덤을 간신히 찾기는 하였는데, 20여 기의 볼품없는 무덤(공
동묘지) 가운데 있었다고 보고하였다. 이 보고가 「세조실록」에 적힌 "…
예로써 장사 지냈다"라는 기록의 신빙성을 잃게 한다.

세조가 어린 조카 단종의 죽음을 애도하면서 예로써 장례 지내게 한
것이 사실이라면 그 무덤이 공동묘지의 한가운데에 방치되어 있었을
리가 없다. 「조선왕조실록」이 승자의 기록으로 비하되는 까닭은 바로
이런 종류의 기사가 있기 때문이다.

정사正史의 기록을 신뢰할 수 없다면 야사의 기록을 뒤져서라도 당시

의 상황을 복원해 볼 필요가 있다. 그런 점에서 야사의 기록인 「병자록」은 자못 흥미롭기 그지없다.

금부도사 왕방연이 사약을 받들고 영월에 이르러 감히 들어가지 못하고 머뭇거리고 있으니, 나장羅將이 시각이 지체된다고 발을 굴렀다. 도사가 하는 수 없이 들어가 뜰 가운데 엎드려 있으니, 단종이 익선관과 곤룡포를 갖추고 나와서 온 까닭을 물었으나 도사가 대답을 하지 못하였다.

통인通引 하나가 항상 노산군을 모시고 있었는데, 스스로 할 것을 자청하고 활줄에 긴 노끈을 이어서, 단종이 앉은 뒤의 창구멍으로 그 끈을 잡아당겼다. 그때 단종의 나이 십칠 세였다. 통인이 미처 문밖으로 나오지 못하고 아홉 구멍에서 피가 흘러 즉사하였다.

시녀와 따르는 사람들이 다투어 고을 동강東江에 몸을 던져 죽어서 뜬 시체가 강에 가득하였고, 이날 뇌우가 대작하여 지척에서도 사람과 물건을 분별할 수 없었고, 강렬한 바람이 나무를 뽑고 검은 안개가 공중에 꽉 끼어 밤이 지나도록 걷히지 않았다.

다소 과장된 느낌은 있으나, 「병자록」이 단종을 위해 목숨을 버린 사육신의 충절을 담고 있고, 세조의 부도덕을 부각하고자 한 기록이라면 그 내용이 단종의 죽음을 미화할 수밖에 없다.

금부도사 왕방연이 노산군이 마실 사약을 가지고 영월에 간 것은 사실이다. 노산군에게 사약을 내려야 한다는 종친과 신료들의 주청이 벌떼와 같았다는 기록은 「세조실록」에 넘쳐 나도록 적혀 있다. 세조의 동복 아우인 금성대군이 노산군의 장인인 송현수 등과 더불어 노산군을

:: 「단종 영정 端宗影幀」운보 김기창 그림 – 이 영정의 전설은 단종이 영월로 유배되어 완풍헌에서 지내고 있을 때 한성부윤을 지
낸 추익한이 관직을 버리고 이곳에 왔다가 단종의 유배소식을 듣고 문안드리며 음식
을 진상하는 등 극진히 받들었다. 자기 신분을 감추고 어느 날 산머루를 따서 진상하
려고 산에서 내려오는 길에 곤룡포를 입고 익선관을 쓴 단종대왕께서 백마를 타고 오
는 행차와 마주쳤다. 추익한은 땅에 꿇어 앉아 어인행차인가 어쭈니 태백산으로 가는
중이라 하며 자취를 감추고 사라졌다. 기이한 생각에 급히 부중으로 들어가니 이미 승
하한 후였다. 단종의 혼령임을 깨달은 추익한은 죽음을 택하고 그 뒤를 따랐다

다시 복위케 하려는 역모를 꾀하였다는 고변이 접수된다.

　노산군의 복위는 이미 성삼문, 박팽년 능 사육신에 의헤 시도된 바가 있었다. 그해가 병자년이라 하여 사육신이 문초를 당하면서 옥사를 하고 사약이 내려지던 사태를 역사는 '병자옥사'라고 적는다. 금성대군과 송현수가 다시 노산군을 복위하는 역모를 꾀하였다면 그에 상응하는 처벌을 받아야 하지만, 끊임없이 되풀이되는 역모의 원인을 제거하자는 논리가 성립된다.

　노산군으로 강등되어 영월 땅에 유배되어 있는 상왕 단종에게 사약을 내리는 것이 바로 원인 제거의 일환이 된다. 왕방연이 영월 땅을 벗어나지 못하고 눈물로 읊조렸다는 '고운 님 여의옵고'라는 시조는 지금도 우리의 심금을 울린다.

　활줄로 목이 졸려 죽은 소년 단종의 시신을 돌볼 사람이 없는 것은 당연하다. 그를 따르던 시녀들과 시종들이 앞을 다투어 동강에 몸을 던진 탓도 있겠지만, 왕명에 의한 죽음이었으므로 왕명이 있어야 처리할 수 있기 때문이다.

　그런 와중에서 노산군의 시신은 누군가에 의해 동강에 버려진다. 물줄기는 거침없이 소용돌이치는데도 노산군의 시신은 강물을 따라 흘러가질 않았다. 뱅뱅 맴을 돌면서 관풍헌(마지막 기거하던 곳)이 바라보이는 여울을 떠나지 못한다. 영월부민들은 모두 놀라고 두려워하였으나 감히 나서서 손을 쓰는 사람이 없었다. 영월부사는 보다 높은 곳의 눈을 두려워하였고, 백성들은 관의 눈치를 살필 수밖에 없었다.

　하루가 지나자 노산군의 시신이 감쪽같이 없어진다. 호장 엄흥도嚴興道가 수급하였다는 소식이 나돌면서 그의 식솔들도 자취를 감추었다.

:: 장릉 – 난간석과 무인석이 없는 가장 간단한 **후릉厚陵**의 양식이다.

후일담이지만, 엄흥도가 척분들에게 노산군의 시신을 수습하겠다는 뜻
을 밝히자 모두 대경실색하면서 말렸다.

"의로운 일을 하다가 화를 당하는 것은 오히려 내가 원하는 바다."

엄흥도는 아무도 찾지 않는 노산군을 조석으로 문안한 최후의 신하
였다.

비로소 중종 때에 이르러 영월 땅 동을지산에 암장한 노산군의 초라
한 묘를 찾으니 그것이 지금의 장릉莊陵이다. 노산군의 시신을 수습한
엄흥도는 정조 때 장릉 충신단에 배향되었고, 순조 때 충의공이라는 시
호를 받았다.

단종이 상왕으로 밀려나면서 어린 나이로 대비가 된 송씨는 동대문

밖에 있는 정업원淨業院에서 82세를 일기로 한 많았던 세상을 버린다. 정업원이란 오갈 데 없는 여승늘이 모여 사는 곳이다. 인금의 아내가 되었다는 그 한 가지 인연으로 칠십여 년의 세월을 여승들과 함께 외로운 나날을 보냈던 정업원의 소나무는 송씨의 눈물 어린 시선을 따라서인지 모든 가지가 지아비가 있는 영월로 향해 뻗어 있었다는 슬픈 이야기를 남기고 있다.

이로부터 많은 세월이 흐른 숙종조에 이르러서야 노산군은 단종대왕으로, 왕비 송씨는 정순왕후로 복원되지만, 두 사람의 맺힌 한은 구천에서도 씻어지지 않았을 것으로 짐작된다.

청상과부의 야망

인수대비

조선시대의 여인들이 글을 배우지 않았다는 속설은 믿을 것이 못 된다. 그것이 남존여비의 시대였기에 그랬을 것이라는 그릇된 짐작은 더욱 실망감만 더하게 할 뿐이다. 동양 삼국에서 가장 으뜸가는 여류 시인으로 평가되는 난설헌 허초희의 아름다운 시문을 어찌 남성의 것에 비하랴.

보한재 신숙주는 여성들에게 글을 가르쳐야 하는 도리는 그녀들의 지아비가 나라를 경영하게 되고, 그녀들의 자제들이 다음 대의 인재가 되기 때문이라고 하였다. 실제로 예술적인 섬세함과 인품을 두루 갖추었던 사임당 신씨가 대현 율곡을 탄생하게 한 것으로도 이를 입증할 수 있다.

조선왕조 500년 동안에도 출중한 여성들이 많지만 그중에서도 가장 훌륭했던 지식인 여성을 한 사람만 기명하라면 나는 순가의 틈새도 두지 않고 성종 임금의 모후인 인수대비仁粹大妃를 지목할 수밖에 없다. 또 누가 조선왕조를 통틀어 혹독한 추위와 눈보라를 견디면서도 아름다운 꽃을 피우고 탐스러운 향기를 뿜어내는 설중매雪中梅와 같은 고매한 삶을 누린 여성이었느냐고 묻는다 해도 역시 인수대비라고 대답하는 것이 최선이 아닐까 싶다.

소혜왕후昭惠王后라고도 불리는 인수대비는 좌의정을 지낸 한확의 딸로 태어났다. 그녀의 가계는 조선조에서도 남다르게 특이하였다. 할아버지 순창군수 한영정은 아들 셋과 딸 둘을 두었다. 큰딸은 명나라로 들어가 성조成祖의 후궁인 여비麗妃로 봉해졌고, 둘째 딸은 성조의 손자인 선종宣宗의 후궁인 공신부인恭慎夫人이 되었다.

명나라의 간섭을 받을 수밖에 없었던 조선시대에 그런 광영을 누리기란 쉽지가 않아서, 아버지 한확은 명나라 황제로부터 광록시소경光錄寺小卿이라는 벼슬까지 받았다. 조선의 조정은 그런 한확에게 명나라 사신의 책무만도 네 번씩이나 맡길 정도로 명망 높은 인물이기도 하였다.

한확의 둘째 딸인 한씨는 어린 나이에 수양대군의 맏며느리로 출가하였다. 문종이 승하하고 소년 단종이 등극하는 등 세상이 어수선해지면서 시아버지 수양대군은 계유정란을 주도하여 영의정의 자리에 오르더니 마침내 어린 조카를 밀어내고 보위까지 찬탈한다. 그런 와중에 지아비 장暲은 다음 대의 보위를 물려받을 세자의 자리에 올랐고, 한씨는 자연스럽게 수빈粹嬪으로 책봉되어 세자빈의 지위에 오른다.

세조 내외는 그녀의 지극한 효성에 감복하여 효부라는 도장을 새겨서 내렸는가 하면, 또 아랫사람을 경계함에 있어 추호의 빈틈이 없다 하여 때로는 폭빈暴嬪이라고 놀리기도 하였다. 그런 모든 사연은 그녀의 높은 교양과 빈틈없는 성품이 다음 대의 중전의 재목으로도 손색이 없다는 칭송이었다.

호사다마라는 속설이 있듯이 수빈 한씨에게 돌이킬 수 없는 비극이 밀어닥친다. 세자 장이 왕위에 오르지 못하고 스무 살 아까운 나이로 세상을 떠나자, 수빈은 눈앞에까지 다가와 있던 중전의 자리를 포기해야 하는 것은 물론이고, 경복궁에서 밀려나 세조의 잠저(임금이 되기 전에 살던 곳)로 돌아가 일개 청상과부로 전락한다.

한씨는 어린 세 남매를 거느린 왕실의 청상으로 장장 12년 동안 뼈아픈 세월을 보내면서 기사회생의 기회를 접지 않는 집념을 보인다. 세조의 절대적인 신임을 받으면서 막강한 힘을 과시하던 한명회의 막내딸을 둘째 며느리로 맞을 정도로 한씨는 야멸찬 야망을 키운다.

세조의 뒤를 이어 왕위에 오른 예종이 어린 나이로 세상을 등지자 한씨는 사돈인 한명회의 후광과 시어머니인 세조비 윤씨의 동정을 구하면서 마침내 둘째 아들 자산군을 보위에 밀어 올리는 데 성공한다. 한낱 왕실의 청상에 불과했던 불운의 세월을 청산한 수빈은 권토중래와 같은 당당한 모습으로 경복궁으로 다시 돌아와 중전의 자리를 거치지 않았으면서도 대비의 지위에 오르는 기적을 연출한다.

인수대비의 높은 학문은 산스크리트(梵語)와 한어(漢學) 그리고 한글의 삼자체三字體로 된 불서를 저술할 정도였다. 당시 조선의 여성으로 산스크리트로 된 불교 서적을 읽고 쓸 수 있었다는 것은 참으로 놀라운 경지가 아닐 수 없다. 다만 인수대비 한씨가 무슨 공부를 어떻게 하여 그

:: 덕종릉(위)과 소혜왕후릉(아래) - 소혜왕후릉은 왕릉형식을 갖추고 있어 덕종릉과 대조를 이룬다.

런 수준에 이르게 된 것인지를 상고할 수 없는 것이 안타까울 뿐이다.

인수대비 한씨는 조선조의 부녀자들을 교육하고 훈육하기 위해 몸소 「내훈內訓」을 찬술하기도 하였다. 조선조가 남존여비의 시대였으므로 부인들에게 글을 가르치지 않았다고 믿고 있는 사람들에게는 충격이고도 남을 일이 아닐 수 없다.

그 「내훈」의 서문에 적힌 다음 글에서 조선조 여성의 교육과 훈도를 앞장서서 강조하였다는 점도 눈여겨 볼 대목이 아닐 수 없다.

한 나라의 정치의 치란과 흥망은 비록 사내 대장부의 어질고 우매함에 달려 있다고는 하지만, 역시 부인의 선악에도 달려 있는 것이다. 그러니 부인도 가르치지 않으면 안 된다.

인수대비는 단종, 세조, 예종, 성종, 연산군의 다섯 임금을 거치는 격동의 시대를 살면서 수많은 영걸들의 부침을 가까이서 지켜보았다. 시아버지 세조를 비롯하여 안평대군, 김종서, 정인지 등의 석학과의 만남을 자신의 예지를 닦는 절호의 기회로 삼았고, 사돈 한명회와 신숙주의 경륜에 자신의 의지를 더하여 성종시대의 찬란한 문물을 열었는가 하면, 성삼문, 박팽년 등과의 악연까지도 '제왕학'의 테두리 안으로 수용할 줄 아는 그야말로 걸출한 지식인 여성이었다.

인수대비에게 주어졌던 가장 큰 불행은 조선의 여인이면 누구나 겪어야 했던 좁은 행동반경과 언동의 제약이었다. 그녀가 조선시대에 가장 돋보였던 지식인 여성이면서도 조선왕조 최대의 비극이라 할 수 있는 연산조의 난정을 잉태하게 한 것은 아이러니가 아닐 수 없다.

그 또한 따지고 보면 현실 표면에 나설 수 없었던 조선조 여성의 숙명을 짊어졌기 때문이 아닌가도 싶다. 역사에 대한 외경심을 높이기 위해서는 도덕의 해이를 가장 경계했던 조선의 왕실에서 친손자인 연산군이 던진 술상에 가슴팍을 맞아야 하는 전대미문의 비극을 자초하여 체험한 그녀의 비극은 생각할수록 안타까울 뿐이다.

아무리 몸에 밴 지식이라 하더라도 그 쓰임이 잘못되면 뜻하지 않은 재앙을 불러들이는 것처럼, 진실로 아름다운 교양이라 하더라도 어떻게 발휘되는 것이 온당한지에 대해 인수대비의 파란 많은 생애는 너무도 많은 것을 우리에게 시사하고 있다.

내시들의 미인 아내
부와 세도의 축적

청나라가 망했을 때 자금성의 뒷문으로 3000여 명의 내시들이 작은 보따리를 끼고 쫓겨 나오자, 구경하던 사람들이 탄식을 거듭하였다는 얘기는 너무도 유명하다. 결국 그 많은 내시들의 폐해와 음모에 의해 청나라가 망하였다는 탄식임이 분명하다.

중국의 영향을 받았던 우리나라의 내시들도 고려조 초기까지는 고위 관직을 겸할 수 있었다. 그러자니 내시들이 자행하는 음모와 시기의 폐단은 이만저만 큰 것이 아니었다.

내시는 군왕과 가장 가까운 거리에 있었기에 조정의 기밀을 누구보다도 소상히 알 수 있었고, 각 정파 간의 반목과 대립도 정확하게 파악할 수 있었다. 그러므로 각 정파나 문벌의 두령들은 내시를 매수하여 그들이 알고 있는 정보를 비싼 값에 사들일 수밖에 없었고, 또 군왕은 자신의 손발과 같은 내시들의 노고를 치하한다는 명목으로 토지와 재물을 자주 하사하였다.

내시가 대단한 부를 누리면서 여러 처첩을 거느리고 호화롭게 살 수 있었던 것은 주변의 여러 가지 여건이 그들에게 위세를 제공해 주었기 때문이다. 따라서 희대의 명신 서열에도 내시가 있고, 희대의 간신 서열에도 내시가 있었기에 '당나라는 내시 때문에 흥했고 내시 때문에 망하였다' 는 고사도 있다.

「조선인물고」에도 '명신' 란에 내시가 소개되어 있을 정도라면 그들의 존재를 무조건 비하할 수만도 없다. 고려조 공민왕 때 막강한 세도를 누렸던 내시 최만생은 끝내 공민왕을 시해하기까지 하였다. 바로 이같은 폐해를 미연에 방지하기 위해 조선조에서는 내시의 겸직을 허용하지 않으면서도 그들을 유용하게 쓸 수 있었다.

내시부의 우두머리를 판내시부사判內侍府事라고 부른다. 관직 위에 판判이 붙으면 판서의 지위와 같은 1품직임을 말한다. 내시에게 실제로 장악하는 업무가 없다고 하더라도 '대감' 으로 불리는 막중한 지위가 아닐 수 없다.

내시부의 조직은 판내시부사 밑에 상선尙膳이 두 사람이니 모두 종2품이요, 상온尙醞과 상다尙茶가 각각 한 사람이니 이들은 정3품이다. 이같은 서열로 종9품까지 55명이 있었고, 그 밖에도 수많은 무품의 내시가 있어 내시부의 정원은 총 140명이었다.

내시들에게 성한 관리들보다 더한 세도가 있었다는 사실은 명문대가에서 다투어 내시에게 딸을 주었다는 사실로 미루어 보면 더욱 자명해진다.

내시가 고자와 같이 성행위가 불가능한 것을 알면서도 귀애하는 딸을 그들에게 출가시키는 것은 딸을 팔아서 치부를 하거나 출세 길을 터보겠다는 탐욕이 없이는 불가능하다.

내시 사위를 보는 명문가가 늘어나자 연산군은 10년(1504) 5월 14일, 의정부에 다음과 같은 전지를 내린다.

내시들이 외간 사람들과 상통하니 궁중의 일이 혹시라도 누설될 것인데, 더구나 인아姻婭(사위집 편의 사돈 및 남자 편의 동서 간의 관계) 관계가 되는 자임에랴. 지금 많은 내시들이 조정 관원들의 친족들에게 장가를 들어 아내로 삼으니 그 사이에 어찌 인연으로 왕래하여 궁궐 안의 일을 전파함이 없겠는가. 내시의 처족 되는 조정 관원은 외방으로 내보내어 서울에서 살지 못하게 하되, 내시가 죽은 다음에야 서울로 돌아올 수 있음을 중외에 알리라.

이 같은 왕명에 따라 엄중히 조사를 하였더니 내시를 사위로 맞은 사람은 첨지사 조한손 등 32명으로 나타났고, 또 정효창이라는 내시는 왕후의 친족에게 장가를 들었음이 밝혀지자 곤장 100대를 때려서 귀양 보냈다고 「연산군일기」에 기록되어 있다.

내시들의 비행을 미연에 방지하기 위해 내시들의 처족에 대해서는 이 같이 엄하게 다스리면서도 내시 그 자체에 대해서는 관대하였다. 어차피 가까이에 두고 부리자면 그들을 홀대하여 얻을 것이 없었기 때문이다.

사대부가 1품의 벼슬에 오르면 그 부모에게도 벼슬을 추증한다. 이와 같은 예에 따라 내시늘에게노 직첩이 높은 지에게는 그 어버이에게 직첩을 추증하라는 왕명이 있는가 하면, 직첩이 높은 내시들이 출입할 때는 길을 인도하는 구종도 쓰게 하였고, 벼슬아치나 사람들이 내시를 무시하거나 업신여기면 엄히 치죄하라는 전교까지 있는 것으로 보아서도 내시의 위세가 결코 만만치 않았음을 알 수 있다.

그러므로 내시들이 모여 사는 화자동火者洞(지금의 효자동)에는 으리으리한 고대광실이 많았다고 전한다. 모두가 직첩이 높은 내시들이 사는 집이었다. 그런 고대광실의 특색은 솟을대문이 여러 개 우뚝우뚝 솟아 있다는 점이다. 조강지처와 첩실이 있었고 그녀들이 도망하지 못하도록 높은 울타리를 치고 살았다는 뜻이다.

내시들도 밤이 되면 지어미의 방으로 가야 한다. 성기는 없어도 애무는 할 수 있기 때문이다. 그 애무는 정상적일 수가 없다. 사디스트적이고 그로테스크한 방법으로 여인들을 괴롭히면서 자신의 쾌감을 즐겼을 것이 분명하다.

고위관직에 있는 내시의 처첩들은 대개가 미인이었다고 전해진다. 극형에 처해질 대죄에 몰린 사대부의 딸이 아버지에게 연좌되어 관노로 가게 되면, 내시는 임금에게 간청하여 그녀들을 하사받을 수 있었기 때문이다.

내시들의 성적인 비행은 그들의 가정에서만 국한되었던 것은 아니다. 내시들은 궁궐에 근무하면서도 상궁과 무수리를 사랑하고 때로는 괴롭히다가 발각되어 대궐에서 쫓겨난 사례도 많다.

연산군 10년(1504) 9월 7일조의 「연산군일기」에는 다음과 같은 흥미로운 전교가 실려 있다.

:: 「조선시대 미인도」 종이에 수묵담채 114.2×56.5 동경국립박물관 소장

환관 이정李珵과 석극산石克山을 전익감 관원을 시켜 그들의 음근을 조사해 보도록 하라.

얼마나 놀라운 일인가. 이 기사의 내용으로 미루어 본다면 성기능을 갖춘 멀쩡한 사람이 궁궐에 잠입하여 내시 행세를 하였던 사례가 있음을 알 수 있기 때문이다.

그 실례로 연산군은 가끔 모든 내시들을 한 곳에 불러 모으고 바지를 내리게 하여 그들의 성기를 몸소 눈으로 확인하였다는 기록 또한 「연산군일기」에 등재되어 있다면, 내시의 세계를 어느 한 가지로 단정하여 말하기는 정말로 쉽지가 않다.

IV
사림시대의 막이 열리고

대비의 수렴청정
성종은 아직 어리고

　임금과 신하가 동반자의 관계를 돈독히 유지하여 성공한 예가 있다면 세조와 한명회의 경우라고 해도 무리가 없다. 세조는 임금이 되기 전인 수양대군 시절에 한명회라는 걸출한 막료를 거느릴 수 있었기에 계유정란이라는 피바람을 일으키며 임금의 자리에 오를 수 있었다.

　쿠데타에 의해 정권을 탈취한 사람에게는 위기가 따르게 마련이다. 살생에 대한 원한은 언제나 시련이 되어 돌아온다. 세조를 위해하려는 음모가 끊임없이 되풀이되는 것은 세조의 손을 떠났던 원한의 화살이 자신을 향해 되돌아오기 때문이다. 그런 위기 때마다 한명회는 마치 기다리고 있었다는 듯 위기일발에서 세조의 목숨을 구해 내곤 하였다.

　세조는 한명회에게 "공은 나의 장자방이다."라는 칭송을 아끼지 않았다. 말로만 그랬던 것이 아니라 벼슬도 그가 원하는 자리면 뭣이든 마다하지 않고 맡겼다. 세조는 한명회와 사돈이 되기를 원하였다. 그의 딸을 며느리로 맞아서 다음 대의 왕비를 보장해 주는 것으로 그의 은혜에 보답하고자 했던 것으로 믿어진다.

한명회에게는 딸이 넷 있었다. 큰딸은 죽마고우 신숙주의 맏며느리로 보냈고, 둘째 딸이 윤사로의 맏며느리로 갔으며, 셋째 딸이 세조의 며느리가 되어 왕비를 보장받게 되지만, 그런 인위적인 거래가 모두 복되게 풀린다는 보장은 없다. 파란을 동반하는 호걸들에게는 범상한 사람들이 상상도 할 수 없는 비운이 따르는 것도 세상의 이치가 될 수 있다.

세조의 두 아들은 다음 대의 왕위를 이어 갈 보장을 받고서도 스무 살 한창 나이에 세상을 뜬다. 큰아들 장暲(덕종으로 추존)은 세자의 지위로 세상을 버렸고, 둘째 아들 광晄(예종)은 임금의 자리에 오른 지 겨우 1년 만에 세상을 뜬다. 두 사람 모두 스무 살 때의 일이다. 여기에 한명회의 두 딸도 스무 살 안팎에 세상을 버렸으니 어찌 된 일인가.

운명인가, 하늘의 형벌인가. 왜 이들 두 사람의 아들딸이 이토록 단명해야 했는지 아는 사람은 없다. 그러나 이들이 지은 원한을 하늘이 갚았다는 뼈아픈 말이 돌아도 평범한 사람들은 고개를 끄덕이는 것으로 그만이다. 그러나 이럴 때 꼭 읽어 두어야 할 명구가 있다.

난세가 되면 하늘은 호걸을 소명하여 부리지만, 그들의 임무가 끝났다고 믿으면 가차 없이 버린다!

쿠데타를 주도한 사람들이 편안한 여생을 마치기가 어려운 것은 이런 구절들이 살아서 꿈틀거리기 때문이다.

오기가 치밀어서일까. 세조는 다시 한명회에게 넷째 딸을 자신에게 줄 것을 강청한다. 이번에는 며느리가 아니라 손자며느리로 부른다. 이 혼사가 바로 조선조 최고의 지식인 여성으로 불리는 인수대비와의 사돈이 되는 운명의 물줄기로 흐르게 된다.

세조의 맏아들이 세자의 지위로 세상을 떠났을 때, 중전의 자리를 눈앞에 두었던 세자빈 한씨는 한낱 청상과부가 되어 궐 밖으로 밀려날 수밖에 없었다. 청상의 몸으로 세조의 잠저를 지키면서 기사회생의 기회를 엿보고 있던 중에 한명회의 딸을 며느리로 맞는다. 당대 최고의 경륜가이자 세조 내외의 지극한 신임을 받고 있는 한명회와 사돈이 되었다면 기회를 엿보게 되는 것은 인지상정이다.

세조가 세상을 떠나면서 둘째 아들 광이 보위를 이으니 이분이 조선왕조의 여덟 번째 임금인 예종이다. 그러나 불행하게도 예종은 보위에 오른 지 겨우 1년 만에 세상을 뜬다.

임금이 후사 없이 세상을 떠나거나 후사가 너무 어리면 가까운 종친중에서 왕재를 골라 보위를 이어 가게 하는 것이 법도다. 예종의 뒤를이은 성종成宗이 바로 그런 예가 되겠지만, 여기에도 엄청난 우여곡절이 따랐다.

둘째 아들 예종에게 후사가 없으면 맏아들의 핏줄에서 왕재를 찾아야 하는 것이 당연하다. 청상이 되어 궐 밖에 나가 있던 맏며느리 한씨에게는 두 아들이 있었다. 첫째가 월산대군, 둘째가 자산군이다. 기왕에 장자의 핏줄로 왕재를 가리자면 월산대군이 첫 순위가 되어야 하지만, 둘째 아들인 자산군이 한명회의 사위라는 사실이 작용되지 않을 수

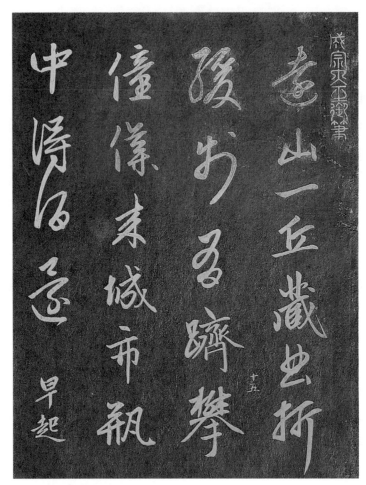

:: 성종대왕 어필 成宗大王御筆

없다. 이미 한명회는 두 번에 걸쳐 영의정의 소임을 다하고, 세조가 세상을 뜨자 원상院相이라는 막중한 자리에 있었다. 어린 임금을 보호하기 위해서는 아주 안성맞춤이었다.

마침내 세조비 정희왕후貞熹王后는 둘째 손자 자산군을 후사로 지목한다. 정희왕후는 세조가 살아 있어도 그렇게 정했을 것이라고 믿었음에 분명하다. 세조와 한명회의 사이를 평생을 통해 지켜보았던 정희왕후가 아니던가. 조선왕조의 아홉 번째 임금인 성종은 이렇게 탄생된다.

어린 임금이 보위를 이으면 대비나 대왕대비가 수렴청정을 해야 한다. 수렴청정은 중국에서도 시행하고 있었으므로 고려왕조나 조선왕조에서는 정치적인 관행이요, 미덕일 수밖에 없었다.

새로이 왕위에 오른 성종의 보령이 열세 살. 신숙주, 한명회 등 당대의 거물들이 지난날 수렴청정이나 섭정을 두지 않았던 탓에 겪었던 국정의 혼란을 다시 되풀이할 까닭이 없다. 성종의 할머니인 세조비 정희왕후가 수렴청정에 임하는 것은 천하의 대세였으므로 누구도 왈가왈부할 수 없었다.

마침내 정희왕후가 조선왕조 최초의 수렴청정에 임하게 된다. 그러나 세조의 총신이자 훈구대신들인 신숙주, 한명회 등이 원상의 지위에 있었으므로 정희왕후의 수렴청정은 그야말로 형식일 뿐이었다. 실제의 정무는 신숙주, 한명회 등 노련한 원상들에 의해 공정하게 주도되고 있었으므로 정희왕후로서는 그 자리를 오래 고집할 까닭이 없었다.

게다가 보령이 유충한 성종에게는 조선왕조에서 가장 지식인 여성으로 평가되었던 그야말로 학덕을 겸비한 모후 인수대비가 있었기에 설혹 수렴을 걷고 친정을 하게 한다 해도 하등 문제될 것이 없었다. 그러므로 정희왕후는 미련 없이 수렴청정의 폐지를 선언하였다.

　소년 성종은 세조가 길러 낸 명신들의 지도를 받으면서도 어머니 인수대비의 혹독한 훈육에 힘입어 성군 세종 다음으로 조선의 문물제도를 화려하게 이끌면서 찬연한 문화를 꽃피우는 명군의 이름을 남기지만, 그 명성에 상처를 남기는 연산군의 시대를 잉태하고 만다.

관직의 꽃, 전랑의 자리

공직자의 프라이드

젊은 선비들이 자신에게로 밀어닥치는 불이익을 감내하면서 국법으로 정해진 규범을 지켜 갈 수 있고, 집권층의 실세가 독선과 오만을 동원하여 나라에서 정한 법도를 해치려 하지 않는다면 그보다 더 살기 좋은 나라는 없다.

조선왕조에서의 젊은 사림士林들은 공정한 공무를 수행하기 위해서라면 집권세력의 독선과 오만에 과감하게 맞섰다. 그것이 설혹 개인에게는 불이익이 되더라도 국익을 도모하는 일이라면 그들은 임금의 면전에서도 직언直言을 서슴지 않았다. 直言이야말로 역사를 이끌어가는 '도덕적인 용기'가 아닐 수 없다.

조선왕조가 519년이라는 장구한 세월 동안 단일 왕조의 명맥을 이어

갈 수 있었던 힘이 어디에 있었는지를 묻는 사람들이 많다. 그걸 한마디로 대답한다면 앞서 말한 바와 같이 '자신에게로 밀어닥치는 불이익을 감내하면서 국익을 도모한 젊은 선비들의 정의감'이 있었기 때문이라고 할 수 있다.

조선왕조의 젊은 관원들인 선비의 덕목은 정의와 정직을 목숨보다 소중히 하는 호연지기浩然之氣였다. 그러므로 그들은 언제나 공명하고 정대하여 누굴 만나도 꿀릴 것이 없는 '도덕적 용기'로 무장되어 있었다. 젊은 사람들의 덕목은 옳지 않은 일이라면 상사의 명은 고사하고, 왕명까지도 단호하게 거부하는 일이었다. 물론 그 거부가 때로는 사화士禍가 되어 수많은 선비들의 목숨을 앗아가는 불행을 불러들이기도 하였다.

조선왕조는 세 사람의 정승과 여섯 사람의 판서를 두고 국정을 다스리게 하였다. 이들을 '삼공육경'이라고 하는데, 권력이 이들에게 집중되는 것을 방지하기 위해 여러 가지 장치를 실행하였다. 바로 그 장치의 하나가 '전랑천대법'銓郎薦代法 혹은 '전랑법'銓郎法으로 불리는 기막힌 제도였다.

전랑銓郎이란 이조吏曹의 정랑正郎(정5품)과 좌랑佐郎(정6품)을 통칭하는 말이다. 전랑에게는 삼사三司(사헌부·사간원·홍문관)의 간관들을 천거하는 막강한 권한이 주어져 있다. 삼사의 간관들이란 공직자들의 부정과 부패의 처단을 논하는 언관言官들이다.

이를 요즘 말로 설명하면 행정자치부의 인사과장이 검찰청과 감사원의 핵심 수사관과 감사관을 추천한다는 뜻이 된다. 참으로 어마어마한 실권이 아닐 수 없다. 간관들의 추천을 전랑들에게 맡긴 것은 정승들이나 판서들이 함부로 간관들을 뽑아서 자신의 울타리로 삼는 파렴치를

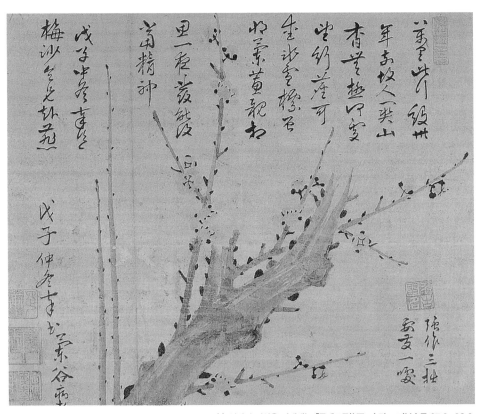

:: 선비의 기상을 나태내는 「묵매도墨梅圖」 송민고 지본수묵 27.2×32.3

없애자는 장치였다.

더욱 놀라운 것은 전랑들이 직속상관(이조판서)의 영향력을 받지 않게 하기 위해 그들의 임기와 임면을 그들 스스로에게 맡겼다는 점이다. 다시 말하면 전랑의 자리에 있을 만큼 있게 되면 영전하여 다른 부서로 옮겨 가게 된다. 그때 자신의 후임을 천거하게 한 장치가 '전랑천대법'이다. 세계 어느 나라에서도 유례를 찾을 수 없는 기막힌 제도가 아닐 수 없다.

그러므로 사람들은 관직의 표상인 전랑의 자리를 '관직의 꽃'이라 불렀고, 역사의식에 넘치고 정직한 젊은 선비들은 전랑의 자리에 오르고 싶어 할 수밖에 없었다. 또 전랑의 자리에 발탁되어 성실하게 일한 사람은 반드시 판서의 자리를 거쳐 정승의 반열에 오르는 것이 통례가 되다시피 하였다.

불행은 예나 지금이나 과욕에서 시작된다. 세도가가 되어 독선과 독단으로 정사를 전횡한 사람들은 대개가 전랑의 자리를 탐내곤 하였다. 물론 3사의 언관들을 장악하여 타인의 비리를 캐내어 탄핵하게 하면서도 자신의 부정은 묻어 두기 위해서다.

그 실례를 보여 주는 사건도 만만치 않다. 전랑의 자리를 놓고 파란을 일으킨 첫 번째 사건은 중종 30년(1533)에 있었다. 당대의 세도가이자 간흉으로도 낙인찍힌 좌의정 김안로金安老가 자신의 아들 기禥를 이조정랑의 자리에 앉히기 위해 당시의 대사헌, 이조판서 등을 동원하여 시임 이조정랑인 홍섬洪暹을 회유하고 협박하였다. 그러나 관직의 꽃인 이조정랑이 그런 부정에 동조할 수 없다. 아니 반발해서 마땅하다. 뜻을 이루지 못하자 김안로는 홍섬에게 터무니없는 누명을 씌워 삭탈관직하였다. 이 불미한 사건을 역사는 '홍섬의 옥사'라고 적었다.

두 번째 사건은 명종 19년(1564)에 있었다. 당대의 처신인 이양이 자신의 아들 이정빈을 전랑의 자리에 밀어 올리는 데 성공한다. 그러나 얼마 후 자신이 이조판서가 되는데, 부자나 형제 혹은 가까운 혈연들은 같은 부서에서 일하지 못한다. 역시 부정한 일을 결탁하는 것을 방지하기 위한 장치였다. 이 제도를 서로 피한다는 뜻에서 '상피相避'라고 하였다.

전랑 자리를 놓고 발생한 세 번째 사건은 김효원과 심의겸의 갈등이었다. 이 갈등은 전랑 될 사람의 자질을 놓고 시비를 벌인 살벌한 감정싸움으로까지 번졌다. 이 감정싸움이 마침내 조선의 정쟁사政爭史를 장식하는 첫 페이지를 열게 되었으니, 바로 동인東人과 서인西人으로 불리는 패거리가 생겨나게 한 사단이었다.

김효원의 집이 서울의 동쪽인 건천동(지금의 동대문 시장 근처)에 있다 하여 그를 따르는 패거리를 '동인'이라 하였고, 심의겸의 집이 정릉동(지금의 러시아 대사관 근처)에 있다 하여 그 패거리를 '서인'이라 불렀다 하니 정말로 한심한 노릇이 아니고 무엇인가.

관직의 꽃이라고 일컬어지는 전랑의 자리를 차지하기 위한 집권세력의 발호는 있었어도 그 발호가 성공한 일은 없다. 전랑의 자리에 있었던 젊은 공직자들이 철저하리만큼 정해진 법도를 지켜 냈기 때문이다. 다시 말하면 전랑의 자리에 올라 올곧은 품성으로 일을 바르게 처리하는 것이야말로 '관직의 꽃'들이 다짐하는 자긍심이 아니고 무엇인가.

자신에게 밀려오는 불이익을 감내하면서 조선왕조사를 빛나게 했던 젊은 '전랑'들의 양식과 청렴은 오늘을 살아가는 지식인들에게, 특히 공무원들에게는 귀감이 되어야 마땅하다.

집에서 학교에서 조정에서
선비가 가는 길

초등학교 1학년 어린이들 40여 명이 파출소로 달려가 담임선생님을 고발하는 어처구니없는 사태가 있었다. 부끄럽기보다는 참담하다는 생각으로 며칠 동안 혼자서 탄식하고 또 탄식하였다. 그리고 얼마 후, 고등학교 학생들이 주동이 되어 휴대전화를 통하여 수능시험의 정답을 시험장으로 전송하는 등의 조직적인 커닝 사건이 터졌다.

세계를 통틀어 우리 말고 이런 나라가 또 있는지, 왜 우리의 청소년들이 이런 지경으로 무너져 내리는지, 정말로 걱정되는 나날이 연속되는 것이 요즘의 우리 처지다.

선생님을 고발하기 위해 파출소로 달려간 어린이들이 모두 부모 없이 자란 막된 아이들은 아닐 터이고, 휴대폰 커닝 조직을 구성하고 실행한 청소년들 또한 부모님 슬하에서 자란 귀한 자식들이 분명하다면 우리 사회를 이끌어 갈 가장 핵심이어야 할 가정이 무너진 것이며, 자식을 바로 길러야 하는 부모들이 마땅히 수행해야 할 소임을 포기한 것이라고 단정해도 아무 하자가 없을 터이다.

사람이 지혜롭게 살아가기란 그리 쉽지가 않다. 어려서부터 배우고 익히는 것이 그 일인데도 좀처럼 성취되지 않는 것은 약간의 불이익을 맛보면서 사는 일을 손해라고 생각하기 때문이다. 눈 앞의 실익을 탐하려다가 얼마나 많은 사람들이 명예를 더럽히고 가족들에게까지 상처를 입혔는지를 생각해 보면 지혜롭게 사는 것이 어떤 것인지 쉽게 알 수 있다.

눈 앞의 큰 실익보다는 멀리 있는 작은 행복을 볼 줄 아는 것을 지혜로운 삶이라고 한다. 이 일에 익숙해지자면 살아가는 룰(법도)을 챙길 줄 알아야 한다. 그 룰이라는 것을 지켜야 할 도리라고 생각하면 조금도 어려운 일이 아닐 것이며, 룰을 지키기 위한 작은 손해를 행복의 단초라고 생각할 줄 안다면 비로소 지혜로운 삶이 무엇인지를 깨닫게 된다.

조선시대에도 이 룰에 해당하는 '삶의 틀'이 있었다. 이 틀이 당대 사람들의 가치관을 지배하게 되고, 마침내 지켜야 할 것들이 모아져서 하나의 관행, 풍속으로 정착되었다. 우리는 그렇게 정착된 '삶의 틀'을 후손들에게 길이 전해야 한다는 뜻으로 전통傳統이라고도 한다.

지금도 그러하듯이 조선시대의 아이들도 대개는 집에서 태어난다. 물론 가정이라는 개념의 집이다. 태어나서 자라는 동안 집안에서 가장 신성한 곳이 온 집안 사람들이 모여서 조상님에게 제사를 올리는 사당祠堂이라는 사실을 아주 어려서부터 아주 자연스럽게 깨닫게 된다. 사

:: 「문묘향사배열도」 종이에 옅은 채색, 78.8×128 성균관대학교박물관 소장

당에는 역대 조상님들의 위패가 모셔져 있다. 명절에는 말할 것도 없고, 기일忌日(돌아가신 날)에도 대소가의 사람들이 모두 모여서 제사를 올리는 것을 보면서 자란다. 이 사당을 다른 말로 가묘家廟라고도 한다.

조상님에게 성심을 다해 제사를 올려야 하는 것은 살아 있는 어른들을 섬겨야 하는 일과 조금도 다름이 없다. 부모를 극진히 섬기면서 가정의 대소사를 챙기는 가치관을 체통體統이라고 한다. 그러므로 '아무개는 체통이 있다' 라는 말은 체격이 번듯하다는 뜻이 아니라 집안에서 일어나는 모든 법도를 잘 지키고 있는 사람이라는 뜻이다.

체통을 익히고 나면 진사나 생원이 되는 초시에 응시하게 되고, 합격을 하면 서울에 있는 학교(成均館)로 진학하여 과거를 준비하게 된다. 학교라고 불리는 성균관에서도 가장 성스러운 곳은 스승님들에게 제사를 올리는 곳이다. 죽어서 영원히 아름다운 이름을 남긴 스승님들을 삶의 귀감으로 삼으며 제사를 지내는 곳이 바로 문묘文廟(대성전)이다. 문묘에는 살아서는 말할 것도 없고, 죽어서까지 빛나는 이름을 남기면서 이 땅의 후학들로부터 극진한 존경을 받는 열여덟 분의 위패가 모셔져 있다. 다시 말하면 조선시대 청소년들이 삶의 지표로 삼아야 할 선현들에게 제사를 올리는 곳이다. 이렇듯 스승님을 극진히 모시고 섬기는 가치관을 도통道統이라고 한다.

성균관에서 공부하여 중시에 급제하면 조정(정부)의 관원으로 출사하게 된다. 그 조정에서도 가장 신성시되는 곳이 종묘宗廟임은 익히 알고 있다. 물론 종묘는 역대 군왕의 위패를 모신 곳이다. 역대 군왕에게 제사를 올리는 가치관을 법통法統이라고 한다.

조선조 말기 위정척사의 화신과도 같았던 면암 최익현은 이와 같은 세 개의 통, 다시 말하면 집에서 익히는 체통, 학교에서 실행하는 도통, 조정에서 정사를 살피는 법통은 각각 다른 것이 아니라 하나(三統爲一)라고 정의하였다. 그리고 몸소 실천하여 보였다.

최익현이 의병활동을 전개하기 위해 전라북도 태인에 갔을 때 수제자 임병찬이 친상을 당하여 시묘살이를 하고 있었다. 최익현은 노구를 이끌고 몸소 그를 찾아가서 설득하였다.

본시 나라에는 삼통이 있으니 부통父統, 군통君統, 사통師統이라. 부통은 이체理體로 존재하니 체통이 되는 것이요, 군통은 이법理法으로 존재하니 법통이 되는 것이며, 사통은 도리理道로 존재하니 도통이 아닌가. 그대에게는 지금 나라가 무너졌으니 이미 법통이 사라졌음이요, 부모의 친상을 당했으니 체통이 또한 사라졌다. 이 두 가지를 다시 살리기 위해서는 체통을 지키는 효를 법통을 지키는 충으로 옮겨 가야 하지 않겠는가.

이에 감동한 임병찬은 효행의 으뜸으로 일컬어지는 시묘살이를 중단하고 최익현 휘하의 의병장으로 나서게 된다. 여기서 우리는 '군사부일체'라는 말에 담겨진 도덕적 근간이 어디에서 비롯되는 것인지를 분명히 알게 된다.

어려서는 선조를 극진히 모시면서 집안의 내력을 몸에 익히는 체통을 배우고, 청년이 되어서는 가장 본받아야 할 스승의 가르침을 따라야 하는 도통을 몸에 익히며, 나이 들어서는 나라의 법통을 몸소 실행하여 백성들을 편하게 하는 참 선비의 길을 간 우리네 선현들이 남겨 놓은 '삶의 틀'을 낡았다고 생각하는 사람이 늘어나면서 우리 사회의 도덕적인 기준이 무너지기 시작하였다.

가정교육이라는 말이 시험성적과 연결된다는 단순 논리에 빠지면 지혜로운 자식을 길러 낼 수 없다. 지혜롭다는 말은 성숙하다는 말과 연결되어 있다. 조선시대 사람들이 지혜롭게 살 수 있었던 것은 지켜야 할 도리를 소중히 하였기 때문이다.

낡았다고 생각하는 바로 거기에 우리의 정체성正體性(identity)이 있다는 사실을 명심해야 한다.

임금님의 과외공부

경연관의 기질

역사소설을 읽거나 TV 역사 드라마를 보고 있노라면 임금은 늘 후궁들의 치마꼬리에 매달리는 등 연애하는 데만 분주하지 도무지 백성들을 걱정하고 선정에 이바지하는 화면을 대하기가 어렵다. 그러나 우리가 자랑하는 「조선왕조실록」을 읽노라면 임금의 학식과 경륜이 탁월하다고 생각되는 대목이 많이 있다.

아무 전제조건도 두지 않고, 그대로 상식적인 판단만 해도 임금이 신하들보다 변변치 못하다면 나라가 다스려질 리가 없다. 그러므로 대부분의 임금들은 신하들의 상투 끝에 올라앉아서 그들의 속내를 꿰뚫어지게 살피면서 때로는 속아 주기도 하고, 때로는 모르는 척하기도 했으며, 또 때로는 신하들의 의견을 따르는 척하면서 나라를 경영하였다.

신하들이 똑똑하면 임금은 골치 아파진다. 임금은 그 똑똑한 신하들을 다독일 줄 알아야 하고, 때로는 옳은 것을 주장하는 신하들을 벌주는 것으로 조정의 기강을 잡을 줄도 알아야 한다.

조선왕조에는 스물일곱 분의 임금이 있었지만, 그들이 겪어야 하는 고민 중에서 제일 큰 것이 똑똑한 신하들과의 마찰을 줄이는 일이었다. 신하들과의 마찰은 때로 큰 정변이 되어 수많은 사람들의 목숨을 앗아갈 때도 있었고, 그런 정변을 잘 수습하지 못했을 경우에는 임금의 자리에서 쫓겨나는 경우도 있었다.

조선왕조를 지배한 관료집단의 구성원을 사대부士大夫라고 한다. 사대부란 과거제도와 주자학의 정신을 근간으로 무려 400년이라는 세월에 걸쳐 다듬어진 산물이다. 공직에 나가 있는 선비가 사대부라면 '선비'의 참뜻이 무엇인지는 뜻밖으로 잘 알려져 있지 않다.

누구나 아주 자연스럽게 입에 담는 '선비'의 참뜻을 「논어」는 "처신에 염치가 있으며, 사신이 되어 군명君命을 욕되게 아니하면 선비라 할 수 있다"라고 적었고, 또 "무사태평을 염두에 두는 선비는 선비 될 자질이 부족하다" 등 두루뭉술하게 적어 놓기도 하였다.

우리의 「한글 큰 사전」도 "학식이 있되 벼슬하지 아니한 사람"이라고 잘못 적고 있다. 벼슬한 선비를 사대부라고 하는데 벼슬하지 아니한 사람이 선비라면 말이 되지 않는다. 이 땅에서 가장 큰 사전이 이런 지경이면 선비를 선망할 청소년이 있을 까닭이 없다.

우리말 큰 사전에 비한다면 그래도 북한판 「조선말 대사전」은 그나마 고심한 흔적이 있다. "① 봉건사회에서 주로 유교 학문을 닦은 양반층 또는 그에 속하는 사람, ② 낡은 사회에서 실천과 떨어져서 학문을 전

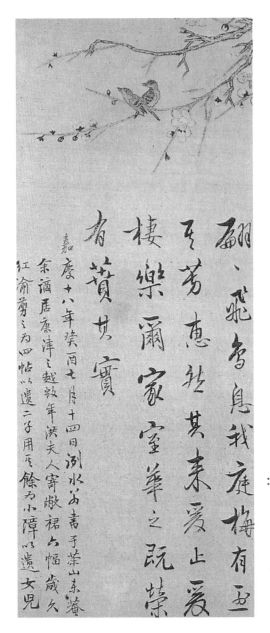

:: 「매화병제도」다산 정약용. 비단에 엷은 채색
44.9×18.5 고려대학교박물관 소장

강진서 귀양 중 아내가 보내온 빛 바랜 치마폭
을 잘라 아들에게 〈하피첩서〉를 만들어 훈계하
는 말을 적어 보내고 남은 치마 한 폭에 시집간
외동딸을 생각하여 그린 〈매조도〉

펄펄 나는 저 새가/ 우리 집 매화 가지에서 쉬
는 구나./ 꽃다운 그 향기 길기도 하여/ 즐거이
놀려고 찾아왔도다./ 여기에 올라 깃들어 지내
며/ 네 집안을 즐겁게 해주어라./ 꽃이 이제 다
피었으니/ 열매도 많이 달리겠네.

문으로 하는 사람"이라고 되어 있다. 선비의 정의를 이데올로기로 풀어
낸 고심의 흔적에 웃음이 날 지경이다.

　그렇다면 선비는 무엇이고, 선비정신이란 무엇일까. 조선시대의 지
배구조를 관통하고 있는 성리학은 지식인들에게 '지행知行'을 가장 큰
덕목으로 가르쳤다. 물론 '지행'이란 배우고 익힌 바를 반드시 실행으
로 옮겨야 하는 실천요강이기에 '도덕적 용기道德的 勇氣'를 수반해야 한
다. 그러므로 조선시대는 실행하지 않는 고위 관직자보다 실행하는 상
민들이 더 존경을 받을 수밖에 없었고, 도덕적 용기를 갖추지 못한 선
비는 참선비의 대열에 끼일 수 없었다.

　조선의 임금은 하루에 네 번씩 젊은 경연관經筵官들과 함께 학문을 토
론한다. 요즘 식으로 말하면 족집게 과외라고 하는 것이 어떨까 싶다.
아침에 하는 경연을 '조강朝講', 점심에 하는 경연을 '주강晝講', 저녁에
하는 경연을 '석강夕講'이라고 하였다. 그래도 부족하다 싶으면 밤에도
다시 경연관을 부른다 하여 '야대夜對'라고 하였다.

　임금이 바른말(直言)을 할 줄 아는 젊은 신하들과 더불어 학문을 탐구
하는 것은 고금의 역사를 살펴서 바른 정치를 구현하자는 것이며, 또
민심의 향배를 바로 알기 위한 허심탄회한 만남이기도 하였다.

　중종 12년 4월 4일의 조강에서 있었던 일이다. 특진관 이자건이 중종
의 면전에서 아주 혹독한 직언을 입에 담았다.

　강원도에는 서리가 오고 눈이 내려 보리가 얼어 죽었다 하고, 여러 변괴가
　함께 겹쳐서 나타나고 있습니다. 신의 생각으로는 성상께서 성심이 지극
　하지 못하여 그런가 싶습니다.

정말 기막힌 충언이 아닐 수 없다. 임금이 정치를 잘 못하여 재앙이 있다고 직언하는 것이 바로 '도덕적 용기'의 시작이다. 출중한 지도자라면 부하들의 이런 '도덕적 용기'를 상찬하며 기쁘게 받아들일 수 있어야 한다.

머쓱해하는 중종에게 다시 이자건은 옳은 정치를 하기 위해서는 소인과 군자를 구별해서 쓸 줄 알아야 한다고 진언하였다. 이 진언에 이어 자리를 함께하고 있던 정암 조광조가 부연하였다.

학술이 밝아 마음이 빈 거울처럼 맑으면 어찌 소인의 실태를 알지 못하겠습니까. 상하가 일체되어 조정이 화기에 차야 천재가 해소되는 법입니다. 지금 조정 안에서 재상은 옳다 하고 대간은 그르다 하여, 하나의 시비 속에서 조금만 뜻에 맞지 않으면 반드시 반목하여 서로 헐뜯어 위아래가 결리하게 되니, 신은 재변이 생기는 것을 조정의 불화 때문이라고 생각합니다. 만일 재상은 아래 동료들 보기를 자제처럼 하고, 아래 관원은 상관 보기를 부형처럼 하여, 상하의 사이에 꺼리어 숨기는 일이 없이 서로 바로잡고 경계하여 엄숙하고 화기애애하여진다면, 자연히 군자가 진출하게 되고, 소인은 물러나게 될 것입니다.

:: 조광조 초상

이 같은 기록을 읽을 때마다 역사가 얼마나 준엄하게 흘러가는지를 실감하게 된다. 이 기록은 500여 년 전에 정암 조광조가 입에 담은 직언이다. 그가 21세기의 대한민국

정치일선의 한심한 작태를 살아 있는 눈으로 보고 있다 한들 이렇게 절묘하게 말할 수 있을까. 우리가 이 글을 소중히 생각하는 거은 요즘의 관리들이 통치자인 대통령의 면전에서 이 같은 직언을 할 수 없다는 사실에 좌절하고 있기 때문이다.

조선시대의 임금은 백성들이 선출하는 것도 아니고 임기가 정해져 있는 것도 아닌 그야말로 절대권력의 상징이나 다름이 없다. 그런 임금들이 하루에 네 번씩 직언할 수 있는 신하들과 만나서 학문을 연마하고, 그 만남의 시간을 쪼개어 국가 운영의 방향을 자문 받았다는 사실에 존경을 표해야 마땅하다.

바른말 잘 하고 옳은 일에 매진하는 족집게 선생님에게 어떻게 하면 도덕과 윤리가 살아 있고 기쁜 마음으로 살 수 있는 나라를 만들 수 있는지를 공부하였다면, 조선의 임금은 어느 하루도 한가로울 날이 없었음을 짐작할 수 있다.

폭군이 남긴 시

시인 연산군

사람들은 연산군燕山君이라는 이름에서 '포악하다'는 단어를 연상한다. 물론 그가 재임했던 시기는 난정의 연속이었고, 그의 포악함은 수많은 사람들의 생목숨을 앗아갔다. 그러나 폭군의 이름을 남기면서 보위에서 쫓겨난 연산군이 스스로 시인으로 자처하면서 무려 125편의 시를 남겼다는 사실을 아는 사람은 그리 흔치 않다.

연산군이 중종반정으로 왕위에서 쫓겨나자 정승과 판서들은 그가 보위에 있을 때 '스스로 편찬했던 시집'을 불태워 버릴 것을 진언하였다고 「조선왕조실록」은 기록하고 있다. 그렇게 '연산군 자제 시집'은 불태워졌으나, 그의 실록인 「연산군일기」에 125편의 시가 고스란히 등재되어 있어 시인으로서의 연산군을 살피는 데는 아무 부족함이 없다.

연산군의 생애는 정말로 드라마틱하다. 성종의 첫 중전인 공혜왕후 한씨(한명회의 딸)가 세상을 떠나자, 후궁이었던 숙의 윤씨가 다른 후궁들의 시샘을 받으면서 새 중전으로 발탁되었다.

연산군은 성종과 윤씨 사이에서 왕실의 적장자로 태어났다. 어릴 때의 이름은 무작금無作金이고, 공식적인 이름은 융隆이다. 심성이 착하고 효성 지극하였던 성종은 중전의 자리를 거치지 않고 대비의 지위에 오른 어머니 인수대비의 막강한 영향력을 뿌리치지 못하였다. 또 중전 윤씨가 인수대비의 신임을 받지 못했던 것은 그녀를 투기하는 후궁들이 있었기 때문이었다.

안타깝게도 중전 윤씨는 자신의 생일날에 성종의 용안에 손톱자국을 내게 된다. 인수대비의 격노는 이만저만이 아니었다. 처음부터 중전 윤씨를 탐탁히 여기지 않았던 인수대비는 그녀의 폐서인을 강행하게 되었고, 성종은 어머니의 엄명을 뿌리치지 못하였다.

폐서인이 되어 사가로 쫓겨 나왔지만, 폐비 윤씨는 인수대비의 철저한 감시를 받는다. 그리고 얼마 후, 폐비 윤씨는 소복을 벗고 화장을 하였다는 조금은 과장된 모함을 받으면서 인수대비의 노여움을 사게 되었고, 그것을 빌미로 사약을 받고 세상을 떠나게 된다. 이 때가 성종 12년(1481)이었고, 아들 연산군은 여섯 살이었다.

성종과 인수대비는 대소신료들에게는 물론 상궁들에게까지 폐비 윤씨의 비극을 입에 담지 못하도록 하였다. 어린 연산군이 그 사연을 알게 될까 두려워서였다. 소년이 된 연산군은 매사에 지나치게 엄격한 할머니(인수대비)의 훈도를 받으면서 성장하지만, 어머니를 향한 사모의 정은 날로 더해 가기만 한다.

마침내 연산군이 19세가 되었을 때 아버지 성종의 뒤를 이어 조선왕조 열 번째 임금으로 보위를 이어 가게 되었고, 그 다음 해인 1494년(연산군 1년)에 부왕 성종의 묘지문墓誌文을 읽으면서 친어머니인 폐비 윤씨가 사약을 마시고 세상을 떠났다는 사실을 비로소 알게 된다.

연산군은 내시를 시켜 볼품없이 버려진 어머니의 무덤을 살펴보게 하였다. "묘소가 무너진 채 여러 해를 수축하지 않아 장차 해골이 나와 여우와 삵에게 먹힐 지경이었습니다"라는 내시의 복명을 들으면서 연산군은 어머니를 향한 사모의 정을 폭발하게 된다.

연산군은 대신들의 반대를 무릅쓰고 폐비 윤씨의 무덤을 옮겨 모시고, 신주를 모시는 사당을 세워 효사묘孝思廟라고 이름 지었다. 그리고 묘호를 회묘懷墓라고 하였다.

"주상, 부왕의 유고를 따르시오!"

참다 못한 인수대비가 진노하였다. 폐비 윤씨를 거론하는 것은 부왕(성종)의 유언을 어기는 패덕이라는 지적이다. 물론 조정 대신들도 인수대비의 뜻을 받들어 부당함을 고하였다. 급기야 연산군의 분노가 폭발한다. 자식이 어머니를 기리는 것도 죄가 되느냐는 반발이었다.

연산군의 분노는 모든 반대세력에게 철퇴를 내리면서 거칠게 솟아오른다. 그는 「성종실록」을 살펴서라도 어머니에게 사약을 내리게 한 자를 가려낼 것을 명했고, 폐비 윤씨의 사사 당일 사약을 가지고 갔던 신하들까지 찾아낼 것을 명하면서 광태를 더해 간다. 이런 와중에서 연산군은 시를 쓰게 되었다.

정말 이상한 일이다. 피눈물을 쏟으면서 세상을 떠난 어머니를 향한 연산군의 인간적인 고뇌가 점차 광태로 변하는 시점인데도 그의 시에는 그런 흔적이 전혀 보이지 않는다. 오히려 연산군은 정사에 관한 일을 담담하게 적었고, 신하들의 노고에 감사하는 시를 남기고 있다.

바람 이는 강에
물결 타고 건너기 좋아 마오.

배 뒤집혀 위급할 때
그 누가 구해 주리.

연산군은 자신의 주위에 아첨하는 무리들이 가득하였다는 사실을 시로써 자탄하였고, 자신에게 종말이 다가오고 있음도 시로써 노래했으며, 또 그런 지경에 이른다면 자신을 구원해 줄 신하가 없을 것이라는 점을 시로써 개탄하고 있다는 사실에서 그의 인간적인 번뇌를 짐작하게 한다.

연산군을 단순한 폭군으로 보는 것은 금물이다. 그보다는 시인의 감수성에 바탕을 두고, 사약을 받고 세상을 떠난 어머니에 대한 그리움과 복수심을 함께 불태운 것이 그의 성품을 포악하게 했을 것이라는 견해가 온당하다. 또 어미 잃은 어린 손자에 대해 당연히 인자해야 할 친할머니 인수대비의 혹독한 훈도가 오히려 그의 성품을 삐뚤게 했을 것이라는 추리도 가능하다.

연산군이 마지막 남긴 시는 자신의 종말을 처연한 심정으로 그리고 있다.

인생은 초로와 같아서

만날 때가 많지 않은 것.

人生如草露

會合不多時

중종반정이라는 쿠데타로 임금의 자리에서 쫓겨난 연산군은 처자식
과 함께 강화도 교동섬에 위리안치 되었다가 두 달 후에 역질을 앓으면
서 세상을 떠난다.

임금의 특권을 마음대로 전횡하였던 춘추 31세의 짧은 생애였지만,
그야말로 파란으로 점철된 삶의 종말을 맞으면서 '인생은 초로와 같아
서 만날 때가 많지 않을 것'이라는 절창을 남겼고, 그 절창은 지금도 우
리의 심금을 울리게 한다.

:: 도봉구 방학동 산 75번지, 현대식 아파트 건물들에 포위된 채 어설프게 숲의 모습을 유지하고 있는 언덕위
에 사적 제 36호 연산군과 폐비 신씨 묘가 초라하게 보존되고 있다

쿠데타의 도덕적 규범
반정군의 두령들

조선왕조의 스물일곱 분 임금 가운데 타의에 의해 왕좌에서 쫓겨난 임금이 두 사람 있다. 그 한 사람이 연산군燕山君이요, 또 한사람이 광해군光海君이다. 두 사람 모두 반정反正에 의해 강제 퇴출되었다. 조선시대에는 군사를 동원하여 임금을 밀어내는 쿠데타를 반정이라고 하였다.

신하들에 의해 강제로 쫓겨난 임금은 종묘에 배향되지 못한다. 종묘에 배향되지 못하면 묘호廟號를 올려야 할 까닭이 없다. 쫓겨난 임금에게는 조祖와 종宗 같은 묘호를 쓸 수 없으므로 군君으로 강등된다. 그러므로 연산군과 광해군의 패덕을 적은 역사기록은 그 이름까지도 '실록'으로 예우받지 못한 채 「연산군일기」, 「광해군일기」 등으로 격하되어 불린다.

연산군을 밀어낸 쿠데타가 '중종반정'이다. 연산군에게는 세자가 있었으나, 쫓겨난 임금의 아들에게 왕위를 물려줄 수는 없다. 반정을 기도하여 포악한 임금을 밀어내고 조정을 뒤엎는다면 반정의 우두머리가 임금의 자리에 오르는 것이 쿠데타의 세계사적인 통념이자 생리지만, 이 원리가 유독 조선시대에서만은 통하지 않았다.

조선시대에는 반정을 기도하자면 반드시 다음번 임금을 먼저 정해야 하고 반정세력들의 동의를 얻어야 한다. 더 놀라운 것은 이씨가 아닌 사람은 설혹 반정의 두령이라고 하더라도 임금의 자리에 오를 궁리도 하지 않았다는 점이다.

쿠데타의 주체들이 옹립해야 할 임금은 반드시 종친(이씨)이어야 하고, 또 종친 중에서도 쫓겨나는 임금과 가장 가까운 혈육이어야 한다. 힘이 통하지 않는 이 사실이 지켜지고 있었다는 사실은 조선왕조의 도덕성을 입증하는 가장 중요한 덕목이 아닐 수 없다.

연산군의 폭정을 견디다 못한 박원종(1467~1510), 성희안, 신윤무 등 반정의 주체들은 진성대군晉成大君을 왕재로 지목하였다. 진성대군이 성종의 적자이자 쫓겨날 연산군의 이복 아우라면 누구도 반대할 명분이 없다. 섬겨야 할 임금이 정해지면 행동을 개시해야 한다.

쿠데타의 주체들은 각 도에 격문을 돌렸다.

태조는 나라를 처음 세우기를 어렵게 하였으며, 세종은 덕화가 밝았고, 성종은 한결같이 선대의 법도를 따라 용도를 절약하고 사람을 사랑하니 백성이 편안하고 물질은 풍성하여 세상이 태평하게 되었더니, 뜻밖에 사왕嗣王이 포학하고 인도에 벗어나서 부왕의 후궁을 때려죽이고 옹주와 왕자를 귀양 보내 죽였다. 대간이 말하는 자를 귀양 보내기도 하고 죽이기도 하였으며, 대신을 욕보이고, 충성하고 선량한 신하를 살해하였으며, 이들의 부자형제들까지 연좌시킴이 진나라의 법보다 심하였다. 무덤을 파서 해골에까지 화가 미치게 되었으니 시체를 토막토막 베는 형벌과 뼈를 바수는 형벌은 무슨 형벌인가. (중략) 성종이 25년 동안 신하들을 잘 대우하고 충의를 배양한 것이 바로 오늘을 위한 것인가. 진성대군은 성종대왕의 친아드님이시다. 어질고 덕이 있어 온 나라의 칭송이 그에게 돌아갔다. 이에 우리들 이과, 유빈, 김준손 등은 구월 초이틀 오시를 기해 의병을 일으키려 한다. 격서를 모든 도에 돌려서 기일을 약속하여 도성을 모을 것이니, 조정에 있는 공경과 백관들은 마땅히 곧 진성대군을 추대하여 종실의 위태함을 붙들라!

마침내 진성대군이 쿠데타의 주체들에게 옹립되어 보위에 오르니 이분이 조선왕조의 열한 번째 임금인 중종中宗이다.

쿠데타의 주체들에게 떼밀리어 권자에 오르면 힘을 쓰지 못하는 것이 동서고금의 이치다. 박원종, 성희안, 유순정, 홍경주 등 쿠데타의 주역들은 공신의 녹훈을 나누어 가지면서 조정의 실권을 농락하기 시작한다. 모든 서정은 그들의 입에서 나오게 되고, 대소신료들이 그들의 눈치를 살피게 되면 임금인 중종은 할 일이 없게 된다.

허무하고 답답한 세월을 10여 년이나 흘려보내고서야 외로운 중종에게 서광이 비치기 시작한다. 정암 조광조로 대표되는 젊은 사림士林들의 등장은 그대로 조선의 서광이자 희망이었다.

쿠데타의 세력들인 훈구대신들의 국정 전횡에 좌절만을 거듭하고 있던 중종에게 '군자소인지론君子小人之論'을 설파하면서 도덕국가의 건설을 진언하는 정암 조광조의 주청은 신선한 충격이었고, 중종에게만 희망을 주는 것이 아니라 조선 전체의 젊은 사람들에게도 꿈을 피어나게 하는 환희가 아닐 수 없었다. 정암 조광조의 휘하에 젊은 지성들이 모이는 것은 당연하다. 그의 주장이 곧 나라의 미래를 열어 가는 꿈이었기 때문이다.

사림시대士林時代의 개막은 조선왕조의 정신적 기초를 다지는 대단히 큰 의미를 내포한다. 조선왕조를 왜 선비의 나라라고 하는가. 국정에 임하는 선비는 목에 칼이 들어와도 직언을 마다해서는 안된다는 선비의 기질과 도리가 이때에 이르러 비로소 싹트기 시작하였다는 사실은 조선시대의 역사를 이해하는 핵심이나 다름이 없다.

신진사류라고 일컬어지는 젊은 지성들의 개혁의지는 지나치게 다급하였다. 그들은 도덕적 이상국가의 건설을 위해 모든 것을 일거에 개혁하고자 하였다. 제도의 개혁은 말할 나위도 없고 관행, 풍속의 개혁까지도 서둘렀다. 급진적인 개혁세력이 준동하면 기득권을 지키려는 훈구세력들의 반격이 있게 마련이다.

홍경주, 남곤, 심정 등 훈구세력의 잔재들은 신진사류의 두령 격인 정암 조광조를 역모꾼으로 몰아갔다. 그 선전 문구가 '주초위왕走肖爲王'이었다. 주초위왕이 무슨 뜻인가. 주走와 초肖를 합치면 조趙가 된다. 조씨 성을 가진 사람이 임금이 된다는 풍설은 일파만파로 번져 나갔다.

중종은 조광조가 임금이 될 것이라는 풍설에 진노를 거듭한다. 조광조를 스승으로 섬기면서 도덕국가를 이루려던 소망은 조광조를 비롯한 신진사류들에 대한 원한으로 변해 갔다. 중종은 '주초위왕'이라는 유

언비어의 진위를 살피려 하지 않은 채 그토록 믿고 따랐던 정암 조광조와 그를 따르는 신진사류들에게 사약을 내렸다.

조광조, 김정, 김식, 김구 등 신진사류들은 도덕적 이상국가를 세우려던 꿈을 접은 채 형장의 이슬로 사라졌다. 역사는 이 사건을 기묘사화己卯士禍라고 적었다.

비록 신진사류들은 젊은 나이로 사약을 마셨지만, 그들의 정신은 살아서 꿈틀거리며 또 다른 젊은 지성들의 가슴에 도덕적 이상국가 실현의 불을 지폈다.

중종시대가 세종시대나 성종시대와 같은 선정의 시대는 아니었다 하더라도 사림시대의 막이 열렸다는 점은 음미해 볼 만한 가치가 있다.

한 많은 선인문

창경궁 이야기

조선왕조의 도읍지인 서울에는 다섯 개의 대궐이 있다. 주궁인 경복궁을 비롯하여 창덕궁, 창경궁, 경희궁, 덕수궁이 그것으로, 각 대궐에는 그 대궐을 세워야 할 당위성이 있게 마련이다.

일제의 침략으로 창경궁에 동물원이 들어서게 되면서 그 이름까지도 '창경원'으로 격하되었고, 수많은 벚나무를 심었던 탓으로 벚꽃이 피는 봄철이 되면 '창경원 밤 벚꽃 놀이'가 장안의 화제를 모으기도 하였다.

조선의 대궐은 궐문 안으로 들어서면 곧 흐르는 시냇물에 걸쳐진 예쁜 돌다리를 건너야 한다. 세간의 먼지와 때 묻은 마음을 씻으라는 뜻이 담겨 있다. 경복궁에 걸쳐진 다리가 영제교永濟橋이고, 창덕궁으로 들어서면 금천교錦川橋를 건너야 하는 것처럼 창경궁에 들어서면 옥천교玉川橋를 건너야 한다.

창경궁이라는 이름이 생기기 전에는 저각이 한두 채쯤 서 있었던 것으로 짐작되는 규모를 수강궁壽康宮이라고 불렸다. 수강궁은 원래 창덕궁의 부속 궁이었던 탓에 경계가 명확하지 않았던 것으로 보인다. 예컨대, 태조 이성계가 세상을 떠난 광연전廣延殿은 창덕궁 동문 밖에 있었다고 기록되어 있는데 그 소속이 창덕궁도 되고, 창경궁도 된다.

태종 18년, 태종은 세종에게 양위하고 수강궁으로 물러나 앉았다. 비록 4년 남짓 여기서 기거하였지만, 세종은 아버지 상왕을 위하여 궁궐의 위엄을 갖추게 하였다.

또 이미 폐출된 양녕대군이 버릇을 고치지 아니하고 허가 없이 아차산을 오르내리면서 풍류에만 급급하자, 진노한 태종이 아들과의 절연을 선언한 것도 창경궁에서 있었던 일이다.

지금부터 내가 양녕을 정부 육조에 맡겨 처치케 하니, 새해에 부모를 보자하거든 오게 하고, 병들어 죽게 되었거든 나에게 알리고, 그 이외에는 전혀 상관하지 않겠다.

태조 이성계에 이어 태종비 원경왕후도 창경궁에서 세상을 떠났다. 그 후 세종이 경복궁으로 이어(세종 8년)하게 되면서 수강궁의 존재는 미미해 지고 말았다. 그리고 세월이 다시 흘러 세조가 수강궁 정전에서 세상을 떠나자, 예종은 당연히 여기서 즉위하게 된다.

조선왕조 아홉 번째 임금인 성종이 즉위했을 때는 위로 세 분의 과부대비가 있었다. 친할머니인 정희왕후(세조비), 어머니 소혜왕후(인수대비), 양모나 다름이 없는 안순왕후(예종의 계비) 이렇게 세 분이다. 더구나 이 세분 대비가 경복궁에 계셨던 탓에 성종은 문안을 다니기가 여간 번거롭지 않았다. 이에 성종은 창덕궁에서 가장 가까운 수강궁 터에다 세 분 대비를 위해 창경궁을 건조하게 하였다. 성종 14년에 착공하여 1년 후인 15년 9월에 완공되었다.

경복궁의 여러 전각의 이름은 당대의 석학 정도전이 지었지만, 창경궁의 여러 전각의 이름은 거유 서거정徐居正이 짓고, 김종직金宗直이 각 전각의 기記를 썼다.

애석하게도 세조비 정희왕후는 창경궁에서 거처해 보지 못하고 온양 행궁에서 세상을 떠나고, 소혜왕후는 이 궁에서 20년을 살면서 연산군으로 인해 숱한 고초를 겪어야 했으며, 이 궁 경춘전景春殿에서 승하하였다. 또한 한명회의 딸인 성종비 공혜왕후도 창경궁에서 승하하였다.

중종은 주로 경복궁에서 기거하였으나, 만년에 이르러 창경궁으로 옮겨 와서 정무를 살피다가 환경전歡慶殿에서 세상을 떠났다. 뒤를 이은 인종은 명정전明政殿에서 즉위하였고, 명종비 인순왕후는 통명전通明殿에서 승하하였다.

그 후 임진왜란 때 명정전, 명정문, 홍화문을 제외한 모든 전각이 소실되었다가 광해군 8년에 중건되었다. 광해군의 뒤를 이은 인조는 남한산성에서 치욕을 당한 후 창경궁으로 돌아와 양화당養化堂에서 기거하였다.

특히 조선왕조 열아홉 번째 임금인 숙종은 창경궁과 인연이 많다. 숙종은 세자 시절을 취선당就善堂에서 보냈는데, 바로 여기가 파란으로 점

철된 장희빈의 거처가 된다. 이 취선당의 위치도 많은 기록이 낙선재 근처라고 되어 있지만, 지금의 낙선재는 창덕궁에 위치해 있다. 여기서 창경궁과 창덕궁의 경계가 확연하지 않았음을 다시 알게 된다.

장희빈의 어미가 8인교를 타고 창경궁의 선인문宣仁門으로 들어오다가 가마가 깨지는 봉변을 당하는데, 바로 그 자리가 사도세자를 죽이는 뒤주가 놓였던 자리가 된다.

숙종비 인현왕후는 창경궁 경춘전에서 승하했고, 희빈 장씨는 취선당에서 사약을 마시고 파란 많았던 삶을 마감한다. 희빈 장씨 소생인 경종은 임금의 위엄은 고사하고 사람 구실조차 제대로 하지 못하고 통명전 북쪽에 있었다는 환취정에서 세상을 뜨자, 최 무수리의 아들인 영

:: 책봉교명 – 영조가 사도세자의 장남을 왕세손으로 책봉하면서 내린 교명

조가 즉위한다.

영조는 주로 창경궁에서 집무하였다. 세공을 조정하기 위해 두 번씩이나 홍화문弘化門 밖 반가의 지식인들을 부르고, 친히 백성들의 의견을 들으면서 세제를 개혁하고자 고심하였다. 또 정쟁을 조정하기 위해 탕평책蕩平策을 쓰는 등 선정의 모습을 보였으나, 평생 동안 무수리의 소생이라는 콤플렉스에 젖어 살았다.

1905년, 소위 을사보호조약이 강제 체결되면서 조선왕조 마지막 임금인 순종황제는 덕수궁에서 창덕궁으로 거처를 옮기게 된다. 그리고 1907년에 일제는 조선의 황제를 위로한다는 명분으로 창경궁을 변조하여 창경원으로 격하시켰다.

한일강제 병합이 되기 3년 전이었으니 일제의 조선 침탈이 얼마나 계획적이며, 치밀했는지를 알 만한 일이다.

:: 영조 어진 英祖御眞, 보물 932호 203×83

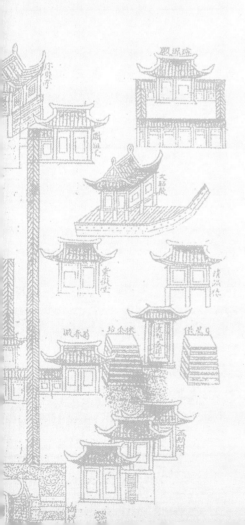

V
전란의 상처가 꽃을 피우고

가라쓰의 나고야 성
풍신수길의 광태

일본의 규슈九州 땅은 우리에게 설렘을 갖게 하는 곳이다. 우선 산천부터가 그렇다. 미야자키 현宮崎縣의 서쪽 고원에 있는 기리시마霧島국립공원에서는 펄펄 끓는 온천물이 솟아오르는데, 그 산의 이름부터가 가라쿠니다케韓國岳이고 보면 낯선 땅이 아니라는 생각이 든다. 게다가 규슈에는 한국만의 텃새인 까치가 날아다닌다. 일본 사람들은 '가사사기かささぎ'라는 그들의 표준어가 있는데도 까치만은 그대로 '까치 가라스'라고 부른다. 우리말로 직역하면 '까치 까마귀'가 되는 셈이다.

문화는 또 어떤가. 가라쓰야키唐津燒, 아리타야키有田燒, 이마리야키伊万里燒, 사쓰마야키薩摩燒 등 일본이 세계에 자랑하는 규슈의 도자기는 모두 임진 · 정유년의 왜란 때 강제로 끌려간 조선인 포로(도공)들에 의해 구워지기 시작하였다.

한국 사람을 대하는 규슈 사람들의 심성은 형제나 다름없을 만큼 친절하고 다정하다. 그럴 수밖에 없다. 임진·정유년의 왜란 때 일본 땅으로 끌려간 조선인 포로의 수가 무려 10여 만, 그중에서 포르투갈이나 네덜란드에 노예로 팔려 간 사람이 5만 명 이상이라는 기록도 보인다. 지금도 이탈리아에는 '꼬레' 라는 마을이 있는데, 그때 팔려 간 조선인들이 살던 곳으로 추정하기도 한다.

결국 규슈 땅에 남게 된 수 만여 명의 조선인 남녀가 지난 400년 동안, 비록 일본인으로 살았다고 하더라도 거의 모든 사람들이 조선인의 핏줄과 무관하다고 보기 어렵다.

가고시마 대학鹿兒島大學 교육학부 부장인 요쓰모토四本 교수는 흥분한 목소리로 내 견해를 정정해 주었다.

"신 선생, 거의 모두가 아니라, 전붑니다. 규슈 사람 전체가 조선인의 피를 받았다고 확신합니다."

또 요쓰모토 교수는 임진·정유년의 왜란 때, 조선 땅에서 저지른 왜병들의 잔인무도한 살생과 약탈을 용서할 수 없는 강도행위라고 목청을 높이기까지 하였다.

바로 거기, 도요토미 히데요시豊臣秀吉의 조선 침략을 위해 새로운 도시로 가다듬어진 곳이 가라쓰唐津이다. 후쿠오카 국제공항에 내려 국내선 구내로 옮겨 가면 가라쓰로 가는 지하철을 탈 수 있다. 후쿠오카에서 가라쓰까지는 53.5킬로미터, 지하철로 50분 남짓 걸리는 곳이다.

400여년 전, 전국 일본을 무력으로 통일한 히데요시는 멀리 인도와 중국 땅을 넘보겠다는 야욕을 우선 조선 침략에 맞추었다. 물론 여러

번의 번주藩主(지역을 다스리는 장군)들의 경제적인 번창을 억제해야만 능률
적으로 다스릴 수 있겠다는 또 다른 계책도 숨겨져 있었다.

도요토미 히데요시는 대병을 이끌고 교토로 달려가 형식뿐인 임금에
게 출전을 고하고 몸소 구주 땅인 히젠국肥前國 나고야 名護屋(중부지방의
나고야와는 글자가 다르다)로 향하면서 각 지역을 다스리는 대명大名들에게
병사의 동원과 병선의 건조를 명하였다.

인마의 내왕조차도 뜸하던 가라쓰의 나고야(지금의 진제이 마치)에 도착
한 히데요시는 자신의 이름에 걸맞은 나고야 성의 축성을 명하였다. 전
국에서 몰려든 무사와 장인들 그리고 노역에 동원된 백성들을 합하여
불과 반년 사이에 나고야는 인구 20여 만 명의 거대한 도시로 변하였
다. 실로 상상을 초월하는 일대변화였다.

현해탄의 거친 물결 위에 두둥실 떠 있는 섬들이 한눈에 내려다보이는 언덕 위에 크고 거창하게 세워진 나고야 성名護屋城의 꼭대기 천수각天守閣에서 도요토미 히데요시는 아득히 바라보이는 일기섬壹岐島을 향해 떠나가는 조선 침략의 선단을 내려다보면서 자신의 광기와 야욕에 만족하는 회심의 웃음을 흘렸을 것이 분명하다.

왜국을 다스리는 총체적인 우두머리 대장군을 간바쿠關白라고 부른다. 간바쿠 도요토미 히데요시가 오사카 성으로 돌아가지 아니하고 나고야 성에 머무르게 되자, 그에게 충성하고 아첨해야 하는 각 지역의 대명들도 서로 경쟁을 하듯 나고야 성 밑으로 달려와 각자의 성을 쌓게 되었다. 지금까지 확인된 성터만도 120여 곳에 이른다니 당시 가라쓰의 영화를 짐작하고도 남는다. 그러므로 새로이 축성된 히젠국 나고야 성은 정치와 전쟁의 중심지로 번성할 수밖에 없었다.

히데요시가 나고야 성에 상주하게 되었다면 마땅히 그의 여인들도 데려오게 된다. 그중의 한 사람이 히로자와노 쓰보네廣澤局였다. 쓰보네局란 대장군 간바쿠의 총애를 받는 여인들의 통칭이기도 하다.

히로자와노 쓰보네의 미모와 재능은 간바쿠 히데요시의 총애를 받고도 남을 만하였다. 따라서 히데요시의 신임을 얻기 위해 조선에 출병하였던 여러 대명들은 그녀에게 선물하기를 다툴 수밖에 없었다. 축성의 귀재로 일컬어지기도 하고, 용감하기가 범과도 같다 하여 간바쿠 히데요시의 총애를 받고 있었던 가토 기요마사加藤清正는 조선에서 뽑아 온 소철蘇鐵 한 그루를 그녀에게 진상하였다고 전해진다.

후일 도요토미 히데요시가 세상을 뜨자, 히로자와노 쓰보네는 정인이 찾아 주던 자리에 아담한 절을 짓고, 자신의 이름을 따서 고다쿠지廣

澤寺라고 명명하였다. 그리고 스스로 중이 되어 정인의 영혼을 천도하며 생애를 마쳤다

다시 세월이 흘러 400여 년 후, 위풍당당하던 나고야 성이 혼마루(본채)와 120여 곳이 넘었던 대명들의 성채는 흔적 없이 사라지고 이끼 푸른 성벽만이 남아 있는데, 성터 아래쪽에 히로자와노 쓰보네가 세웠다는 고오다쿠지가 고스란히 남아 있어 옛일을 되새겨 주고 있다.

임진왜란 때 가토 기요마사가 선물하였다는 조선 소철은 400여 년의 세월을 보내면서 뿌리가 무려 지름 29미터로 번져나갔다. 지금도 고다쿠지의 내정으로 들어서면 마당 한가운데를 완전히 점령하여 지상의 일각을 조선 소철로 숲을 이루어 놓았다.

우리 역사와 무관하지 않는 바로 이 유서 깊은 고장이 지금의 사가 현佐賀縣 가라쓰 시唐津市 진제이마치鎭西町이다. 이 지역 사람들은 임진왜란을 상기하는 나고야성박물관을 세우고 정교하게 만들어진 이순신 장군의 거북선과 한·일 관계를 살필 수 있는 많은 유물을 전시하여 옛날의 영화를 상기하게 한다.

:: 나고야성 박물관

일본에 끌려간 조선인 포로

살아남은 자의 고통

　　일본 땅 규슈 지방은 예로부터 한국과 인연이 깊은 곳이다. 「삼국유사」에도 김수로왕의 딸이 김해를 떠나 대마도와 일기도를 거쳐 규슈 땅에 상륙한 것으로 되어 있다. 규슈에서도 이름난 명산인 가라쿠니다케가 구름 위에 떠 있는 듯한 미야자키 지역을 일본 사람들은 '사이토바루西都原'라고 부른다. 일본의 건국신화로 유명한 이세伊勢 지역을 고대 일본의 동쪽 도읍東都으로 본다면, 규슈의 미야자키 지역은 서쪽의 도읍지가 된다는 뜻이다.

　　'사이토바루'라고 불리는 미야자키 지역에는 엄청난 고분군古墳群이 있다. 그 고분에서 출토된 유물들인 갑옷이나 마구를 살펴보면 아무 설명이 없어도 가야시대의 것과 꼭 같음을 확인할 수 있다. 이러한 물증을 통하여, 가야 사람들이 규슈에 건너와서 살았을 수도 있지만 규슈 사람들이 조선 반도를 통하여 중국으로 드나들면서 철기문화를 전수해 왔을 가능성도 배제할 수 없다.

고려나 조선시대로 내려와도 규슈 지역은 여전히 조선과의 통로였다. 폭풍우로 해로를 잃은 조선의 어선들이 표류해 오는 곳이기도 했고, 밀무역을 하는 장사치들이 은밀하게 드나들 수 있는 절호의 땅이기도 하였다. 그러므로 규슈 땅은 조선 사람들이 안심하고 드나들 수 있는 곳이었음이 분명하다.

지금부터 400여 년 전인 1592년(임진년)에 규슈 땅에 전쟁의 소용돌이가 일었다. 전국 일본을 통일한 도요토미 히데요시가 조선 정벌의 본거지를 규슈의 가라쓰로 정하면서 무수한 인파가 몰려들기 시작하였기 때문이다.

조선 땅으로 출병했던 장군들은 전세를 보고하기 위해 조선인 통역을 데리고 귀국하기도 했고, 때로는 미모의 조선 여인들을 강제 연행하였을 수도 있으며, 또 인쇄공 같은 기술 인력을 연행하여 왔을 수도 있다.

임진년의 왜란이 매듭 지어지기도 전에 정유년의 재란이 시작된다. 조선의 여러 사정을 간파한 히데요시는 도공들을 잡아 오라는 명령을 내린다. 이 명령 때문에 일본에서는 정유년의 재란을 '도자기전쟁'이라고도 한다. 일본인 장수나 병사들이 조선인 도공들을 정확히 구별할 수 있었을 리가 만무하다. 그러자니 도자기 가마가 있는 마을의 사람들을 무더기로 잡아 왔을 수도 있고, 또 여타의 기술 인력도 잡혀 올 수밖에 없었다.

이때 일본 땅으로 잡혀 온 조선 사람의 수가 얼마나 될까. 딱한 일이

:: 도요토미 히데요시

기는 하지만, 이 문제를 연구한 흔적을 찾기는 어렵다. 다행히 조선인 포로와 관련된 여러 고문서와 조선인 포로들이 살고 있는 지역을 탐방하여 조사하였다는 나이토 스케內藤儁輔가 쓴 '임진왜란(文錄慶長役)에 의한 납치인에 관한 연구'라는 논문이 눈에 띈다.

이 논문에서는 족히 2만에서 3만 명에 이를 것이라고 추정하고 있다. 이중에서 강화교섭으로 송환된 포로를 7500명 정도로 보지만, 수용소를 탈출했거나 개별적으로 귀국한 사람들도 많을 것이므로 그 수는 누구도 정확하게 알지 못할 것이라고 첨언하였다.

정유년의 재란을 '도자기 전쟁'이라고 적을 정도였다면, 도공들만을 계산한 부분적인 기록이 있어야 하는 것은 당연하다. 아리타야키의 가마를 열게 하였던 번주 나베시마 나오시게鍋島直茂가 500여 명을 데려간 것으로 되어 있고, 히라토야키平戶燒의 마쓰우라松浦鎭信가 200여 명, 사쓰마야키의 시마즈 요사히로島津義弘가 박평의, 김해 등 200명 이상을 확보하였다는 기록은 있지만, 규슈가 아닌 일본 본주의 번주들이 데려간 조선인 도공에 관해서는 확실한 기록이 없는 것이 아쉽다.

조선에서도 이 문제를 거론한 기록은 있다. 광해군 9년 4월 19일자 실록인 「광해군일기」에는 경상도의 겸사복兼司僕 정신도鄭信道가 올린 상소문에 다음과 같은 구절이 있다.

신이 지난 신해년辛亥年(1611) 봄에 포로로 잡혀간 전이생全以生 등의 편지를 얻어 보았는데, 그 가운데 국가에 관해 중대한 내용이 있었습니다. 신이 그에 대해 상세히 말해 보겠습니다. 전이생과 같은 처지의 사람들로 살마주(지금의 가고시마 현)에 잡혀 있는 자가 3만 700여 명이나 되는데, 별도로 한 구역에 모여 산 지 24년이 되어 갑니다.

이들은 배운 것이라고는 창이나 칼을 쓰는 법이며, 연습한 것이라고는 싸움터에서 진을 치는 법뿐이어서 모두가 한 사람이 만 명을 당해 낼 수 있습니다. 그런데 살아서 돌아가기가 이미 글렀으므로, 한갓 눈물만 흘리고 있습니다. 쇄환刷還시켜 달라는 한마디 말을 만 리 먼 길에 보내왔습니다. 그러니 고향을 그리는 그들의 정성이 애처로울 뿐만 아니라, 나라에 대한 충성심도 대단함을 볼 수 있습니다. (중략) 그들은 국가의 이해에 대해 두루 알고 있으며, 또 진을 치는 법과 창칼 쓰는 법에 뛰어납니다. 만약 그들을 쇄환해서 돌아오게 하고 잘 어루만져 주면서 쓴다면, 국가에 보탬이 됨이 어찌 적겠습니까.

이 상소문에 적힌 신해년이면 임진왜란이 끝난 지 13년째 되는 해인데, 조선인 포로들이 별도로 모여 산 지가 24년이 되었다고 하는 대목은 잘못 적은 것이 분명하지만, 조선인 포로 중에는 도공이나 기술 인력뿐만이 아니라 상당수의 병사들도 포함되어 있었음을 알 수 있다.

또 다른 기록으로는 이시다 미쓰나리石田三成가 다테 마사무네伊達正宗에게 보낸 편지에 경상도 사천 지역에서 잡은 포로의 수가 3만 5000여 명이라고 되어있다. 이같이 한 지역에서 잡힌 포로의 수가 3만 명을 넘었다는 정황으로 살펴본다면, 당시 조선 땅에 상륙하였던 여러 번 주(장군)의 수로 미루어도 일본 땅으로 잡혀가 억류 되어 있던 조선인 포로의 수는 족히 10만 명을 넘었을 것으로 추정해도 큰 하자가 없지 않을까 싶다.

조선인 포로들에 의해 구워지기 시작한 일본의 유명 도자기는 거의 모두가 규슈에 산재해 있는 가마에서 제작되고 있다. 또 그들의 후손들은 포로로 끌려 온 선조들의 넋을 기리면서, 그 후손임을 자랑삼고 있는 것도 따지고 보면 장구한 세월 동안 조선 반도와의 끊임없는 교류가 있었던 지역에서 피어나는 우정의 열매가 아닐까 하는 생각을 떨쳐 버리기가 어렵다.

도산신사의 청화기둥

도조 이삼평

　일본의 도자기 문화를 말할 때마다 한국 사람들의 얼굴 표정은 득의 만만해진다. 일본 도자기의 시초가 임진왜란 때 일본 땅으로 끌려간 조선인 전쟁포로들에 의해 이루어졌기 때문이다.

　일본의 사료에는 정유재란丁酉再亂을 '도자기 전쟁'이라고 기록한 곳도 보인다. 다른 말로 바꾸면 그들의 두 번째 조선 침략인 정유재란이 조선인 도공들을 일본 땅으로 끌어가기 위한 전쟁이라는 뜻이다. 일본이 세계에 자랑하는 도자기 사쓰마야키는 번주 시마즈 요시히로에게 끌려간 박평의朴平意, 심당길沈當吉 등에 의해 구워지기 시작하였고, 살아서 숨을 쉰다는 명품 하기야키萩燒 역시 이작광李勺光, 이경李敬 형제에 의해 개발되었으며, 다카도리야키高取燒는 도공 얏산八山 부부에 의해 처음으로 가마가 열렸음은 그 후손들이 살아서 입증하고 있다.

저 유명한 아리타야키도 조선인 도공 이삼평李參平에 의해 구어지기 시작하였다. 아리타야키의 본고장인 사가 현 아리타 시有田市는 온 거리가 도자기 가게로 즐비할 만큼 도자기로 먹고사는 고장이다.

시가지 중심가에서 약간 벗어난 산자락에 도자기의 신을 모셨다는 사에야마신사陶山神社가 있다. 입구에 선 도리이鳥居까지 청화백자로 구워서 세웠고, 경내 도처에 청화백자가 놓아 있는가 하면, 안내판까지 도자기로 만들어서 걸었다. 경내 왼쪽으로는 산정에 오르는 산책로가 잘 가꾸어져 있다.

약간 비탈진 산책로를 따라 오르면 가파른 계단 위로 하늘을 찌르는 듯한 기념비 하나가 우뚝하게 서 있다. 기념비는 산정에 자리하고 있어 아리타 시의 전경이 한눈에 내려다보인다.

거대한 탑신에는 '도조 이삼평 비陶祖李參平碑'라고 새겨져 있다.

아리타 시를 발아래 깔고 푸른 하늘에 우뚝한 '도조 이삼평 비'를 쳐다보는 순간 눈시울이 시큰하게 젖어든다. 이 비석이 세워진 것이 1917년이면 한일강제 병합이 체결된 지 7년째 되는 해다.

∷ 도조 이삼평 비

조선의 역사를 깡그리 무시하고 조선 사람 멸시하기를 좋아하는 일본인들이 조선도공 이삼평을 도자기의 조상으로 모시고 대대손손 섬겨왔다면 가슴 벅차다 해도 흉이 되지 않는다.

그러면서도 '도조 이삼평 비'에 적힌 비문을 읽노라면 우리의 감정을 상하게 하는 대목이 있다.

···도조 이삼평 공은 분로쿠文禄 2년(1593) 풍신수길의 정한전征韓戰에서 아군을 위해 진력한 몇 안되는 분으로, 번주 나베시마 공이 개선할 때 휴행攜行하여 귀화시킨 것이다.

휴행이란 강제연행이 아닌 대동帶同, 즉 함께 왔다는 뜻이다.

이 구절을 문제 삼은 한국의 '이삼평도공비문정정위원회'는 이삼평이 일본 땅에 간 것은 '대동'이 아니라 '납치'며 '연행'이라고 주장하면서 아리타 시 상공회의소에 비문을 고쳐 주기를 요청하였다.

이삼평도공비문정정위원회가 조직된 것은 이삼평의 출신지(고향)에 아리타 시에 세워진 '도조 이삼평 비'와 같은 규모의 기념비를 세우기 위해서였다. 이삼평의 출신지에 관한 구체적인 자료는 없다. 그러므로 그의 일본 이름에서 근거를 찾게 된다.

임진·정유년의 왜란 때 일본으로 끌려간 많은 사람들이 본명을 버리고 가명을 쓰게 된 것은 강제연행된 것이 부끄러워서였다. 가고시마에 끌려 온 경상도 김해 출신의 도공은 아예 일본 이름을 긴카이金海라고 썼다. 그러므로 이삼평의 일본 이름인 가나가에 산페이金ヵ江三兵衛에서 그가 금강錦江 지역 출신임을 암시하고 있음을 추리할 수 있다. 한국에 세워진 이삼평의 비석이 금강유역에 자리잡게 된 것은 그런 연유에서다.

'이삼평 비문정정위원회'가 아리타 시의 상공회의소에 비문을 고쳐줄 것을 요구한 것은 포로로 잡혀간 것이 아니라 제 발로 걸어간 사람을 그의 고향에서 기념하기에는 명분이 모자라서일 것이지만, 애시당초 그런 요구를 일본인들이 들어줄 것이라고 생각한 것이 잘못이듯 끝내 흐지부지되고 말았다.

물론 비문이 그렇게 씌어지게 된 근거가 아주 없는 것은 아니다. 1806년(일본 연호 문화 2년)에 작성된 것으로 보이는 일본 규슈의 다큐 가多久家 고문서에 이삼평이 왜국으로 오게 된 경위를 적은 글이 있다.

나베시마 군이 산중에서 길을 잃었을 때, 먼 곳에 집 한 채가 있는 것을 발견하고 그 집에 살고 있는 세 사람의 조선인에게 길을 안내하라는 엄명을 내렸다. 그중 한 사람인 스물대여섯 살 된 남자 이삼평이라는 자가 이때부터 계속해서 안내역이 되어, 군량미 징발에서 우차 동원에 이르기까지 아군의 편의를 제공해 주었다. 게이초慶長 3년(1598) 12월 나베시마 나오시게 공이 귀국하면서 막료인 다큐 야스아리多久安順에게 명하여 이삼평을 대동하게 하였다. 만약 그를 많은 재물로 포상하고 조선에 두고 오게 되면, 일본군을 원조한 자로 어떤 위해가 가해질지 모르는 처지였다. 이렇게 되어 이삼평은 다큐 가의 군사들과 같은 배로 일본으로 오게 된 것이다.

「肥前陶瓷史考」(中島浩氣 著)에서

이 인용문을 믿느냐, 믿지 않느냐는 별개로 치더라도 정유재란 때 많은 조선인 도공들이 일본 땅으로 끌려간 것은 엄연한 사실이다. 또 그들 조선인 도공들에 의해 일본의 도자기 문화가 싹텄고, 그들 포로들의 후예들이 만들어 낸 도자기가 세계적인 명성을 얻게 된 것을 인정하지 않는 일본인은 없다.

한두 사람도 아닌 수백 명의 조선인 도공들이 전쟁포로로 끌려가 일본의 도자기문화를 일으킨 것은 세계가 모두 인정하고 있는 판국에 이삼평을 연행이 아닌 '휴행'으로 썼다 하여 굳이 그것을 납치거나 연행으로 고치라고까지 항변할 까닭이 무에 있을까.

이미 지난 오랜 세월 동안 아리타 지역 사람들은 이삼평에게 도조陶祖라는 존칭을 올렸고, 그의 공적을 기리기 위해 비석까지 세워서 받들고 있다.

이삼평이 임진왜란 이후 일본 땅에 도자기의 씨앗을 뿌렸다는 그 사실만으로 우리는 뿌듯할 수밖에 없다.

조선 막사발의 비밀

숨 쉬는 도자기 이도다완

우리나라의 부산과 그리 멀지 않은 일본 땅에 하기 萩(야마구치 현)라는 작고 아름다운 항구도시가 있다. 일본이 세계에 자랑하는 도자기인 하기야키의 본 고장이며, 일본국 근대화의 불길을 당긴 메이지 유신의 주역들인 이토 히로부미伊藤博文, 가쓰 라 고고로桂小五郎(후일의 木戶孝允) 같은 명치 정부의 총리대신들을 비롯한 유명 정치 인들이 태어나서 자란 곳이어서 '메이지 유신의 발원지'라고 자랑하는 고장이기도 하다.

:: '명치유신 태동지' 기념비

:: 청년시절의 이토 히로부미

일본 사람들이 선호하는 하기야키는 숨을 쉬는 도자기라 오래 사용하면 사용한 차茶의 특색에 따라 자기 빛깔이 변한다 하여 적금을 들어서까지 마련할 정도로 유명하다.

바로 이 하기야키를 처음 구워 낸 사람들도 임진·정유년의 왜란 때, 조슈번長州藩의 번주 모리 데루모토毛利輝本에게 전쟁포로가 되어 왜국으로 끌려간 조선인 도공들이었다.

일본 측 기록에 따르면 하기야키를 처음 구워 낸 조선인 포로 이작광과 이경 형제라고 되어 있으나, 영천 이씨의 족보를 살펴보면 이들이 형제라는 근거는 찾기가 어렵다. 아마도 잡혀간 처지가 부끄러워 본명이 아닌 다른 이름(假名)으로 살지 않았나 싶은 생각이 들기도 한다. 어찌 되었거나 이들에 의해 구워진 하기야키는 조선 막사발이었다.

조선 막사발이란 이가 빠지면 개밥그릇으로 쓰이는 그야말로 천하디천한 것인데, 이 조선 막사발이 일본 땅 하기에서 구워지면서 당시의 일본 상류사회를 뒤흔드는 명품이 되었고, 하기야키 중에서도 이 조선 막사발과 같은 모양을 '이도다완井戸茶碗'이라고 부르게 되었다.

그 명칭의 내력 또한 재미있다. 조선 땅에서 막사발이 만들어지던 곳이 경상남도 사천지방의 새미골이다. '새미골'을 일본식 한자로 옮겨 적으면 '이도井戸'가 된다. 그러므로 일본어의 '이도다완'은 한국어의 '새미골 막사발'이 되는 셈이다. 물론 이 사실은 일본에서도 인정을 하고 있고, 또 지금의 새미골 여류 도공인 장금정張今貞 여사의 가마에 일본인 관광객이 몰려드는 것이 그 때문임은 말할 나위도 없다.

400여 년 전 전쟁포로가 되어 왜국 땅으로 끌려간 조선인 도공들에 의해 만들어진 조선 막사발(초기의 하기야키)은 지금도 42개가 남아 있다

:: 국보가 된 조선 막사발

고 전해지는데, 그중 하나가 일본 국보로 지정되어 교토京都의 다이토쿠지大德寺에 보관되어 있다.

나는 일본인 수집가 하마타 요시아키濱田義明 노인이 보관하고 있는 초기의 조선 막사발 두 개를 구경할 수 있는 기회가 있었다. 하나는 일본 다도茶道의 시조라고 불리는 센 리큐千利休가 사용하던 것으로 놀랍게도 그가 입었던 당시의 옷자락에 싸여져 있었고, 다른 하나는 도쿠가와德川 집안에서 사용되던 것이 황실로 옮겨 가서 명치천황이 사용하던 명품이었다. 엷은 색 흙빛이 도는 400년 전 조선 막사발의 촉감은 참으로 놀라웠다.

하마타 노인은 내가 조선 막사발의 고국 사람이라 하여 거품이 살짝 인 말차末茶를 대접해 주었다. 내 평생 가장 비싼 다완으로 가장 맛있는 차를 마신 셈이다. 물론 팔지는 않겠지만, 한 개의 값은 놀라지 말라, 일본 돈으로 무려 40억 엔(우리 돈으로 400억 원 이상)을 웃돌 것이라는 게 통설이었다.

나는 하마타 노인에게 물었다.

"이만하면 일본에 남아 있는 이도다완을 거의 대부분 보았다고 생각해도 되겠습니까?"

"허허허, 대부분이 아니라 신 선생께서는 전부를 보았습니다."

그리고 하마타 노인은 활짝 웃으면서 부연하였다.

"좋은 도자기는 방을 살리고, 사람을 살리고, 꽃을 살립니다."

도자기 수집가다운 시적인 표현이 아닐 수 없다.

무엇이 조선 막사발을 그같이 높이 평가하게 하는 것일까. 해답은 아주 간단하다. 소박하고 순수하기 때문이다.

조선왕조에서는 모든 가마에서 생산되는 도자기류를 사용원司饔院에서 관장하였다. 임금이 쓰는 왕실의 집기로 사용되기 때문이다. 왕실에서 쓰이는 도자기류를 만들 때는 '좀 더 잘 만들어야겠다'는 욕구가 작용하게 마련이다. 다시 말하면 무엇인가 보상을 받으려는 도공들의 사욕이 작용한다는 뜻이다. 그러나 상민들이 쓰는 막사발은 구울 때는 아무 욕심이 없는, 그야말로 순수하고 편한 마음으로 빚어지기 때문에 막사발의 외양에서 내용에 이르기까지 소박하고 순진무구한 이미지가 담겨지게 된다.

그리고 막사발 밑동에 유약釉藥이 흘러내린 자국이 마치 개구리 알과 같이 뭉쳐 있는 것을 그들은 '가이라기(梅皮와 같다 해서)'라 하여 예술적인 표현으로 보았다.

임진왜란 이후 조선인 도공들에 의해 조선 막사발이 만들어지기 전까지 일본의 사정은 도자기를 옥玉, 그러니까 보석으로 볼 만큼 소중히 여겼다. 따라서 명나라의 경덕진景德鎭 도자기나 간혹 고려청자로 다도를 즐기던 일본인 상류사회의 다인茶人들에게 조선 막사발의 때 묻지 않고 순박한 모양과 마치 숨을 쉬듯 살아 있는 외피의 촉감이 경탄스럽기 한량없었을 것이 분명하다.

당시의 다인들이란 일본 최상부의 권력에 막중한 영향력을 행사하던 센 리큐를 중심으로 하는 이른바 사카이堺의 호상들이었기에 도자기에 관한한 그들의 평가는 법이나 다를 바가 없었다. 그러므로 조선 막사발의 가치는 보석보다 더할 수밖에 없었다.

그런 영향이 오늘에까지 전해지면서 지금도 조선 막사발인 '이도다완'이 일본 다기의 명품으로 주가를 올리고 있다.

고향을 어찌 잊으리까

주석 두공 14대 심수관

일본을 대표하는 역사소설가 시바 료타로司馬遼太郎가 쓴 중편소설 「고향을 어찌 잊으리까」를 읽고, 나는 상당한 흥분과 부끄러움을 함께 느꼈다. 솔직히 말해 이렇게 엄청난 얘깃거리가 있었던가 하는 것이 흥분의 요인이었고, 이런 얘기를 왜 일본인 작가가 써야 했으며, 우리나라 작가들은 대체 뭐 하고 있었을까 하는 것이 부끄러움을 자극하는 요인이었다.

나는 그 소설을 다시 읽었다. 읽고 또 읽었다. 그런 과정에서 시바 료타로라는 작가가 아무리 걸출한 역사소설가라고 하더라도 그가 일본인이었기에 조선인과 조선의 풍속을 묘사하는 데 큰 잘못을 저질렀다는 사실을 발견하였다. 잘못이 발견되었으면 소설의 무대가 된 현장을 찾아가 확인하는 것이 순서다.

1977년 5월 19일, 사쓰마야키의 고장인 가고시마로 가는 비행기에
올랐다. 아열대 지방의 특이한 경관을 누비며 리무진 버스는 공항을 빠
져나와 가고시마 시내를 뚫고 서쪽으로 달린다. 차창으로 내다보이는
일본 특유의 농촌 풍경은 아름답기 한량 없었다. 50여 분 가량 달려서
이주잉伊集院이라는 작은 도시를 지나니 곧 히가시이치키東市來라는 아
담한 마을이 나왔다. 거기서 5분 거리에 유황 냄새가 물씬 풍기는 온천
지역 특유의 여관 '유노모토湯の元'가 낯선 손님을 기다리고 있었다.

심수관 씨 댁에 전화를 걸어서 방문할 뜻을 전하고, 그렇게 가고 싶
었던(아니 가야 했던) 미야마美山로 달렸다. 지금은 미야마라고 부르지만,
이 지역의 옛 지명은 '나에시로가와苗代川'라는 아름답고 정겨운 이름
이다. 조선인 도공들이 전쟁포로로 타국 땅에 잡혀와서 뿌리내린 유서
깊은 땅에는 굵은 대나무(孟宗竹) 숲이 병풍처럼 둘러쳐져 있었다.

'수관도원壽官陶苑'이라는 문패가 달려 있는 낡은 목조 대문이 첫 눈
에 들어왔다. 이 건물에 필시 한국 사람이 살고 있을 것이라는 생각이
들 만큼 눈에 익은 대문으로 느껴졌다.

심수관. 그는 어느 모로 뜯어보나 그 골격부터가 한국 사람이었다. 심
수관의 피에는 단 한 방울도 일본 사람의 피가 섞이지 않았다. 비록 국
적이 일본이요, 오사코 게이키치大迫惠吉라는 일본 이름을 쓰고 있다해
도 그의 외모가 한국인의 모습이어야 하는 것은 지극히 당연한 일이다.

400여 년 전, 정유재란 때 심당길沈當吉(본명 沈讚)이 전라도 남원에서
포로가 되어 일본 땅으로 끌려온 이래, 13대 심수관에 이르기까지 일본
인 여성과 결혼한 일은 단 한 번도 없었다. 다만 14대인 지금의 심수관

만이 일본인 여성을 아내로 맞았을 뿐이라면 알 만한 일이 아닌가.

우선 대대로 습명襲名되고 있는 심수관이라는 이름에 관하여 알아보기로 하였다. 처음으로 일본 땅에 잡혀온 초대는 심당길沈當吉이었고, 2대가 심당수沈當壽, 3대가 심도길沈陶吉, 4대가 심도원沈陶園, 5대가 다시 심당길, 6대가 심당관沈當官, 7대가 심당수沈當壽… 이런 식으로 11대 심수장沈壽藏까지 다른 이름을 썼고, 12대에 이르러 지금의 심수관沈壽官으로 굳어지면서 13대, 14대, 15대로 이어져 내려오고 있다.

책상 앞에서 할 수 있는 취재를 대충 마치고 그를 따라서 마당으로 내려서서 담장 밑 풀숲에 이르렀을 때, 나는 눈물이 왈칵 쏟아지는 충격을 맛보았다. 그것은 형언할 수 없는 감동이자 슬픔이었다.

풀숲에는 높이 45센티 정도의 돌비석 두 개가 서 있었는데, 놀랍게도 '반녀니' 라는 한글 비문이 새겨져 있었기 때문이다. '반녀니' 라면 여

∷ 조선 도공 14대 심수관 댁 정원에 있는 '반녀니' 비

자 이름이 아니던가. '언녀니'와 같은 종류의 비천한 신분의 여성의 이름, 그런 이름을 가진 여자가 죽었다 하여 비석을 세우고 그 비면에 이름을 새긴 일… 그것도 순한글로 새겼다는 사실, 그런 일이 본국(그들이 본다면)에서 있을 수 있는 일이던가. 비천한 여성이 겪은 노고에 대한 파격의 예우가 아니고 무엇인가.

"얼마나 된 비석인가요?"

"아버님 말씀으로는 200년은 족히 되었을 것이라고 하셨습니다."

어찌 비천한 여성뿐이겠는가. 일본 땅으로 끌려온 조선인 포로들 중에는 상당히 높은 수준의 지식인들이 포함되어 있었음을 알 수 있는 곳도 있었다.

미야마의 서편 쪽 언덕 위에 자리 잡고있는 옥산신사玉山神社의 본이름은 옥산궁玉山宮이라고 하였다. 참으로 놀랍고 대견한 것은 남의 땅에 끌려온 사람들이 옥산궁을 창건하고 거기에 단군의 위패를 모시고 해마다 8월 한가위 날에 제사를 지냈다는 사실이 취재하는 내 가슴을 뭉클하게 하였다.

만리 이역인 왜국 땅에 잡혀 온 포로들이라면 자신들의 앞치레도 하기 어려운 마당에 단군을 섬기면서 나라를 사랑하였다는 사실이 지금의 우리에게는 큰 교훈으로 남는다. 지금도 옥산신사에서 쓰이고 있는 제기祭器를 보면 장구가 있는데 길이만 짧아졌을 뿐 모양은 우리 것과 같으며, 시루떡을 찌는 작은 시루에 구멍이 뚫려 있는 것도 놀랍고 신통할 지경이었다. 제주가 추는 춤의 형태는 지금 우리나라의 진주지방에서 추는 검무와 흡사하였다.

고국으로 돌아갈 수 없었던 조선인 도공들이 모국과 이웃을 사랑하

는 동포애로 단합된 힘을 과시하는 원동력이 된 옥산궁, 그 자랑스러운 옥산궁은 미야마에서 바다가 보이는 유일한 언덕 위에 자리 잡고 있었다. 아득히 고향이 바라보이는 곳이라고 믿었기 때문이다.

다음날 아침 일찍 유노모토를 떠나 구시키노串木野로 갔다. 지금은 아름답고 작은 어항이지만, 옛날엔 사람이 살지 않는 바닷가였단다. 구시키노의 남쪽 해안을 시마비라하마島平浜라고 한다. 약간 검은색을 띠는 모래가 깔려 있는 아름다운 해안이었다.

바로 여기에 조선인 포로를 실은 배가 도착하였다. 조금 더 남쪽으로 내려가면 가미노가와神の川의 하구가 있다. 여기도 조선인 포로를 실은 배가 도착한 곳으로 전해지고 있다.

일본 측 기록인 「사쓰마번사薩摩藩史」의 기술에 따르면 구시키노의 시마비라하마에 박평의朴平意와 그의 아들 정용貞用을 비롯한 43명의 남녀가 도착하였고, 조금 내려가서 가미노가와 하구에 김해金海를 비롯한 남녀 10명이… 그리고 구주의 남단을 돌아서 가고시마에 남녀 20명이 도착한 것으로 기록되어 있다.

박평의는 조선인 최초로 성을 쓰고 칼을 차도 좋다는 '묘지다이토描字帶刀'를 허가받아 마침내 촌장인 '쇼야庄屋'가 되었다는 기록이 보이는 데 반해, 심수관의 선조인 심당길에 관한 기록은 눈 씻고 찾아도 없다. 바로 여기에 심수관 가의 비밀이 있다고 나는 판단하였다.

심당길은 도공이 아니라 사옹원司饔院의 일을 보던 관리였는데, 도공들과 함께 잡혀 와서 그들의 정신적인 지주가 되었으나, 도공이 아니고서는 살아갈 방도가 없음을 깨닫고 박평의의 문하에 들어가 도공이 되었을 것이라고 추정된다. 심수관 씨는 무릎을 치면서 나의 추리에 전적으로 찬동해 주었다.

구시키노에 도착한 조선인 도공들이 최초로 도자기 가마를 연 것은 도착한 다음 해인 1599년이었고, 이때 처음으로 구워 낸 그릇은 검은 색이었다. 물론 백토가 없었기 때문이었다. 번주 시마즈는 말과 병사들을 박평의 휘하에 배치하고 백토를 찾는 일에 전력을 다할 것을 독려하였다.

그러나 실제로 백토를 찾은 것은 조선인 도공들이 잡혀 온 지 무려 16년 후인 1614년의 일이었다. 사쓰마야키의 특색으로 그릇 표면이 완전히 흰색이 아니고 엷은 베이지색(상아 빛깔)인 것은 이때 발견된 백토의 성분에서 연유되는 것이다.

조선 도공 14대 심수관. 그는 누구보다도 한국을 사랑하는 사람이다. 그가 한국에 오면 점퍼와 농구화 차림으로 옛 도요지를 찾아다닌다. 그

러면서 한국의 도자기가 보다 더 현대화되어야 한다고 충고한다. 고려
청자나 조선백자를 모작하는 것은 어떤 경우에도 예술로 승화할 수 없
다는 심수관의 충고는 경청할 만하다.

일본 문화는 그 원류를 한국에 두고 있는 것이 많다. 그러나 지금은
어떤 경우에도 일본의 것이 되어 정착해 있다는 사실이 대단히 중요하
다. 도자기가 그렇고, 옻칠이 그렇고, 절이 그렇고, 불상이 그렇고, 학
문이 또한 그렇다.

이러한 사실을 놓고 일본 문화가 모두 우리의 것이라고 주장할 수는
없다. 만일 그러한 논법이 성립한다면 우리의 문화는 모두 중국의 것이
되기 때문이다.

노래가 된 '간양록'
일본 유학의 시조

국민가수 조용필이 부른 히트 곡에 '간양록'이란 노래가 있다. 가슴 밑바닥에서부터 쥐어짜듯 치솟아 오르는 격정의 응어리가 마디마디 풀어지는 카타르시스 때문인지, 조용필도 리사이틀 때마다 즐겨 부르는 노래다.

이국 땅 삼경이면 밤마다 찬 서리고
어버이 한숨 실은 새벽 달일세
마음은 바람 따라 고향으로 가는데
선영 뒷산의 잡초는 누가 뜯으리.
아, 아아

피눈물로 한 줄 한 줄 간양록을 적으니
임 그린 뜻 바다 되어 하늘에 닿을세라

작사는 신봉승으로 되어 있지만, 실상은 대부분 수은睡隱 강항姜沆 (1567~1618) 선생의 시에서 원용된 내용이다.

제2차 세계대전이 막바지에 접어들면서 조선총독부는 강항이 일본 땅에서 겪은 얘기를 선조 임금에게 올리는 보고서 형식으로 쓴 「간양록 看羊錄」을 분서焚書로 지정하였다. 간행되어 있는 서책을 거둬 불태우는 일은 문화를 말살하는 가장 비열하고 저급한 광태라 진시황과 같은 전 대미문의 폭군들이나 저지르는 일이지만, 간악한 조선총독부는 일본 민족의 치부를 들추어냈다 하여 「간양록」을 불살라 버리고자 하였다.

대체 「간양록」에 적힌 내용이 무엇이기에 조선총독부가 그토록 불태 워 없애고자 하였을까. 그 진상을 살펴보기 위해서는 먼저 저자인 강항 의 행적을 더듬어 보는 것이 순서다.

강항은 세조 때의 큰 문장가였던 사숙재 私淑齋 강희맹姜希孟의 5대손으로 1567년 전 라남도 영광군 불갑면에서 태어났다. 자를 태초라 하고, 호를 수은이라 하였던 강항 은 일곱 살 때 맹자 한 질을 하룻밤 사이에 읽어 버릴 정도로 신동이었다.

강항이 27세에 문과에 급제하여 공조 좌 랑을 거쳐 형조 좌랑이 되었을 때, 임진왜 란의 참상을 체험하게 되었다. 때마침 고

:: 수은 강항 초상

:: 에히메 현 오즈 성 터(일본 시코쿠)

향에 내려와 있던 강항은 정유재란을 당하면서 두 사람의 형과 함께 왜장 도도 다카도라藤堂高虎 군의 포로가 되어 일본 땅 이요주伊豫州, 지금의 시코쿠 에히메 현愛媛縣의 나가하마長浜로 끌려갔다가 곧 오즈 성大洲城으로 옮겨졌으며 그곳에서 포로생활을 하게 된다.

비록 고관대작은 아니었다 해도 조선 조정의 관원이었고, 또 주자학에 통달한 기개 있는 선비인지라 강항은 미개하고 보잘것없는 왜국 땅에서 포로생활을 해야 하는 것이 죽기보다 싫었다. 이에 여러 차례 탈출을 시도하지만 실패만을 거듭하다가, 2년 뒤인 1598년에는 교토京都의 후시미伏見에 있는 번주의 별저로 이송되어 치욕의 포로생활을 계속하게 된다.

「간양록」은 강항이 적지에서 보고 들은 왜국의 실상과 왜인들의 무지한 모습을 소상히 적어 주군인 선조 임금에게 올리는 상소문 형식으로 된 글이다. 비록 1597년을 전후한 왜국의 실상을 적었다고 하더라도 그 내용이 워낙 소상하고 적나라하여 오늘을 사는 일본인들에게조차 수치감을 불러일으키게 할 정도라면, 당연히 한국인들에게는 자부심을 부추기는 내용이 될 수밖에 없다.

조선총독부는 바로 이 점을 두려워하여 「간양록」을 거둬 불태우기로 하였다. 그러나 역사란 무심히 흘러가는 것이 아니어서 「간양록」의 초간본은 오히려 일본의 내각도서관內閣圖書館에 보존되어 있었으며, 아울러 그 귀중한 내용을 불태워 없애고자 하였던 조선총독부의 만행까지 함께 적어서 전하고 있으니 아이러니가 아닐 수 없다.

강항이 포로로 잡혀가 있을 때의 일본 문화란 문자 그대로 한심한 지경이었다. 사기그릇을 구워 내지 못한 탓에 모든 그릇은 나무나 대나무로 만들어서 썼고, 학문의 고전이라 할 수 있는 '사서오경'까지도 정확하게 전해지지 않아서 학문이라는 개념조차 성립되어 있지 않았다. 따라서 인쇄술 등도 초보 단계를 벗어나지 못하였다. 다만 오랜 전국시대를 겪으면서 살았던 탓에 무기를 만드는 기술만은 조선에 비길 수 없을 만큼 발달해 있었다.

강항이 옮겨 와서 살게 된 교토의 후시미는 시골과 달라서 식자들이 제법 있는 번화한 곳이었다. 비록 포로의 신분이었지만 강항의 인품과 학덕이 알려지면서 그의 휘호를 받겠다는 사람과 글을 배우겠다는 사람들이 몰려들기 시작하였다.

바로 이러한 때 강항의 문하로 입문을 청한 사람이 그 고장 묘수원妙

壽院의 순수좌舜首座라는 승려였다. 여기서 미리 밝혀 두지만 바로 이 순수좌라는 승려가 후일 일본 주자학의 개조開祖가 된 후지하라 세이카藤原惺窩이다.

후지하라는 조선 주자학에 빠져들면서 승복을 벗어던지고 유학자로 변신하게 된다. 그는 몸소 조선 도포를 입고 서책을 대하는 것으로 조선 주자학의 진수를 온몸으로 터득하고자 하였고, 평소에도 유건儒巾을 쓰고 있을 만큼 명실상부한 조선 주자학의 신봉자로 자처하더니 마침내 강항이 친필로 써 준 「사서오경」에 왜인들이 읽을 수 있도록 '왜훈倭訓'을 달아서 '일본 유학'을 싹트게 하였다. 또 그것은 일본 땅에 심어지는 퇴계학退溪學의 싹틈이었고, 그것을 바탕으로 일본 유학이 정립되는 알찬 결과를 거두게 된다.

백제 때 왕인으로부터 「천자문」을 전해 받아서 문자를 익힐 수 있었던 일본이 이때에 이르러 강항의 가르침으로 주자학을 배워서 일본 유학을 싹트게 하였다면 그들의 학문적 근원이 어디에서 연유되었는지 명백히 밝혀 놓는 쾌거가 아닐 수 없다.

그런 일본을 바라보는 조선인 강항의 역사인식은 「간양록」의 전편에 녹아 흐르면서 왜인들의 참담한 생활까지 세세하게 기록하게 된다. 그중에서도 도요토미 히데요시의 죽음을 기록한 대목에 이르러서는 일본인들의 복장을 끓게 하고도 남을 내용을 담고 있다.

도쿠가와德川家康 등은 발상發喪하기를 꺼려하여 이놈의 죽은 사실을 꼭 덮어 두기로 하였습니다. 죽은 놈의 배때기를 갈라 그 안에다 소금을 빽빽이 처넣고 아무렇지도 않은 것같이 꾸미기 위해서 평소에 입던 관복을 그대로 입혀 나무통 속에다 담아 두었습니다.

도요토미 히데요시豊臣秀吉 시체의 배를 가르고 거기에다 소금을 빽빽이 처넣었다는 구절을 강조하는 것은 그럴 만한 까닭이 있다. 도요토미 히데요시가 살아 있을 때 조선으로 향하는 병사들에게 죽인 조선 병사들의 코와 귀를 베어 소금에 절여 오라는 명령을 내렸기 때문이다. 강항은 그 명령을 이렇게 적고 있다.

사람마다 귀는 둘이요, 코는 하나야! 목을 베는 대신에 조선 놈의 코를 베는 것이 옳다. 병졸 한 놈이면 코 한 되씩이야! 모조리 소금에 절여서 보내도록 하라.

조선 병사들의 코를 베어서 소금에 절여 보내라고 하였으니, 죽은 그의 뱃속에 소금을 처넣게 된 것은 당연한 것이라고 강항은 생각하고 있다. 지금도 일본 교토의 번화한 거리에는 조선 병사들의 귀를 묻었다는 미미츠카耳塚(귀무덤)가 옛 모습 그대로 있어 오가는 사람들의 마음을 상하게 한다.

도요토미 히데요시의 장사를 치른 다음 그의 위패가 있는 곳에 황금으로 장식한 전각을 짓고, 그 밑에 "대명 일본에 일세를 떨친 호걸, 태평 길을 열었으니 바다는 넓고 산은 높다"라고 글을 써 붙였다.

강항은 구경삼아 그곳에 갔다가 그 문구를 뭉개고 다음과 같이 써 놓고 돌아왔다.

:: 귀무덤(일본 교토)

반 생 동안 한 일이 흙 한 줌인데
십층 금전은 울긋불긋 누굴 속이자는 것이더냐.
총알이 또한 남의 손에 쥐어지는 날
푸른 언덕 뒤엎고 내닫는 것쯤이야.

半生經營土一盃
十層金殿漫崔拐
彈丸亦落他人手
何事靑丘捲土來

강항의 제자 후지하라가 우연히 그 앞을 지나가다가 그 글귀를 발견하고는 황급히 강항에게 달려와 목청을 높였다. 글귀를 보아서는 분명히 스승님이 지은 것인데, 왜 그리도 조심성이 없느냐고 항변을 겸한 충고를 거듭하였다고 강항은 적었다.

일본 땅에서 포로생활에 시달리던 강항은 잡혀간 지 4년 만인 1604년에 꿈에 그리던 고국으로 돌아올 수 있었다. 그가 살아서 고향 땅을 밟을 수 있었던 것은 애제자 후지하라 세이카가 스승의 은혜에 보답하기 위해 막부幕府의 대장군인 도쿠가와 이에야스에게 몸소 탄원하여 허락을 받아 냈기 때문이었다.

지금의 일본 땅 시코쿠, 이요伊豫의 작은 교토라고 불리는 에히메 현 오즈 시에 가면 강항과의 인연을 소홀히 하지 않는 이 고장 사람들의 아름다운 마음씨와 만날 수 있다.

400여 년 전, 강항이 포로로 머물렀던 오즈 성의 언덕에서 도보로 내려오면 오즈 시의 문화회관에 이르는데, 그 광장 왼편에 강항을 기리는 현창비가 우뚝하게 서 있다. 화강석으로 된 비면에는 '홍유 강항 현창비鴻儒 姜沆 顯彰碑'라는 비명이 새겨져 있고, 그 하단에는 검은 오석 판에 강항의 연보가 간략히 소개되어 있다.

또 현창비 왼편에 두 개의 비문석을 따로 세웠는데 놀랍게도 똑같은 크기의 비면에 일본어와 한글로 비문을 새겼다. 일문의 제목은 '일본 주자학의 아버지 유학자 강항의 비'라고 적었으며 그 내용은 다음과 같다.

조선시대의 뛰어난 학자 강항은 도요토미 히데요시가 조선에 재출병(정유

재란)하였을 때 도도 다카도라 군에 잡혀 두 형(준·환) 및 가족들과 함께 이 곳 대주에 연행되었습니다.

10개월에 걸친 대주성에서의 강항 선생의 생활은 학자로서 우대받고 금산金山 출석사 出石寺 승려들과의 교유 한시의 창수唱酬로 나날을 보내는 자유로운 신분이었습니다. 교토 후시미의 도도 별저로 압송되면서부터 에도 유학의 개조가 되는 후지하라 세이카, 용야성주 아카마쓰 히로미치, 해운왕 요시타 소앙 등과의 자유로운 교제 속에서 세이카는 사서오경의 왜훈을 완성하였습니다.

강항 선생과 두 형 등 10여 명이 사서오경의 대자본을 필사하고 세이카가 거기에다 왜훈을 붙여서 간행하였습니다. 근세 일본사상사의 전환기에 강항 선생과 후지하라 세이카의 우정은 일본 사람들이 부러워할 정도였으며 세이카가 유학자로서 자립할 수 있었음은 강항 선생에게 힘 입은 바라고 생각됩니다.

강항 선생이 일본유학사상에 미친 영향은 지대합니다.

1990년 3월 연파 김용석 필사

이 현창비가 세워지게 된 데는 일본의 오즈 시 시민들과 한국의 영광 군민들이 힘을 합쳐 건립기금을 모금한 탓도 있지만, 강항의 인품에 매료된 무라카미 쓰네오村上恒夫라는 한 일본인의 헌신적인 노력과 봉사가 있었기에 가능하였다.

무라카미는 오즈 시의 호적과에 근무하는 공무원이었는데, 실로 우연히 오즈 시에서 살았던 외국인 1호가 조선 유학자 강항이라는 사실에 착안하고, 그에 대한 사료를 조사하던 중에 「간양록」을 읽게 되었다. 그는 「간양록」에 적힌 강항의 행적을 추적하면서 강항의 고향인 한국의 영광까지 다녀오는 등 그의 학문과 인품에 매료될 만큼 한·일 양국의 문화교류에 열정을 쏟게 된다.

결국 무라카미는 자신의 직장인 오즈 시의 호적과를 물러나와 「간양록」의 연구에 몰두하기 시작한다. 그는 강항의 발길이 머물렀던 모든 곳을 완전하게 답사하는 것은 말할 나위도 없고, 강항이 오즈에서 탈출하던 행로까지 찾아내면서 해당 지역에 표석을 세우는 등 지나간 역사를 오늘에 되새기는 일에 매진하였다.

무라카미는 또 '수은 강항선생 행적지 순례단'을 조직하여 한·일 양국의 방문객들에게 몸소 안내역을 자청하기도 하였고, 「유학자 강항 선생」이라는 저서를 출간하기도 하였다.

　강항의 출생지인 한국의 영광과 포로생활에 시달렸던 일본국 에히메현의 오즈 시에 강항 선생을 기리는 현창비가 건립되고, 그 제막식에 두 도시를 대표하는 인사들이 교대로 참석하는 등의 아름다운 광경이 연출된 것은 한 · 일 양국 문화교류의 원류를 밝히려는 무라카미 쓰네오가 뿌린 씨앗에 싹이 트고 꽃이 피는 일이 아닐 수 없다.

　조용필이 부르는 ‘간양록’을 들을 때마다 나에게는 수은 강항 선생의 생애가 주마등처럼 흘러간다.

모시고 싶다, 배우고 싶다

조선통신사

    조선통신사의 의미를 한마디로 규정하기는 어렵다. 물론 조선왕조가 교린정책의 하나로 일본에 파견한 외교사절인 것은 분명하지만, 정치적 의미뿐만 아니라 문화 · 경제활동은 물론 때로는 그 전수까지를 수반하면서 일본 사회에 막중한 영향을 미친 문화사절단이라면 어떨까 싶다.

    조선왕조가 창업된 1392년, 왜구의 단속을 요청하기 위해 승려 강규가 일본에 파견된 일이 있었고, 1443년(세종 5) 3회째 조선통신사의 정사인 변효문卞孝文의 서장관은 신숙주였다. 그때 신숙주가 교토에 머물면서 쓴 「해동제국기海東諸國記」는 일본뿐만이 아니라 당시 유구국琉球國(지금의 오키나와)의 지리, 풍속, 방언까지를 세세히 기록한 것으로 오늘날에

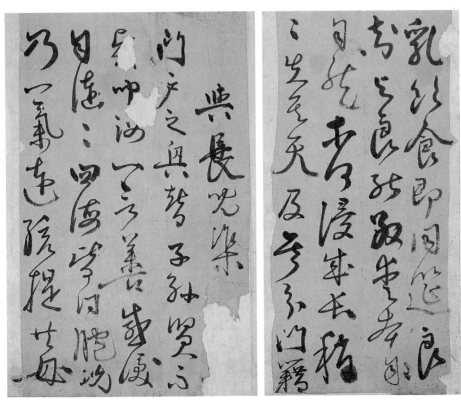

:: 김성일 金誠一(1538~1593)「與長兒濈」지본묵서, 보물906호 안동 雲章閣 소장

이르러서도 일본을 연구하는 귀중한 전적으로 남아있다. 특히 신숙주가 세상을 떠나면서 국왕인 성종에게 "워컨대 조선과 일본이 화를 입는 일을 없게 하소서"라고 진언한 것을 보면 왜국을 보는 그의 선견지명까지 읽을 수 있다.

1592년(선조 25)에 김성일, 황윤길 등이 통신사의 정·부사로 일본에 다녀왔으면서도 그들의 복명이 서로 달라 조선왕조는 전대미문의 침략전쟁에 시달리기도 하였다. 그 임진·정유년의 왜란이 있은 후 일본의 천하를 통일한 도쿠가와 이에야스는 조선과의 평화교류를 부르짖으며 국교의 회복을 청해 왔다.

조선은 그들의 진의를 알아보기 위해 1604년 8월에 '탐적사探敵使'라는 이름으로 사명당을 왜국에 파견하였다. 사명당의 방일은 전후처리의 문제를 단숨에 진척시키는 계기를 마련하였다.

1605년 2월, 교토의 후시미 성에 머물던 관백 도쿠가와 이에야스와 그의 아들 히데타다는 조선 침략을 도모하였던 도요토미 히데요시처럼 오만하고 고압적인 자세를 취하지 않았다. 이때의 일을 「조선통교대기朝鮮通交大記」는 아주 세세히 적어 놓고 있다.

나는 임진왜란 때 관동에 있었고, 우리 부대는 전혀 관련이 없다. 따라서 조선과의 사이에 원망이 없다. 오직 화和가 통하기를 바란다.

도쿠가와 이에야스가 수교를 재개하겠다는 결기를 보이자, 사명당은 일본 땅에 잡혀가 있던 1,390여 명의 조선인 포로를 데리고 귀국하면서 조선통신사의 길이 다시 열리게 되었다.

:: 사명당초상

1607년, 조선왕조는 일본 측의 적극적인 요청에 응하여 여우길呂右吉을 정사로 하여 510여 명으로 구성된 주선통신사를 다시 보내는 것을 시작으로 1811년에 이르기까지 모두 열두 번의 통신사를 일본에 보내게 된다.

조선통신사라는 공식적인 명칭에서 '통신'이라는 말은 글자가 의미하는 것과는 달리 '신의信義를 교환'한다는 외교상의 수사일 것이지만, 통신사는 문화사절의 역할도 겸하였던 까닭으로 여러 분야의 다재한 사람들로 구성된다. 학자, 문인들뿐만이 아니라 의사, 화가, 곡마단의 춤꾼을 비롯해 전문 취사반, 심지어 가축을 도살하는 백정, 갓바치(가죽신을 만드는 사람)까지 포함되었다.

또 조선왕조는 부산에서 오사카까지의 800킬로미터의 대항해를 위해 매회 막대한 비용을 들여 기선(객선)과 토선(화물선)을 새로 건조하였다. 그 중 큰 배 2척에는 정사와 부사가, 중간 배에는 서장관이 탔으며, 또 다른 중간 배 1척과 작은 배 2척에는 왜국의 장군가와 통과하는 지역의 다이묘大名들에게 줄 선물과 여행에 필요한 물자를 실었다는 기록이 보인다.

준비를 마치고 출항할 때는 부산의 영가대永嘉臺에서 통신사의 정·부사와 서장관이 헌관이 되어 장중한 기풍제祈風祭을 올려 항해의 안전을 빌고서야 출항을 하게 되고, 가는 데만 대개 4개월의 노정이 필요하였다.

조선통신사의 왕래가 국가적인 큰 행사였다는 사실은 근래 일본 각지에서 발굴된 일기, 병풍, 에마키繪卷(두루마리 그림) 등에 남아서 전해지고 있으며, 그 한 예로 에도江戶(지금의 도쿄)에 입성하는 조선통신사의 모습을 규슈의 나가사키에 와있던 네덜란드의 상관장商館長 니콜라스 쿠케바케르는 자신의 일기(1월 4일자)에 다음과 같이 적고 있다.

일행이 다다른 길은 정결하게 청소되어 있고 깨끗한 모래가 깔려 있는데, 구경꾼들이 창으로 머리를 내밀거나 담배연기를 밖으로 뿜어내도 안된다. 조선통신사가 방일하는 날은 휴일이 되었고 축제 분위기가 타올랐다. 행렬의 선두에 무용, 피리, 북의 연주가 시작되고 모든 종류의 악기가 연주되었다. 기마 젊은이에 이어 정사, 부사 등이 들어오고, 400여 군관이 뒤를 잇는데 그들은 '최고의 사절 호위'이다. 그리고 좀 지나면 약 200명의 부사가 철포, 창을 가지고 한 사람씩 순서대로 일본식으로 지나간다. 이러한 행렬이 모두 지나가는 데 약 5시간이 걸렸다.

조선통신사의 내왕이 문화교류였던 흔적은 도쿠가와 막부가 자리 잡고 있는 에도를 비롯하여 인접한 각 번(장군가에서 다스리는 영토)에서의 영접 행사 모습에서는 물론, 현존하는 일본의 서민문화에서도 그 흔적을 쉽게 발견하게 된다.

이는 폐쇄적인 문화 환경이었던 일본으로서는 조선통신사를 맞아들이는 것 자체가 새로운 문물과 접할 수 있는 기회였고, 학자나 문인들을 비롯한 지식인들에게는 학문을 비롯한 문화 전반을 전수받을 수 있는 절호의 기회가 되었음이 분명하다.

통신사의 일원이었던 신유환도 그의 「해유록海遊錄」에 다음과 같이 적었다.

시문과 회화를 구하려고 모든 수단을 동원해 숙소에 몰려드는 일본의 학
지, 조닌町人(일반 시민)들로 인해 제술관, 서기, 화원들은 식사를 할 짬조차
도 없었다.

조선통신사는 일본의 막부가 조선과의 우호만을 증진하는 것이 아니
라, 화려한 외교사절의 행렬을 비롯하여 조선의 선진 문물을 일반 민중
들에게 보여주는 것으로 막부의 위엄을 세우는 명분으로 삼았음도 알
수 있지만, 조선에서 열두 번씩이나 통신사를 보냈는데 단 한 번의 답
방도 없었다는 사실은 무엇을 말하는가.

당시만 해도 조선 조정은 일본의 문화수준을 인정하지 않았고, 왜구
들이 모여 사는 나라 정도로 보고 있었다. 그러므로 조선 땅에 일본인
들이 상륙하여 산다는 것은 있을 수 없는 일이었다.

VI

환향녀의 가슴에 피멍이 들고

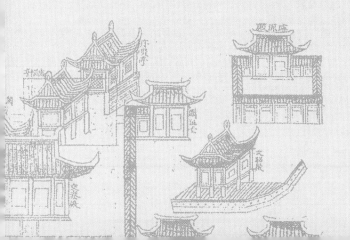

찢는 사람, 줍는 사람
남한산성에서의 마지막 날

미국의 경제가 재채기를 하면 한국의 경제는 감기를 앓는다는 달갑지 않은 속설이 있다. 큰 나라의 영향을 받아야 하는 작은 나라는 거친 숨을 몰아쉴 정도의 가슴앓이를 하면서도 내색하기가 어려운 것은 국제정세라는 거친 물결 때문이다.

중국 대륙의 정세가 급변하면 조선은 갈피를 잡기가 어렵게 된다. 명나라가 쇠퇴하고 청나라가 솟아오르던 이른바 명·청 교체기의 조선은 이념의 혼란을 겪을 수밖에 없었다. 조선왕조의 개국과 함께 명나라를 대국으로 섬겨 왔던 조선의 수구세력들은 욱일승천의 기세로 솟아오르는 청나라를 오랑캐의 준동쯤으로 여겼다.

1623년, 광해군을 밀어내고 임금의 자리에 오른 인조는 광해군이 암

암리에 추진해 온 실리외교에 대한 방향 전환에 골머리를 앓아야 하였다. 반정 세력에게 옹립된 인조인지라 광해군의 향금정책向金政策을 지지할 수 없었다. 물론 조정의 훈구대신들도 향명배금向明排金이 의리를 지키는 길이라고 목소리를 높였다.

이런 연유로 1627년(인조 5)에 정묘호란丁卯胡亂이라는 미증유의 국난을 맛보게 되면서 마침내 국론이 양분된다. 금나라의 실체를 인정해야 한다는 최명길崔鳴吉의 진보적인 화친론和親論과 지난 200여 년 동안 상국으로 섬겨 온 명나라가 있는데 어찌 오랑캐에 불과한 금나라와 상종할 수 있겠느냐는 김상헌金尙憲의 척화론斥和論이 대결하게 된다. 이 이념적 갈등은 서로가 목숨을 걸어야 하는 명분의 싸움이기도 하였다.

오늘 우리는 이 두 가지 대립을 놓고 객관적으로 평가할 수 있는 위치에 있기 때문에 최명길의 화친론에 타당성을 부여하게 되지만, 당시의 여러 여건으로는 김상헌의 척화론이 훈구세력들의 절대적인 지지를 받을 수밖에 없었다. 그러므로 최명길의 화친론은 매국노의 누명을 써야 할 만큼 위험한 것이었다.

대부분의 훈구대신과 명나라를 섬겨 온 조선의 사대부들이 한결같이 금나라를 오랑캐로 여기는 어려운 여건인데도 최명길이 보여 준 공직자로서의 소신과 용기는 아낌없는 박수와 찬사를 받아서 마땅하다. 만일 최명길이 명리에만 급급해하는 안일 무사한 생각으로 시세에 영합하였다면, 오늘 우리의 처지가 어찌됐을까 하는 아찔한 생각마저 들게 한다.

최명길의 화친론과 김상헌의 척화론이 날이 갈수록 더 첨예하게 대립되어 가는 와중에 조선은 또다시 1636년(인조 14)에 병자호란丙子胡亂이라는 전대미문의 국난을 맞게 된다. 결과론이지만 최명길의 화친론이

조정의 공론으로 채택되었다면 병자호란과 같은 참극은 경험하지 않았을 테지만, 그가 매국노로 몰릴 만큼 척화론이 우세했던 당시의 정세로는 속수무책일 뿐이었다.

인조는 서둘러 남한산성으로 피난을 하였다. 청나라의 군사들은 아무 저항도 받지 않고 남한산성을 완전 포위하였다. 지금보다 훨씬 더 추웠던 정월 한 달을 산성에서 고립해 있다 보니, 싸울 병장기도 마땅치 않았고 군량미도 바닥 날 지경이었다. 마침내 산성이 적군에게 포위된 지 23일째인 1637년 1월 18일, 조선 조정은 분통을 씹으며 청나라 진영에 화친을 청하는 국서를 보내기로 하였다.

그 국서는 화친을 주장했던 최명길이 쓸 수밖에 없다. 적진에 화친을 청하는 국서를 쓰고 있다는 소식에 접한 김상헌이 득달같이 달려와서 최명길이 들고 있는 붓을 뺏아 팽개치고, 이미 씌어진 국서를 갈기갈기 찢어 던지며 소리친다.

지천遲川(최명길의 호), 자네 아버님께서는 장부들 사이에서 지조 있는 선비라고 추앙을 받았는데, 자넨 어찌 그 모양인가. 아버님께서 통곡을 하시고 계실 것일세!

최명길은 태연히 대답하였다.
"대감께서는 찢으셨지만, 저는 도로 주워야 되겠습니다."
그리고 최명길은 허리를 굽혀 김상헌이 찢어 팽개친 국서를 주워 모아서 풀로 붙였다.

찢은 사람(裂之者)은 김상헌이었고, 주운 사람(拾之者)은 최명길이었다. 이 일화에서 '찢은 사람도 옳고, 주운 사람도 옳다'는 양시론兩是論을 상징하는 말이 생겨났다. 서로 상반된 견해를 모두 옳다고 보는 것은 두 사람의 참뜻이 모두 불가피했기 때문이라는 데서 기인한다.

나라를 아끼고 사랑하는 방법이 꼭 한 가지일 수만은 없다. 김상헌의 명분론도 때로는 필요한 것이지만, 그 어려웠던 시기에 실리론을 펼칠 수 있었던 최명길의 용기는 더욱 귀하지 않을 수 없다.

때로 역사는 참으로 묘한 결과를 우리에게 보여 주기도 한다. 삼전도의 수항단에서 인조가 청태종 홍타이치에게 세 번 절하고 아홉 번 머리를 조아리는 치욕의 예를 올리면서 병자호란은 매듭이 지어졌지만, 화친을 주장했던 최명길과 척화를 주장했던 김상헌은 똑같이 청나라로부터 전범戰犯으로 몰리는 시달림을 받게 된다.

1641년, 전범의 죄인으로 청나라의 도성인 심양 땅으로 잡혀간 김상헌은 역시 전범으로 잡혀 와 있던 최명길과 옥중에서 만나게 된다. 그렇게도 자신의 주장만을 고집했던 두 사람은 비로소 시심詩心으로 서로의 진심을 털어놓는다. 김상헌이 먼저 읊었다.

조용히 두 사람의 생각을 찾아보니
문득 백 년의 의심이 풀리는구료.

이에 대한 최명길의 담담한 내심이 다음과 같이 화답된다.

그대 마음 돌 같아서 돌리기 어렵고
나의 도는 고리 같아 경우에 따라 돌리기도 한다오.

참으로 기막힌 사연이 아닐 수 없다. 서로 상극과도 같았던 주장을 되풀이하다가 그토록 사랑하는 조국은 패전국이 되었는데, 두 사람 모두 적국의 감옥에 유폐되지를 않았는가. 그 애타는 이심전심의 우애로 두 사람은 7년 만에 서로가 품었던 오해를 풀어내는 순간이기도 했지만, 두 사람이 간직한 사상은 다시 시로써 표현되어 나타난다.

아침과 저녁은 바꿀 수 있을망정
웃옷과 아래옷을 거꾸로야 입을쏘냐.

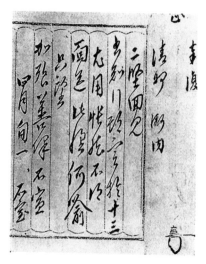

::: 김상헌〈서간〉 종이에 먹, 19×20

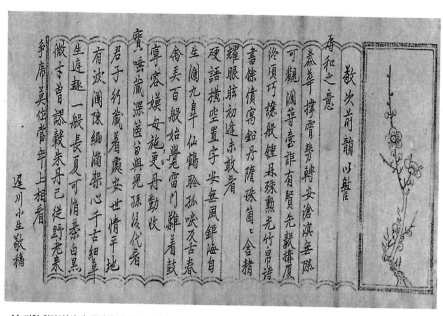

::: 지천 최명길〈시고〉 종이에 먹 22.5×48.0

240 조선의 마음

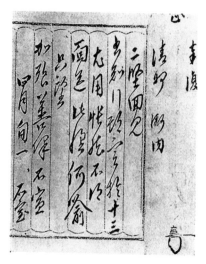

::: 김상헌〈서간〉 종이에 먹, 19×20

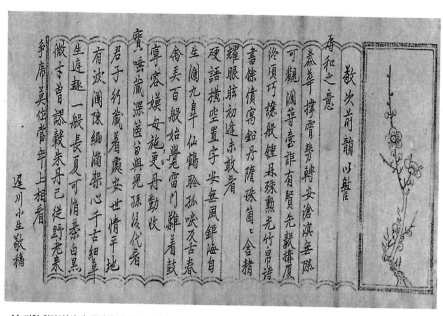

::: 지천 최명길〈시고〉 종이에 먹 22.5×48.0

김상헌의 명분론은 패전국의 전범이면서도 이와 같았고, 불행을 같이 하는 최명길의 실리론도 물러설 줄을 몰랐다.

끓는 물도 얼음장도 다 같은 물이요,
털옷도 삼베옷도 옷 아닌 것이 없느니.

철학이 담긴 선비들의 자기주장이 아닐 수 없다. 만리타국에 있는 옥중에 유폐되어 있으면서도, 서로의 명분론과 실리론을 우정에 곁들여서 주고받을 수 있는 우리 선현들의 경륜이 아름답기 한량없다. 이 같은 선비들의 의식을 어찌 당파싸움으로만 매도할 수 있겠는가.
최명길과 김상헌이 주고받은 시문 화답을 조선 땅에서 전해 들은 이경여李敬輿는 너무도 감동하여 한 편의 송시頌詩를 지어 두 사람에게 보냈다.

두 어른 경륜은 각기 나라를 위한 것이니
하늘을 떠받드는 큰 절개요(김상헌),
한때를 건져 낸 큰 공적일세(최명길).
이제야 원만히 마음이 합치는 곳
남관의 두 분은 모두가 백발일세.

정치에 관여하게 되면 국익우선이라는 이념은 같을지라도 대책에 대해서는 얼마든지 다를 수가 있다. 이러한 의견의 상충을 유독 조선시대만의 당파싸움으로 규정하고, 마치 그것으로 인해 나라가 망한 것으로 생각하는 것은 역사인식이 편협한 데서 기인하는 것이 아닌가 싶다.

삼전도의 삼배구고두

인조의 피눈물

서울 시민들의 휴식공간으로 각광받고 있는 강남 땅 석촌호수 가에 커다란 돌비석이 서 있는데, 그것이 약 350여 년 전 청나라의 강압에 의해 세워진 치욕의 '삼전도비三田渡碑'라는 사실은 어느 정도 알려져 있지만, 그 비석에 담겨진 통한의 역사는 고사하고 비문의 내용이 무엇인지를 아는 사람은 흔치 않다.

우리는 치욕적인 과거의 역사를 뒤돌아볼 때마다 모두 약속이나 한 듯 일본제국의 조선 침략과 36년간의 식민통치를 입에 담으면서도, 실상은 그보다 더 참담하고 더 수치스러웠던 '병자호란'의 비극을 되새겨보고자 하질 않는다.

고려왕조는 원나라를 상국으로 섬기면서 근 100년 동안 아홉 사람의 왕비를 원나라 여인으로 맞아들였고, 그런 임금들의 묘호廟號에 충(忠肅王, 忠惠王, 忠穆王 등)자를 써야 할 만큼 치욕적인 시달림을 당하였다. 조선왕조는 창업의 이념이 곧 향명배원向明排元이었기에 명나라에 바치는 조공을 당연한 것으로 여겼다. 그와 같은 맥락으로 '병자호란' 이 후일 상국으로 섬기게 된 청나라에 당한 것이기에 일시적인 응징이거나 보복쯤으로 생각한다면 역사인식에 문제가 있다고 보아야 한다.

인조 15년(1637) 1월 30일.

남한산성에 몽진하여 적군과 대치하고 있던 인조는 추위와 굶주림에 시달리는 백성(병사)들을 더 이상 방치할 수 없다는 명분을 내세우면서 휘하를 거느리고 성문을 나선다. 적장에게 항복을 하기 위해서였다.

물론 적장이란 후금을 창업한 누루하치의 아들인 청태종 홍타이치皇太極를 말하지만, 명나라를 섬기던 조선 조정과 조선의 사대부들은 그를 오랑캐(만주족)의 괴수로 멸시해 왔으므로 그에게 머리를 숙이는 것은 죽기보다 더한 수모를 감내하는 일이었다.

인조는 삼전도三田渡에 마련된 수항단受降壇에 올라 청태종 홍타이치에게 세 번 절하고 아홉 번 머리를 조아리는 치욕의 삼배구고두三拜九叩頭로 항복의 예를 올렸다. 조선왕조가 창업된 지 246년, 조선의 임금이 적장 앞에 나가 몸소 머리를 조아린 일은 이것이 처음이자 마지막이었다.

청태종 홍타이치는 항복한 조선왕조에 대해 견딜 수 없는 수모를 강요하였다. 전쟁의 책임을 조선 조정에 전가하는 이른바 전후처리라는 착취의 감행이었다. 그 중의 하나가 수항단이 마련되었던 자리에 비석을 세워, 청태종 홍타이치의 위명을 영원히 기리되 그 비문은 자신들이 검증한다는 것이었다.

조선 조정은 난감해 질 수 밖에 없었다. 이 치욕의 비문을 쓸 사람이 없기 때문이었다. 누군들 이런 글을 적어서 후세에까지 전하는 것을 자청하겠는가. 조정은 오랜 논의 끝에 학문이 높은 대제학大提學에게 강제로 떠맡기기로 한다. 당시의 대제학은 백헌白軒 이경석李景奭이다.

오랑캐의 괴수를 황제라 부르고, 그의 은혜를 입어 조선종사가 유지되며 따라서 백성들이 편하게 살게 되었음을 돌비석에 새겨 만세에 전해야 하는 욕스러운 문장을 지어야한다면…, 조선의 사대부로서는 피눈물을 쏟아야 할 수모가 아니고 무엇이겠는가. 백헌 이경석은 눈물을 쏟으면서 쓰고 싶지 않은 비문을 지었다. 실제로 이 비문을 지은 이경석은 수 많은 후학들로부터 비난을 받으면서도 변명하고자 하지 않은 채 영의정 자리까지 오른다. 비문의 글씨는 참판 오준에게 쓰게 했으며, 참판 여이징으로 하여금 전각하게 하였다.

그 전문을 여기에 옮기는 것은 수치스러운 역사에 담겨진 교훈을 채찍으로 삼고자 함이지만, 또한 혹시라도 '삼전도비'를 스치며 지나거나, 가까이로 다가서는 기회가 있을 때 비문의 내용을 알고 보면 색다른 감회를 느낄 수 있을 것이기 때문이다.

대청大淸 숭덕崇德 원년元年 겨울 12월에 관온인성황제께서, 우리 편에서 먼저 화의를 깨뜨렸으므로 크게 노하시어 병위兵威로 임하시어 바로 동녘을 치시니 감히 항거하는 자가 없었다. 이때 우리 임금께서 남한산성에 계셨는데, 위태롭고 두려워 마치 봄날 얼음을 밟는 것 같으시어, 밝은 해를 기다리시기를 5순旬이었다.

동남쪽 여러 군사가 잇따라 패해 무너지고, 서북쪽 장수들은 산골짜기에 틀어박혀 한 걸음도 나오지 못하였으며, 성안의 양식 또한 떨어져 갔다 이러한 때에 황제께서 대군으로 성에 육박하시니, 마치 서릿발 같은 바람이 가을 대나무 껍질을 휘몰아 가려는 것 같고, 화로의 이글거리는 불이 조그만 새털을 태워 버리는 것 같았다.

그러나 황제께서는 죽이지 않는 것으로 병위를 삼으시고 오직 덕을 펴시는 것을 앞세우셨다. 그리하여 곧 칙유를 내리시어, "오라. 짐은 너를 온전하게 할 것이다"하셨고, 용골대와 마부대 등 여러 대장들이 황제의 명에 따라 길에 가득 차 있었다. 이때 우리 임금께서 문무 모든 신하들을 모아 놓으시고, "내가 대국大國에 화호和好를 의탁한 지 10년인데 이제 이 지경에 이르렀다. 이것은 내가 어둡고 미혹하기 때문에 스스로 천토天討를 재촉하여 만백성이 어육이 되게 한 것이니, 죄는 나 한 사람에게 있다. 그런데 황제께서는 차마 죄인을 도륙하지 않으시고 이와 같이 타이르시니, 내 어찌 감히 타이르심을 받들어, 위로 우리 종묘사직을 안전하게 하고 아래로 우리 생령들을 보호하지 않으리오"하셨다. 대신들이 찬성하여 마침내 임금께서는 수십 기를 거느리시고 군전軍前에서 죄를 청하였는데, 황제께서는 예로써 극진히 대우하시고 은혜로써 가까이 하시어, 한번 보고 심복으로 허락하셨으며, 물품을 하사하는 은택이 신하들에까지 고루 미쳤다.

예가 끝나자 황제께서는 곧 우리 임금을 서울로 돌아가게 하시고, 그 자리에서 남쪽으로 내려간 군사를 부르시어 서쪽으로 돌아가게 하셨으며, 백성을 무마하시고 농사를 권장하시

:: 후금을 세운 누르하치

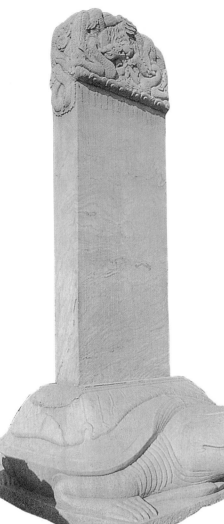

:: 삼전도비 – 인조가 청 태종 앞에 나아가 무릎을
꿇고 항복한 일은 치욕적인 것으로
조선 지식인들의 많은 반성을 불러
왔다. 이 비는 청 태종의 공덕을 찬
양한 것으로 앞면에는 몽고와 만주
문자로 뒷면에는 한자로 새겼다. 송
파구 송파동 소재

니, 멀고 가까운 곳에 새떼처럼 흩어졌던
사람들이 모두 돌아와서 우리나라의 수천
리 산하가 이전과 같이 되었다.

돌이켜보면 소방小邦이 상국上國에 죄지
은 지 오래되었다. 기미년의 전쟁에 도원수
강홍립姜弘立이 명나라를 돕다가 패하여 사
로잡혔는데, 태조무황제(누르하치)께서는 다
만 홍립 등 몇 사람만 머물러 있게 하고 나
머지는 모두 석방하여 돌려보내셨으니 그
은혜가 한없이 컸다. 그런데도 소방은 미혹
하여 깨달을 줄 모르다가 정묘년에 지금의
황제께서 동정東征을 명하시자 우리 임금과
신하는 성으로 피해 들어가서 화평을 청하
였다. 황제께서는 이를 허락하시고 형
제의 나라와 같이 보시어 강토
를 복원하시고 강홍립 또한
돌아왔다.

이로부터 예우가 변치
않으시어 관개冠蓋가 서로
오고갔는데, 불행히 근거
없는 논의가 일어나서 소란꾸미기를 선동
하므로 소방이 변방의 신하들을 선칙하였
어도 불손한 말이 계속 돌아다녔다. 그 문

서를 상국의 사신이 얻었으나 황제께서는 오히려 관대하게 용서하시어 즉시 군사를 가하지 않으시고, 먼저 명을 내려 나라에 출정할 시기를 효유히 셨는데, 이리 핑계 저리 핑계 할 뿐 아니라 군사를 일으키지 않다가 몸소 명령을 받고 끝내 모면하지 못하였으니, 소방 군신의 죄가 더욱 모면할 길이 없게 되었다.

황제께서 대병으로 남한산성을 포위하시고 다시 일부 군대에 명하시어 먼저 강화도를 함락시켜 궁빈宮嬪, 왕자와 경사卿士의 가족들까지 다 포로로 하셨는데, 황제께서는 여러 장수들을 경계하시어 소란을 떨거나 해치지 못하게 하시고, 종관從官과 내시로 하여금 간호하게 하셨다. 또 크게 은전을 내리시어 소방의 군신과 포로 된 권속들을 옛집으로 돌려 보내셨다.

서리와 눈은 따뜻한 봄으로 변하고, 가뭄은 단비가 되었으며, 망한 것이 다시 살아나고, 끊어진 것이 다시 이어졌다. 동쪽 땅 수천리가 고루 생성의 혜택을 입었으니, 이는 실로 만고의 기록에 드문 일이다.

한수 상류 삼전도의 남쪽은 곧 황제께서 머물러 계시던 곳이라 단과 뜰이 있는데, 우리 임금께서 수군에 명하시어 그 단을 더욱 높고 크게 하시고, 또 돌을 깎아 비석을 세워서, 황제의 공덕을 드날리어 영원히 전하게 하셨다. 참으로 천지자연과 함께 함이니, 어찌 우리 소방만이 대대로 영원히 의지하랴. 또한 대조大朝의 인仁을 행하고 무武를 올바르게 다스리면 아무리 먼 곳에 있던 자라도 귀순하지 않는 자가 없으리니, 그것은 다 이에 기인하는 것이다.

하늘과 땅의 큼을 본뜨고 해와 달의 밝음을 그린다 하더라도, 그 만의 하나라도 방불하게 하기에는 모자랄 것이나 삼가 그 대략을 실을 뿐이다.

글은 명문이지만 쓰는 사람은 피눈물을 흘렸을 것이 분명하다.

돌에 새긴 글을 금석문이라고 한다. 금석문은 지워지지도 않고 긴 세월 동안의 풍설도 견디어 나간다. 삼전도에 세워졌던 수항단 옛 터에 위의 글귀를 새긴 치욕의 비석이 세워진 지가 기백 년, 누군들 그 비석 앞에 서서 세세히 읽어 보려 하였겠는가.

혹시라도 그 비석 앞을 지나가는 조선의 선비들이 있었다면 일부러라도 고개를 돌리면서 걸었을 게 분명하다. 또 그 비석이 없어진다 하여 수많은 전적에 기록된 역사적 사실이 지워지지도 않는다.

광복 이후 이승만 대통령은 한강 건너에 치욕의 「삼전도비」가 서 있다는 보고를 받고 당장 뽑아서 치워 버리라고 명하였다. 대통령의 명을 받은 관리들은 서둘러 삼전도비를 뽑아서 땅 속에 묻었다. 그로부터 얼마의 세월이 흐르고, 여름장마의 물난리를 겪으면서 묻혀 있던 삼전도비가 다시 땅 위에 나타났다.

아무리 숨기고 싶은 치욕의 역사라도 권력의 힘이나 인위적인 폭거에 의해 지워지거나 감추어지지는 않는다. 그러므로 부끄러운 역사를 애써 감추거나 숨기려고 하면, 감추려고 했던 그 부끄러운 역사가 다시 되풀이 된다는 명언을 오래 기억해 둘 필요가 있다.

화냥년을 용서하라

궁여지책

병자호란이 조선 백성들에게 남긴 상처는 헤아리기 어려울 만큼 참담하였다. 청태종 홍타이치는 삼전도에 치욕의 비석을 세우게 하고서도 전후처리를 끝내려 하지 않았다. 그는 조선의 세자 내외와 대군 한 사람을 인질로 요구 하였다.

조선 조정으로서는 거절할 수 있는 명분도 힘도 없었다. 인조는 피눈물을 쏟으면서 자신의 뒤를 이어 갈 소현세자昭顯世子와 민회빈愍懷嬪 강씨, 그리고 봉림대군鳳林大君과 그의 부인 장씨를 홍타이치에게 인질로 내주었다.

세자 내외와 대군 내외가 인질이 되어 청나라의 서울인 심양(북경으로 옮기기 전)까지 끌려가자면 그들을 호위하고 수행해야 하는 조정의 관원들과 내시 상궁들도 있어야 하고, 이와는 별도로 저들의 노동력으로 쓸 수 있는 민간인 남녀 포로들도 잡혀가야 한다.

병자년의 호란으로 만주 땅에 끌려간 조선인 남녀의 수는 자그마치 60여 만을 헤아렸다는 기록이 있고, 그들의 대부분이 곱고 나이 어린 규중 처녀들과 사대부가의 내당 마님이었다. 아내를 빼앗긴 남정네는 금은보화를 싸 짊어지고 심양으로 달려가야 했고, 딸을 찾고자 하는 아버지들도 적지인 심양으로 가서 혈육을 금품으로 속환해 와야 하였다.

고국에서 찾아오는 가족이 없으면 돌아올 희망도 없다. 특히 아녀자들이 겪는 고초는 이만저만이 아니었다. 그런 절망의 세월이 9년 동안이나 흘러도 세자와 왕자는 고사하고 잡혀간 백성들은 돌아오지 못하였다.

적지에서 겪어야 하는 조선 백성들의 참상을 누구보다도 잘 알고 있었던 최명길은 다시 심양에 다녀오겠다고 자청하고 나섰다. 소현세자와 봉림대군 그리고 아직 속환되지 못한 백성들을 데려와야겠다는 포부를 밝히자, 인조는 그의 나라 사랑에 감동한다.

최명길은 떠나기에 앞서 심양에 잡혀간 사람 중에서 연고가 없거나, 속환에 필요한 금품을 마련할 수 없는 가난한 사람들을 위하여 은 2500냥을 준비하였다. 물론 국고에서 부담한 것이지만, 그 2500냥으로 일이 성사되리라고는 아무도 믿질 않았다.

최명길이 심양에 도착하였을 때, 홍타이치가 친히 마중을 할 정도로 융숭한 예우를 받았다. 최명길이 처음부터 화친을 주장하였던 조선의 고관이기 때문이었다. 최명길은 그런 분위기에 힘입어 소현세자와 봉림대군 그리고 그때까지 심양 땅에 남아 있던 연고자가 없는 백성들의

崔鳴吉像

昌培畵

∷ 「최명길의 초상」 황창배

속환을 교섭하였다.

아직 명나라와의 전쟁이 끝나지 않았던 때라 소현세자와 봉림대군의 귀국교섭은 실패로 끝났으나, 천만다행으로 아무 연고도 없는 2만 9000여 명의 백성들의 속환교섭은 성사되었다. 데리고 있어 봐야 애물단지에 불과한 조선 사람들을 큰 인심이나 쓰듯 내동댕이치는 청나라의 소행이지만 최명길에게는 은혜롭고 고마운 노릇이 아닐 수 없다.

최명길의 귀국길은 무려 3만여 명의 이름 없는 남녀들이 동행하는 일대 감격의 행렬이었다. 생각해 보라. 만주 땅 심양에서 조선에 이르는 수 천 리 길을, 그것도 눈보라가 휘날리는 한겨울에 3만 명의 헐벗고 굶주린 사람들이 걷고 있는 고초를.

최명길의 귀국은 조선 강토를 들뜨게 하였다. 영영 돌아올 수 없으리라고 여겼던 가족, 친지들이 대거 돌아왔기 때문이다. 그러나 그 환희도 잠깐이었다. 사람들은 고향으로 돌아온 아낙들을 환향녀還鄕女라고 불렀다. 고향으로 돌아온 여자라는 뜻의 '환향녀'는 곧 '화냥년'이라는 소리로 변질되었다.

화냥년을 반겨 주는 가족은 없었다. 특히 사대부가에서는 돌아온 처첩妻妾들을 받아들이지 않았다.

절개를 버리고 몸을 더럽힌 아녀자들이 어찌 선조님의 제사를 받들 수 있는가.

조정으로서는 뜻하지 않았던 난제가 아닐 수 없다. 우의정 장유張維까지도 속환되어 돌아온 며느리를 받아들이지 않았다. 더구나 장유의 딸이 심양으로 잡혀갔던 봉림대군의 부인이 아니던가. 이름 있는 사대부가에서도 장유와 뜻을 같이하였다. 여인의 절개가 두덕익 처도로 평가되었던 시대, 설혹 그것이 전란으로 인한 불가피했던 일이라고 하더라도 이미 더럽혀진 여인들이 사람 대접을 받을 리 없었다.

버림받은 여인들은 죽어 가기 시작하였다. 더러는 목을 매어 죽고, 더러는 강물에 몸을 던졌다. 길가에는 여인네의 시신이 즐비하였다. 이 소식을 접한 인조는 자신의 비정으로 인한 백성들의 고초라고 탄식하였다. 전란을 슬기롭게 헤쳐 가지 못한 모든 책임이 군왕에게 있다는 것을 부정할 사람은 없다.

최명길이 다시 입궐하여 인조에게 진언하였다.

"전하, 궁여지책이긴 하오나, 각 고을에 있는 강을 지정하오시고, 정해진 날에 환향녀로 하여금 지정된 강에서 몸을 깨끗이 씻게 하는 것으로 심신을 모두 닦은 것으로 하되, 그런 연후에는 환향녀를 따뜻이 맞아들이도록 하라는 성교를 내리심이 옳은 줄로 아옵니다."

인조의 용안에 희색이 떠오른다. 어찌 환향녀뿐이랴. 전란으로 인해 백성들의 마음은 피폐해져 있었다. 그들의 심기를 어루만지고 달랠 수만 있다면 설혹 궁여지책이라 하더라도 명을 내려야 하는 것이 그나마 통치자의 소임이 아니겠는가.

마침내 인조의 교지가 내려진다.

도성과 경기도 일원은 한강, 강원도는 소양강, 경상도는 낙동강, 충청도는 금강, 전라도는 영산강, 황해도는 예성강, 평안도는 대동강을 각각 회절강 回節江으로 삼을 것이다. 환향녀들은 회절하는 정성으로 몸과 마음을 깨끗이 씻고 각각 집으로 돌아가도록 하라. 만일 회절한 환향녀를 받아들이지 않는 사례가 있다면 국법으로 다스릴 것이다.

환향녀를 배척하던 사대부가에서는 울며 겨자 먹기로 인조의 수습책을 따랐다. '궁하면 통한다'는 속설이 빛을 본 것이나 다름이 없다. 환향녀로 인해 소용돌이치던 흉흉한 민심은 서서히 가라앉기 시작하였지

만, 그것이 원한으로 응어리진 백성들의 마음까지 편안하게 할 수는 없었다.

최명길, 자기희생을 바탕으로 한 그의 도덕적 용기와 정치적 역량은 높이 평가되어야 마땅하다. 오직 '친명배금'만이 공론으로 통용되던 시기에 새로운 시대를 열어 가기 위한 최명길의 '화친론'은 살신성인으로 나라의 앞길을 열어 가려는 지식인의 충정이 아닐 수 없기 때문이다.

:: 지천 최명길의 신도비 – 충북청원군 북이면 대율리

아버지는 아들을 죽이고

아, 소현세자

병자호란은 조선왕조 역사상 가장 큰 비극이었다. 임금이 적장 앞에 나아가 머리를 조아리며 항복 문서를 올려서 오랑캐라고 천시하던 청나라를 상국으로 섬겨야 했고, 두 사람의 왕자와 신하들, 그리고 수많은 백성들을 인질로 적국에 보내야 했던 참극이었기 때문이다.

인조의 뒤를 이어 왕위에 올라야 할 소현세자도 빈궁 강씨와 함께 오랑캐의 수도인 심양으로 끌려갔다. 가도 가도 끝이 없는 만주벌판의 북쪽이어서 조선과는 비교도 안되는 혹독한 추위에 떨어야 했고, 상상을 초월하는 청나라의 강요를 모국의 조정에 전해야 하는, 그야말로 통한의 볼모살이는 장장 9년 동안이나 계속되었다.

명나라가 멸망하면서 청나라의 섭정왕 다이곤이 장군 오삼계를 거느리고 북경으로 진군할 때, 그는 소현세자에게도 동행을 청하였다. 강요나 다름없는 청함이라 썩 내키는 일은 아니었으나, 조선에 다녀온 뒤로 우울해 있던 소현세자는 지친 마음도 달랠 겸 새로운 문물을 접할 수 있을지도 모른다는 기대감을 안고 다이곤을 따라 북경으로 가게 된다.

조선과도 다르고 심양과도 다른 북경의 풍물은 소현세자의 모든 관심을 일거에 끌어당기기에 부족함이 없었다. 명나라는 망하고 없어도 그들의 문물과 풍속은 고스란히 남아 있었기 때문이었고, 그중에서도 서양에서 들어온 신문물이 그를 눈뜨게 하였다. 소현세자가 북경에 머문 것은 기껏 70여 일에 불과하였으나, 그에게는 실로 7년의 세월에 버금가는 일대 '변혁의 시간'이기도 하였다.

소현세자는 북경에서 많은 사람들과 접촉하였다. 그중에서도 특히 서양 신부이자 과학자인 아담 샬 J. Adam Schall(중국명 湯若望)과의 교유는 그의 사상을 바꾸어 놓는 결정적인 계기가 되었다.

그는 아담 샬과 자주 만나면서 역법, 천문학, 천주교 같은 서양문물에 거침없이 심취해 들어갔다. 이에 부응하듯 아담 샬은 친절하고 자상하게 소현세자의 의문을 풀어 주었다. 그로서는 장차 조선의 임금이 될 소현세자에게 서양문물의 깨우침과 더불어 천주교를 전파할 수 있다는, 앞날을 위해서도 긴요한 포석이라고 믿었기 때문이다.

소현세자는 촌각을 아껴쓰며 되도록 많은 것을 배우기에 힘썼다. 그 자신에게도 크나큰 포부가 있었을 것임은 말할 나위도 없다. 아담 샬은 자신이 한문으로 번역한 「천문역산서天文曆算書」와 지구의與地球, 천주상天主像 같은 진귀한 서책과 물건들을 소현세자에게 선물하였다.

이때 소현세자가 아담 샬에게 보낸 감사의 편지는 읽는 사람들의 마

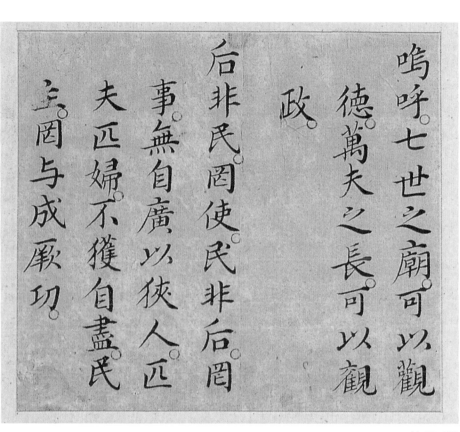

嗚呼七世之廟可以觀
德萬夫之長可以觀
政。

后非民罔使民非后罔
事無自廣以狹人匹
夫匹婦不獲自盡民
主罔与成厥功。

:: 인조 어필

음을 두근거리게 한다.

귀하가 주신 천주상과 여지구와 과학에 관한 서책은 얼마나 반갑고 고마운지 모르겠습니다. 즉시 그 중 몇 권의 책을 읽어 보았는데, 그 속에서 정신수양과 덕행을 실천하는 데 적합한 최상의 교리를 발견하였습니다. 천문학에 관한 책은 귀국하면 곧 간행하여 학자들에게 널리 알리고자 합니다. 그것들은 조선인이 서구과학을 습득하는 데 큰 도움이 될 것입니다. 서로 멀리 떨어진 나라에서 태어난 우리들이 이국땅에서 상봉하여 형제와 같이 서로 사랑해 왔으니 하늘이 아마 우리를 이끌어 준 것 같습니다.

아담 샬에게 보내는 소현세자의 「편지」

우리는 이 편지를 통해 서구문물에 대한 소현세자의 관심과 흥미가 얼마나 깊었던가를 알 수 있으며, 아담 샬과의 우의도 꽤나 깊었음을 짐작할 수 있다. 또 이 편지에는 구체적으로 언급되지 않았지만 천주교에 대해서도 긍정적인 생각을 가지고 있었음을 보여 주고 있다.

25세에 청나라로 잡혀가 장장 10여 년간의 볼모살이를 마치고, 34세의 연부역강한 나이가 되어 그리던 고국으로 돌아오는 소현세자는 이나라 역사상 가장 개명하고 진보적인 임금이 될 자질을 갖추고 있었다.

그는 섬겨야 할 청나라의 내정을 정확하게 파악하고 있었고, 명나라가 패망하는 시대적인 배경을 몸소 확인하였으며, 아울러 중국에 들어와 있던 서양 문물까지 꿰뚫어보는 안목을 갖추었기에 조선왕조 최초의 개명하고 진보적인 임금이 될 왕재이고도 남았다. 그러나 그 개명과 진보적인 사상이 자신을 비운의 왕세자가 되게 하는 원인임을 어찌 짐작이나 했던가.

타인의 쿠데타로 왕위에 옹립되어 지독한 정쟁에 시달리던 편협하고 의심 많은 인조는 희망과 포부를 안고 귀국한 아들 소현세자에 대한 신하들의 진하進賀를 금지하였다. 세자의 진보적인 사고를 오랑캐의 문물에 넋을 판 파렴치로 낙인 찍었기 때문이었다.

상심한 소현세자는 귀국한 지 두 달 만인 그해 4월 23일에 병상에 눕게 된다. 어의御醫는 학질이라고 진단하였으나, 인조는 엉뚱하게도 세자에게 침 놓기만을 강요한다. 마침내 세자는 발병한 지 이틀 만인 26일에 약 한 첩 써 보지 못한 채 세상을 떠난다.

이 이해할 수 없는 치료 과정 때문에 소현세자는 편협하고 의심 많은 아버지의 용렬함에 의해 죽임을 당한 것으로 되어 있지만, 그 후에도 인조는 소현세자의 복제를 12일 만에 마치게 하는 등 한심한 작태를 보였다. 뿐만이 아니라 맏며느리인 세자빈 강씨에게까지 누명을 씌워 강제로 폐출하더니 곧 사사하였으며, 세손인 석철石鐵을 비롯한 두 손자까지 모두 제주도에 귀향 보내는 등 잔혹한 저주를 계속하였다.

역사를 가정에 적용하여 생각하는 것은 금물이다. 그러나 아무리 그렇더라도 소현세자의 죽음은 조선왕조가 스스로 근대화할 수 있는 절호의 기회를 상실하였다는 점에서 큰 아쉬움으로 남는다.

신하들의 주청에 대한 판단력의 결함은 나라의 명운을 어둡게 한다. 인조와 같이 옹졸한 군왕의 치세는 나라의 발전을 위해서도 백해무익하다는 뼈아픈 교훈을 배우게 된다.

스승과 제자의 싸움

노론과 소론

　조선왕조의 정쟁政爭을 사람들은 '당쟁'이라 부르면서 망국지변이라고 비하하지만, 그 내막을 세세히 살펴보면 학문을 바탕으로 한 논전論戰에서 비롯된 경우가 대부분이다.

　우암 송시열은 주자의 가르침을 하늘처럼 섬긴 조선 주자학의 거벽이다. 그는 주자의 글을 단 한 자라도 고쳐서 해석하는 사람에게는 거침없이 사문난적斯文亂賊이라고 비난하며 배척하였다. 남인의 거목 윤휴에 대한 송시열의 비난과 배척이 바로 그 예가 된다. 게다가 송시열은 많은 친지와 후학들에게 자신의 의지에 동조할 것을 강요하였다.

　송시열과 오랜 친구인 윤선거尹宣擧와의 갈등도 윤휴를 사문난적으로 몰아 가려는 송시열의 집요함에서 시작되었다. 두 사람은 윤휴의 평가를

:: 우암 송시열 초상

놓고 황산서원黃山書院(지금의 죽림서원)에서도 다투었고, 동학사東鶴寺에서도 싸웠다. 그 치열했던 다툼은 자신들의 제자들까지 민망하게 하더니, 마침내 윤선거의 죽음을 계기로 돌이킬 수 없는 지경에 이르게 된다.

윤선거가 60세를 일기로 세상을 떠나자, 송시열은 그의 죽음을 애도하는 제문을 지어 보냈다.

천지가 혼몽한데 한 별이 외로이 밝았고, 연꽃으로 옷을 하고, 난초로 띠를 두르니 맑아서 때가 없구나.

이때까지만 해도 송시열은 윤선거가 윤휴와 완전히 절교한 것으로 믿고 있었는데, 윤휴 또한 윤선거의 죽음을 애도하는 제문을 지어 보냈다. 윤선거의 아들 윤증尹拯(송시열의 애제자)은 황망 중이라 이를 거절하지 못하였다. 이 사실을 알게 된 송시열은 윤선거가 윤휴와 끝내 절교하지 않았다는 사실을 대단히 불쾌하게 여길 수밖에 없었다.

그로부터 몇 해 뒤, 윤증이 아버지 윤선거의 연보와 박세채가 지은 행장, 그리고 윤선거가 생전에 송시열에게 보내려 했던 편지 등을 보이면서 아버지의 비문을 지어 줄 것을 간청하였다.

송시열은 친구 윤선거의 비문을 써 줄 마음이 썩 내키지 않았으나, 그렇다고 자신의 애제자인 윤증의 부탁을 거절할 수도 없었다. 결국 송시열은 그저 박세채가 써 놓은 행장문을 원용하여 비문을 짓고, 그 말미에 다음과 같이 적었다.

미쁘다. 박세채의 지극한 찬양함이여. 나는 다만 기술했을 뿐, 스스로 짓

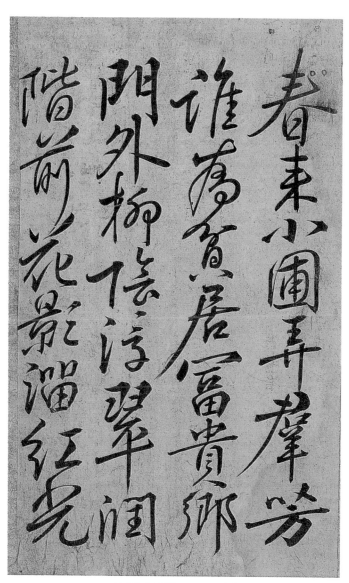

:: 윤순거 尹舜擧(1596~1668) 「武夷棹歌」 지본묵서 126×52

지 않았음을 이 비문에 밝히노라.

비문을 받아 본 윤증은 기가 막혔다. 아무리 스승이기로 어찌 이리도 야박할 수 있는가. 윤증은 여러 번에 걸쳐 비문을 고쳐 써 줄 것을 청하는 편지를 스승인 송시열에게 보냈고, 심지어 송시열의 유배지인 장기까지 찾아가서 아버지 윤선거의 비명을 다시 써 주기를 간곡히 청하였다. 그러나 송시열은 마지못해 자구만 몇 자 수정해 주었을 뿐, 비명의 골자는 끝내 손대지 않았다. 이렇게 시작된 송시열과 윤증의 갈등이 절정에 이른 것이 숙종 8년(1682)에 드러난 '신유의서辛酉擬書' 파동이다. 신유의서란 윤증이 송시열이 처신을 잘못하여 젊은 사류들의 원성을 사고 있다면서 스승의 행태를 조목조목 비판한 편지를 말한다.

윤증의 편지를 읽은 박세채는 놀라지 않을 수 없었다. 너무도 심하게 송시열을 타박한 내용이기 때문이다. 박세채는 그 편지가 공개되는 것이 두려워서 빼앗다시피 하여 자기 집 서재에 간수하였다. 박세채는 윤증의 절친한 친구였으나, 송시열 쪽과도 무관하지 않았다. 박세채의 사위 송순석宋淳錫이 바로 송시열의 손자였기 때문이다.

어느 날, 송순석이 처가인 박세채의 집에 다니러 갔다가 별 생각 없이 장인의 서재를 둘러보게 되었는데, 우연하게도 박세채가 보관 중인 윤증의 서한을 발견하였다. 처음에는 무심히 읽었으나, 읽어 갈수록 치가 떨리는 엄청난 내용이었다.

선생이 주자의 도라고 스스로 믿고 있으나, 자기주장이 너무 지나치고 자기만 옳다고 생각하는 자만심이 너무 높아서 자기에게 찬동하는 자는 좋

:: 윤증 초상

아하고 반대하는 자는 배척하니, 선생이야말로 인덕이 부족한 사람이요, 또 선생이 퇴계를 평가하기를 강직한 점이 부족하다고 하였는데, 선생은 너무 강직한 데만 기울어져 있음을 자신도 모르고 있소. 그러나 선생의 강剛은 극기궁행克己躬行(사욕을 이기고 실천하는 것)의 강이 아니고, 힘으로 남을 억누르는 강이어서 인애성仁愛性이 없소. 선생의 언행의 본원은 의리쌍행義利雙行(정의를 표방하면서 사리도 버리지 않는 것), 왕패병용王覇竝用(왕도의 이념을 높이면서 권모술수가 많은 것)이오.

당대 최고의 거유에 대한 정말로 통렬한 비판이 아닐 수 없다. 할아버지 송시열의 애제자인 윤증이 어찌 이 같은 글을 쓸 수 있는가. 격분한 송순석은 장인 모르게 그 편지를 집으로 가지고 가서 할아버지 송시열에게 올렸다.

윤선거를 향한 서운한 감정이 아직 식질 않았는데 그 자식으로부터 이 같은 봉변을 당하게 되자, 송시열은 불같은 노여움을 터트리게 된다.

"윤증이 기어코 나를 죽이겠구나!"

이후 송시열과 윤증의 불화는 더욱 첨예화되었다.

후세의 사관들은 이 편지 사건을 '신유의서'라고 적었고, 윤증과 송시열의 싸움을 '회니懷尼의 시비是非'라 적었다. 송시열의 고향이 회덕懷德이었고, 윤증의 고향이 이산尼山이었다는 데서 연유된 말이다.

송시열과 윤증 사이에 건널 수 없는 장강이 놓여지면서 송시열을 따르는 사류가 노론이 되었고, 윤증을 지지하는 사류가 소론이 되었다.

이 같은 사사로운 대립을 마치 학파 간의 이념이 대립한 것처럼 포장하여 조선의 정쟁의 특질로 삼고자 하는 논리는 온당하지도 않거니와 환영할 것이 못 된다.

아름다운 이름 청백리
조선의 고위관직

　조선시대의 공직자가 평생을 누릴 수 있는 가장 큰 영예는 청백리의
반열에 오르는 일이었다. 그러므로 지금도 명문대가에서는 '우리 집안
에는 청백리가 몇 분 계시다'고 자랑하곤 한다.

　옛 사람들은 '청백리의 똥구멍은 송곳 부리 같다'고 비아냥거렸다.
너무도 청백하기 때문에 재물을 모으지 못하고 아주 가난하게 산다는
뜻이 담겨 있다.

　정승이나 판서처럼 권력을 휘두를 수 있는 벼슬자리에 있으면서도
청렴결백하여 가난에서 헤어나질 못하는 지식인의 모습…. 후세에 이
름을 남긴 명신들은 대개가 초가삼간에서 살았다. 그 초가삼간도 비가
새는 경우가 많았다.

∷ 황희 초상(1363~1452), 조선시대의 名臣으로 어질고 깨끗한 관리의 표본이다

살아서 이같이 가난하다면 죽은 다음에 장례를 치를 돈이 없는 것은 당연하다. 정승이나 판서가 세상을 떠났는데도 장례를 치를 돈이 없다면 그 비용을 조정에서 부담할 수밖에 없다.

「조선왕조실록」을 읽고 있노라면 세종 임금시절 황희정승을 비롯하여 평생을 청빈하게 살았던 사람들의 눈물겨우면서도 훈훈한 행적을 자주 접하게 되지만, 그런 조건이 슬프게 묘사된 대목보다 유머러스하게 씌어진 대목이 더 많은 것도 재미있다. 관복이 한 벌뿐이어서 퇴청하면 서둘러 빨아 널게 되는데, 바로 그때 임금이 급히 찾는다는 전갈이 오면 얼마나 난감하겠는가.

"대감, 어쩌면 좋지요? 관복이 이렇게 젖었는데…."

"허허허. 그냥 입어야지요. 비 오는 날도 입질 않았습니까."

한 나라의 정승, 판서가 물방울이 뚝뚝 떨어지는 관복을 입는 모습을 상상하면서 오늘을 사는 우리는 옷깃을 여미며 미소 짓게 된다. 부정과 부패에 찌든 오늘의 공직자 상과 비교되기 때문이다.

중종 임금 때 유관이라는 정승이 있었다. 비가 오는 날이면, 유 정승댁 초가삼간은 방 안에도 비가 샐 정도로 청빈하였다. 우산을 쓰고 책을 읽던 유 정승이 구석자리에서 바느질을 하고 있는 정경부인에게 물었다.

"오늘같이 비가 오는 날, 우산이 없는 집에서는 어떻게 살고?"

자신이 청빈하다 하여 온 세상 사람들이 모두 청빈할 것이라고 믿는 순진한 정승이라고 코웃음 칠 수 있을까. 남보다 높은 자리에서 국정을 살피는 사람들의 찌든 가난이 아름답고 고귀하게 느껴지는 것은 요즘의 현실이 너무도 참담하기 때문이 아닌가 싶기도 하다.

이렇듯 공직자의 삶에서 가장 큰 보람으로 평가되는 청백리는 어떤 기준으로 선정하였을까. 물론 요즘같이 한때, 혹은 한 해의 선행을 기준으로 정하는 것이 아니다. 평생의 공덕을 기준으로 삼았기에 관직에 등용된 지 수 십 년이 넘는 정승이나 판서의 반열에서 청백리가 선임되었다.

또 선임하는 절차도 합리적이었다. 청백리의 선임은 임금이 단독으로 하는 것도 아니며 당시의 조정에서 임의로 정하지도 못하였다. 형식적으로, 혹은 한두 가지 선행만으로 청백리를 정하는 것이 아니었기 때문에, 재야在野의 한림翰林들에게 선임을 의뢰하기도 하였다.

청백리의 선임과 같은 명예로운 일을 제도권 밖에서 추천 받아야 했던 것은 사견의 개입을 배제하고, 공정성을 확보하기 위해서였다. 조선왕조와 같은 절대왕권 시대에 이 같은 민주적인 방법이 채택되었던 것이 얼마나 놀라운 일인가.

그렇기에 청백리에 선임되면 당대의 명예는 말할 나위도 없거니와 당사자의 사후에까지 그 가문의 영광이 되는 것이며, 아름답고 명예로운 이름을 후세에까지 남기게 된다.

한때 우리 정부에서도 고위 공직자 중에서 청백리를 선정하여 대통령이나 국무총리의 명의로 시상하는 제도가 있었다. 어느 지역의 세무서장이 2000만 원 정도의 뇌물을 거절하였다는 것이 청백리로 선정된 이유라고 설명한 경우도 있었다. 여기서 우리는 청백리라는 말 자체를 잘못 알고 있음을 알게 된다. 한두 번의 잘한 일로 청백리를 정한다면 그 뒷일을 감당할 수 없게 된다.

2000만 원의 뇌물을 거절하여 청백리로 선정되었다가 몇 년 뒤에 그

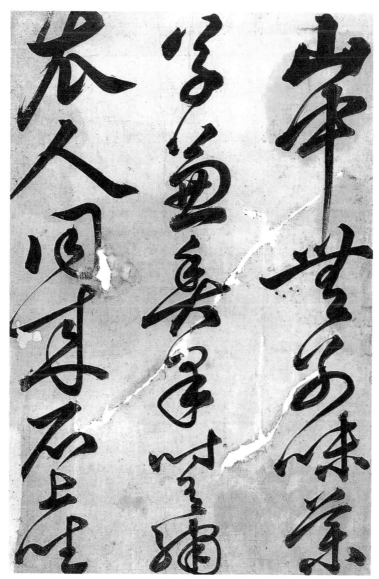

:: 송준길宋浚吉(1606~1672) 「同春堂先生筆跡」지본묵서 45×29

보다 더 많은 뇌물을 챙긴다면 이미 내려진 청백리상은 어찌 되는가. 바로 이 점 때문에 조선시대의 청백리는 평생의 공적을 평가의 대상으로 삼았다. 조선시대의 청백리가 하급관리에서 나오는 것이 아니라 판서나 정승 중에서 선정되고, 그것도 모자라서 재야의 원로들에게까지 물어서 선정한 까닭이 무엇인지 알지 않으면 안 된다.

고위공직자의 부정과 부패가 난무하고, 그런 부정을 자행하기 위해 줄 서기에 여념이 없는 사람들을 수없이 만나게 되는 것이 오늘의 현실이다. 뿐만이 아니다. 서울의 여러 백화점에서는 판매고가 높은 부녀자를 위해 특별한 휴식공간을 마련하고 다과를 제공하는 등 한심한 세태가 만연되어 가고 있다.

청백리라는 아름다운 칭호를 받고 고위관직에서 물러난 원로들의 삶은 빈한한 백성들의 삶과 조금도 다름이 없었다. 그런 분들과 이웃하고 사는 가난한 백성들은 청백리와 이웃하고 산다는 그 자체가 기쁨이며 보람이었다.

청백리로 살았던 원로들이 80세에 이르면 국가에서는 다시 궤장几杖을 하사하여 그분들의 공헌을 치하한다. 궤장이란 글자 그대로 지팡이와 의자를 말한다. 평생을 국가를 위해 공헌하였으니 나들이할 때라도 편안히 하시기를 바라는 나라의 마음이며, 심신이 고단할 때는 나라에서 내린 의자에 앉아서 잠시라도 편히 쉬라는 아름다운 배려가 아닐 수 없다.

역사를 읽으면 머리를 끄덕이며 감탄하게 되는 구절이 많지만 그런 아름다움이 오늘로 이어지는 일은 그리 흔치 않다. 나는 우리 공직자들에게 말하곤 한다. 나라가 어려워지면 정치학 개론이나 국가경영의 방

법론을 적은 서양 책을 읽을 것이 아니라, 우리의 삶이 담긴 우리 역사
를 적은 책을 가까이에 두고 읽어 보는 것이 나라를 다스리는 치도治道
가 아니겠느냐고.

　우리 역사를 빛내고 있는 아름다운 대목을 배우기가 어렵거든 흉내
만이라도 내 보라고 권하고 싶은 마음 간절하다.

죽어서 이름을 남기고
졸기

　'호랑이는 죽어서 가죽을 남기고 사람은 죽어서 이름을 남긴다'는 교훈적인 말이 있지만, 따지고 보면 큰 모순을 안고 있는 말이다. 사람이 죽어서 이름을 남긴다는 것은 명예로운 삶이었을 때를 말하는 것이지, 결코 오명汚名이나 악명惡名을 남기겠다는 염원이 아닐 것이기 때문이다.

　사람은 죽어서 관 뚜껑을 닫아 보아야 그 진면목을 안다는 말도 살아 있을 때의 언동에 양시兩是거나 양비兩非를 좇게 되어 후학들에게 모범이 되지 못한 것, 그런 잘잘못을 살아 있을 때 판정하기 어렵기에 관 뚜껑 운운하게 되는 것이 아닌가 한다.

　역사를 살피노라면 명예로운 이름을 남긴 사람보다 오명이거나 악명을 남긴 사람들이 훨씬 더 많다. 오명을 남긴 사람들은 때 묻고 치졸한 삶을 살았으면서도 자신의 삶이 얼마나 치졸했는지, 또 얼마나 때가 묻고 부패했는지에 대한 판별을 못하고 있다는 공통점을 안고 있다. 또 일단 죽으면 모든 것이 끝날 것이라는 짧은 생각 탓으로 자신의 너절하게 더럽혀진 삶이 그 오명과 함께 후세에 전해질 것이라는 엄연한 사실을 꿈에서도 상상하지 못했음을 알 수 있다.

명예로운 이름을 남긴 사람이나 오명 또는 악명을 남긴 사람들의 살아 있을 때의 문장을 읽어 보면 똑같이 아름답고 유려하게 씌어져 있으며, 한결같이 교훈적인 내용을 구사하고 있다. 그들이 입에 담은 말을 들어 보면 성현의 가르침을 이어받은 듯한 현자賢者의 좋은 말들만 골라서 되풀이하고 있지만, 그들이 저지르고 다니는 행적과는 판이하게 다르다는 것을 역사는 수없이 되풀이 적고 있다.

다시 말하면 언행이 일치하지 않고 상반되는 경우가 많았다는 뜻이다. 역사인식에 대한 성찰이 없는 이러한 모순이 문자로 적혀서 후대에 전해진다는 사실을 알고 있었다면, 그들이 아무리 철면피라도 언행을 조심했을 것이 분명하지만, 살아서 그것을 판단하지 못하는 것은 오만에 빠져 있기 때문이다. 그 오만이 쌓이면 부정이 싹트고, 차마 입에 담기 어려운 악덕을 저지르게 되는 것이 고금의 이치다.

졸기卒記는 '죽음에 대한 기록'이라는 뜻이다. 우리에게는 국보 제151호요, 유네스코에서는 '세계의 기록유산'으로 선정하여 인류의 보배임을 인정한 「조선왕조실록」에는 공직에 몸담았던 사람들이 세상을 떠나면, 그 날짜의 「조선왕조실록」에 '졸기'를 적어서 고인의 생애를 뒤돌아보게 하였는데, 역사인식이 투철하지 못한 민족은 감히 상상도

:: 「세종대왕실록」 서울대학교 규장각 소장

할 수 없는 본보기가 아닐 수 없다.

정부에서 편찬하는 공식 문서에 공직에 관여한 한 인간이 삶을 평가할 수 있는 공식적인 기록을 남긴다는 사실, 그것이 그의 삶을 긍정적으로 보는 듯하면서도 비판적인 시각으로 기록되어 있다는 사실이 얼마나 놀랍고 아름다운가.

물론 그 기록은 사관史官들이 쓴 것이지만, 또 다른 사관들의 검증을 거치지 않고서는 정부의 공식 문서인 '실록'에 등재될 수 없다. 그러나 후대 사람들은 그 기록이 나라에서 적은 관찬이라는 사실만으로 완벽한 신뢰를 보내지 않으려는 우를 범한다. 그것은 '승자의 기록'이라는 관점이 작용하기 때문일 것이다.

「조선왕조실록」에 졸기'라는 기사로 등재된 인물들은 그 기사가 다소간 비판적이라고 하더라도 일단은 큰 영광일 것임이 분명하다. 문자 그대로 죽어서 이름을 남겼기 때문이다. 사정이 이러하다면 '졸기'를 적는 사관들의 냉정한 지성에 박수를 보낼 수밖에 없고, 바로 그 냉정한 지성에 의해 조선왕조가 온전하게 보존된 것 또한 엄연한 사실이다.

그러면서도 사관에 의해 씌어진 '졸기'가 또 다른 사관들에 의해 검증되었다는 역사인식의 지엄함이 우리를 소름 끼치게 한다. 다시 말하자면 '승자의 기록'이라는 시각을 사관들 스스로가 거부하고 있다는 사실이다.

그렇기에 이미 채택된 '졸기'를 등재한 다음, 다시 "사신은 말한다(史臣 曰)"를 명시한 또 다른 '졸기'를 중복하여 등재함으로써 공정을 기하고자 하였다. 물론 '사신 왈'이라는 비평 기사는 모든 공직자의 졸기에 적용되는 것은 아니다. 집필하지 않은 사관이 읽었을 때 불만스럽게 느껴지는 경우에만 '사신 왈'이 첨가되었다.

우리가 살고 있는 현세에도 수많은 사람들이 공직에 봉사하고 있지만, 때로는 봉사한다는 말 자체가 어울리지 않을 만큼 오만하고 방자하고 또 부패한 사람들의 행적도 수없이 많다. 그들이 세상을 떠났을 때 관보官報와 같은 정부의 공식 문서에 그들의 삶을 뒤돌아보게 하는 '졸기'를 적게 한다면 요즘 사람들은 인권 침해라고 거부할지도 모른다.

역사 앞에서 경건하지 못한 그런 오만한 사람들을 가려 내기 위한 특단의 조처가 필요한 것이 요즘이다. 고위공직자의 행적은 아무리 작은 일이라도 후세에 남기기 위해 기록되어야 하고, 그 기록은 영구히 보존되는 것이 「조선왕조실록」의 정신이다.

우리 정부는 '국무회의록'을 작성하지 않는다고 들었다. 그 결과 장관의 자리에 오래 머물렀던 사람들이 나라에서 하는 중요한 일에 대해 무슨 생각을 하고 있었는지조차도 판단할 수 없게 되었을 뿐만이 아니라, 그가 나라를 위해 무엇을 진언하고 무엇을 실천해 보였는지도 알 수 없다.

모두가 책임을 지지 않겠다는 얄팍한 생각에 젖어 있었음이 분명하다. 우리 정부에 얼마나 많은 장관과 총리, 부총리들이 있었는가. 그들 중 반수 이상이 대학의 교단에 섰던 지식인들인데도 어느 누구도 국무회의록을 작성하자고 발언한 사람이 있다는 풍설도 들려오지 않는다. 하기야 국무회의록을 아예 작성하지 않는 마당인데, 그런 발언을 한 장관이나 총리가 있었는지 알아낼 방도가 있을까.

역사를 기록하여 후대에 전하리라는 생각, 그보다 더 아름다운 일은 없다.

VII

20세기, 사회진화론의 덫

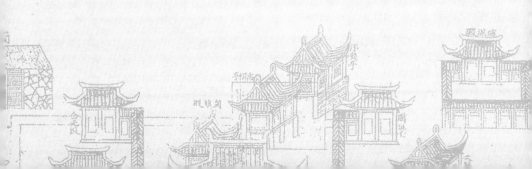

조선이여 장사를 하자

제너럴셔먼 호

한 나라의 선진화는 그 나라 국민의 정신적 근대화를 기반으로 성립한다. 근대화는 물질적 근대화와 정신적 근대화가 있고, 이 두 가지가 동시에 진행되고 또 성사되어야 포괄적인 뜻의 근대화가 완성된다.

우리의 경우는 박정희 정권이 물질적인 근대화를 시도하여 다소간 성공의 기미를 보였던 탓에 '한강의 기적'이니 '아시아의 네 마리 용'이니 하는 긍정적인 평가를 받은 바가 있으나, 정신적 근대화는 그 시도조차도 시작하지 않았던 탓에 오늘 우리는 참담한 정신적 공황에 허덕이게 되었다. 이 불행한 비극은 이른바 구한말이라고 불리는 조선조 말에 이미 시작되었다.

1866년 7월, 미국 상선 제너럴셔먼 호는 장마로 물이 불어난 대동강

:: 1871년 신미양요 당시 중국 베이징 주재 미국공사 로우와 아시아 함대 사령관 로저스 제독이 인솔한 미국함 대의 기함 콜로라도호

을 거슬러 올라왔다. 산더미 같은 검은 철선이 강을 타고 내륙 깊숙이 까지 들어오는 데도 이를 제지할 능력이 없었다면 이미 국가라 할 수 없다. 평양감영은 "무슨 연유로 내륙으로 들어오는가"라는 식의 문정問 情에 의지하는 것이 고작이었으므로 상대에 대한 정보를 제대로 읽을 수 없었다. 그러니 제너럴셔먼 호의 마스트에 펄럭이는 성조기가 미국 국기라는 사실도 몰랐고, 다른 나라의 국기를 훼손하면 그에 상응하는 응징을 받게 된다는 상식이 없는 것은 당연하다.

탑승한 승무원 23명 가운데는 흑인도 있었다. 그 흑인을 조선 조정의 문건이 '오귀자烏鬼子'로 적었다면 얼마나 무지한 일인가. 뿐만이 아니라 그때 제너럴셔먼 호는 조선의 개항을 요구한 것이 아니라 무역을 요구한 상선이었다. 흥선대원군이 집권하고 있는 조선의 쇄국정권이 이를 용인할 까닭이 없다.

평양부민들은 인도적인 차원에서 땔나무와 계란 등 일용품을 공급해
주고 있었지만, 제너럴셔먼 호가 무력시위를 해 보이면서 평양부민들
을 자극한다. 평양부민들은 유황과 장작을 실은 작은 배에 불을 지르고
제너럴셔먼 호에 접근시켰다. 곧 불길이 제너럴셔먼 호에 옮겨 붙으면
서 선체는 수장되고 승무원 전원이 목숨을 잃는 참사가 발생하였다.

이 때의 평양감사가 조선의 개화사상을 이끌어야 할 박규수朴珪壽였
다는 사실에서 당시 외국문물에 대한 인식과 정보를 읽을 수 있는 능력
이 어느 정도 수준이었나를 짐작하게 한다.

사회진화론에 의한 서구제국의 동진은 마침내 중국 땅에 이르러 1840
년 아편전쟁이 발발함으로써 약육강식, 약자도태, 적자생존의 길을 열
었다. 세계정세를 정확하게 읽을 수 없었던 늙은 제국 청나라는 아편전
쟁에서 패배하였다. 그 결과 1842년 치욕적인 '남경조약' 의 체결로 홍
콩을 영국에 할양割讓하게 됨으로써 조선이 그토록 상국으로 떠받들던
청나라는 망국의 길로 들어서게 된다.

이때부터 제너럴셔먼 호가 대동강에 닻을
내리게 되는 24년 동안 조선의 사신은 몇 번
이나 연경北京에 다녀왔을까. 동지사, 춘절
사 등 1년에 4차례가 통상이라면 무려 백 번
을 다녀온 것이 된다. 사신의 핵심을 이루었
던 정사, 부사, 서장관 등은 당대의 지식인
이라고 해도 무방하다.

자, 이렇게 조정의 고위관직들이 백 번이
나 청나라에 다녀오면서도 청나라가 망국의

∷ 박규수 초상, 37.7×25 개인소장

길로 들어서고 있는데 대한 보고서조차 제출하지 않았다면 해외정세를 읽는 능력이 전혀 없었다고 보아야 한다. 이는 청나라에 대해서만 국한된 것이 아니었다.

1868년, 일본은 메이지개원明治改元을 선언하고 이른바 새로운 유신정부를 발족하였다. 이들은 변화된 시대를 이끌어 갈 대등한 국교의 교섭을 여러 차례 시도하였으나, 고루한 조선 조정은 끝까지 왜구의 준동으로 얕잡아볼 정도로 인접 국가의 정세조차도 읽을 능력이 없었다. 이런 능력의 부족이 결국 1875년 '운양호사건雲揚號事件'이라는 재앙을 자초하면서 스스로 망국의 길로 들어서게 된다.

당시 해외정보를 읽을 수 있는 문건이나 전적으로는 「해국도지海國圖志」가 전부라고 해도 과언이 아니다. 「해국도지」는 아편전쟁이 끝나고 남경조약이 체결된 1842년에 청나라 학자 위원魏源이 쓴, 지도를 곁들

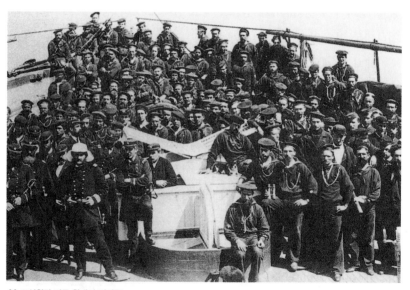

:: 조선원정 미군 함대의 병사들

인 세계풍물지와 같은 전적이었으며, 전 50권으로 구성되었으나 조선에 들어온 것은 30여 권으로 전해지고 있다. 서양시 조병창과 신식무기의 제조과정까지 적은 「해국도지」는 조선 개화의 선각자인 오경석吳慶錫이나 유홍기劉鴻基와 같은 지식인들에게는 경이로운 내용일 수 있어도, 주자학으로 무장된 조정의 고위관원들에게는 불경하거나 혹세무민의 내용으로 평가되었다.

제너럴셔먼 호가 수장되고나서 5년 후, 중국에 주재하고 있던 미국의 특명전권공사인 프레데릭 F. 로는 제너럴셔먼 호가 조선에서 조난되었을 것이라고 짐작한다. 그에게는 조선과 접촉할 수 있는 통로가 없었던 탓으로 청나라의 예부禮部를 찾아가 조선에서 실종된 상선의 행방을 조사하기 위해 조선으로 입국할 수 있도록 주선해 줄 것을 요청하는 한편, 자신의 서한을 조선 정부에 전해 줄 것도 강력히 요구하였다.

이미 국제적인 외교 관례에 눈뜨고 있었던 청나라의 예부는 이를 거절할 명분이 없었다. 청나라의 예부에서는 미국의 요청에 협력해 줄 것을 권하는 자문과 함께 로 공사의 서한을 조선 조정에 보냈다.

그 서한의 내용은 이러하다.

본국의 상선이 일본, 중국을 내왕할 때는 반드시 귀국을 경위하는데, 혹시 안개 등을 만나 길을 잃고 포착하였을 때는 선박을 수리하는 동안 식음료의 조달을 현지에서 하는 바, 그런 경우의 처리 방법을 논의하기 위해 귀국을 방문하고 싶다. (중략) 귀국의 경우 지난 병인년에 본국 상선 2척이 조선 연해에서 풍해를 만난 바 있는데, 한 척은 침몰하였으나 인명 피해는 없었다. 그러나 다른 한 척은 귀국의 영내에서 선박과 승무원 전원이 행방

:: 「흥선대원군영정」 칼 안경 등 당시 사용되던 소품들이 특이하다

불명되었다.

우리로서는 귀국이 한 척은 구조하고 다른 한 척은 해害를 주었는지, 그리고 본국의 깃발을 귀국에서 식별이나 하는 지 알 수 없다. 그러므로 본 공사와 해군제독이 함께 병선 한 척으로 귀국에 가서 상의하고 교섭하여 본국의 선박이 더 이상 고난을 당하지 않게 하려고 한다. 귀국은 이의하지 말고 화목하게 맞아 주기를 바란다. 만약 이를 거절하면 이는 실로 양국 간에 불행을 자초하는 일이 될 것이다.

흥선대원군(1820~1898)이 이 서한을 인정할 까닭이 없다. 간단히 해결할 수 있었던 이 교섭을 파행으로 몰고 간 것을 기화로 '신미양요辛未洋擾'라는 한 · 미 간의 전쟁을 자초하게 된다.

국제정세를 읽는 능력, 그게 바로 국가의 명운을 좌우하는 중대사임을 이보다 더 선명하게 보여 주는 사례는 없을 줄로 안다.

중인에게라도 배워야 산다

선각자의 신분

조선 근대화의 사상적인 변천은 2세대로 이어진다. 개화사상의 1세대는 연암 박지원의 손자인 박규수의 주변에서부터 시작되었다. 박규수는 실학 중에서도 할아버지의 북학사상을 이어받았다. 그가 사신이되어 청나라를 내왕할 때의 수역首譯이 오경석吳慶錫(1831~1879)이었던 인연으로 청나라에 들어와 있던 서양문물에 눈뜨게 되었고, 오경석의 죽마고우인 유홍기劉鴻基(1831~?)와도 알고 지내게 되었다. 여기에 또 한사람, 젊은 승려 이동인李東仁(1849~1881)이 가세하였다. 이들 세 사람을조선 개화사상의 1세대라고 하는 것이 통설이다.

서구 열강의 힘이나 그들의 조종에 의해 보수적인 왕조가 무너지고진보적인 근대국가로 탈바꿈하는 과정을 개항開港이라고 한다. 개항이

어려운 것은 기득권을 포기하지 않
으려는 수구세력의 반발이 거세기
때문이다. 그러므로 동양의 여러
나라는 상당한 진통과 희생을 치르
면서 개항의 길로 들어서게 된다.
중국이 그랬고, 일본이 그랬으며
또한 조선이 그래야 하였다.

　개항과 같은 근대화 과정이 있을
때면 그것을 선도하는 선각자가 있
게 마련이다. 그들은 대개 선각의
씨를 뿌리기만 할 뿐, 결과를 보지
못하고 목숨을 잃게 되는 경우가

:: 이동인

많다. 그러한 선각자들이 후대의 추앙을 받게 되는 과정을 보면 학문으
로서의 역사보다는 역사소설이나 드라마의 주역으로 등장하여 이상을
꿈꾸는 청소년들의 가슴에 희망의 둥지를 틀게 하는 경우가 많다. 일본
의 경우 걸출한 소설가 시바 료타로司馬遼太郎의 작품이 있었기에 메이
지유신의 호걸들이 이상을 꿈꾸는 청소년들의 마음에 호연지기를 심어
주게 되었다.

　반대로 우리의 경우는 조선 근대화의 선각들이 역사의 표면으로 등
장하지 못했던 탓에 소설이나 드라마의 주인공으로 그려지는 경우가
극히 드물어서 청소년들에게 선각의 지식인상이 어떤 것인지를 제시해
주지 못하였다. 전자의 경우는 역사학자들이 학문에만 매달린 나머지
역사인식의 영역을 확장하지 못했기 때문이며, 후자의 경우는 작가들

이 1차 사료를 살펴야 하는 번거로움을 극복하지 못한 탓이라고 믿어진다.

사람들은 우리의 근대화나 개항의 과정이 외세에 의한 것이어서 그 같은 선각의 지식인이 없었던 것으로 착각하기 쉽지만, 사실은 역사학자들이나 소설가들이 인물사人物史의 탐구를 소홀히 하였던 결과일 뿐이다.

비근한 예가 되겠지만 이웃나라 일본의 경우는 그 같은 사정이 우리와는 판이하게 다르다. 그들은 자신들의 개항인 메이지유신明治維新의 주역들을 의식적으로 소설화하고 드라마화하여 선각자의 고통을 꿈으로 승화시키는 노력을 게을리 하지 않았다. 이를테면 서당을 열어서 수많은 선각자를 길러낸 요시다 쇼인吉田松陰이나, 메이지유신의 핵심인 대정봉환大政奉還을 설계한 사카모토 료마坂本龍馬 등이 바로 소설의 주인공으로 등장한 선각의 젊은이들이다. 이들의 삶이나 행적은 역사보다는 소설 속에서 더 구체화된다. 이런 점에서 소설가들이 사회에 이바지하는 또 다른 길이 있음을 알게 된다.

우리의 개항과정에서도 그들과 흡사한 역할을 충실히 감당해 낸 빛나는 선각자들이 있었다. 학덕이 높아 백의정승으로 불리면서 약국을 경영하던 의원 유홍기劉鴻基, 중국에 드나들면서 선진문물을 구입하여 조선 땅에 퍼트린 역관 오경석吳慶錫, 봉원사에 승적을 두었던 개화승 이동인李東仁 등의 생동감 넘치는 행적은 우리나라 근대사의 백미라고 해도 손색이 없다.

이들 세 사람의 출신 성분인 의원, 역관, 승려는 중인中人의 신분이었으므로 개항의 타당성을 펼쳐 나갈 통로가 없었다. 다시 말하면 이들의

:: 개화파의 맥

학문과 식견이 아무리 높아도 양반사회에 파급될 수 없었다. 신분사회의 벽이 높았던 조선사회는 중인들이 모여서 새로운 세력을 형성할 수도 없는 형편이었다.

제너럴셔먼 호를 수장시킬 당시 평양감사였던 박규수가 조정으로 돌아오면서 개화를 꿈꾸는 선각자들의 숨통이 열리기 시작한다. 박규수의 문하에 열두 살짜리 유길준兪吉濬이 입문하게 되고, 그 뒤를 이어 김옥균金玉均, 박영효朴泳孝, 서광범徐光範 등 사대부가의 자제들이 모여들게 되자, 박규수는 유홍기, 오경석 등에게 이들을 돌보아 줄 것을 당부한다. 그것은 천지개벽이나 다름이 없는 일대 사건이 아닐 수 없다.

명문대가의 자제들이 중인 신분의 의원이나 역관을 스승으로 섬겨야하는 그 자체가 이미 신분의 벽이 무너지는 징표가 아닐 수 없다. 그러나 김옥균, 박영효, 서광범, 유길준 등 반가의 자제들이 너무 어렸던 탓에 개항이라는 다급한 과제가 성과를 드러내기를 기대할 수 없었다.

선각의 지식인이 있고, 그들에게 근대사상을 배우고 익히는 젊은이가 있다고 하더라도 생사를 넘어서는 행동과 연결되지 않으면 아무 의미가 없다. 유홍기, 오경석 등 당대의 선각들에게 좌절의 기운이 다가올 무렵, 일본으로 밀항했던 이동인이 새로운 문물이 적힌 근대 서적을 가지고 귀국한다.

김옥균, 박영효, 서광범, 유길준, 서재필 등 개화 2세대들은 이 서적을 돌려 읽으면서 비로소 살아 있는 세계의 문물과 접하게 된다. 또 그것은 근대화의 실체를 깨닫게 되는 큰 힘이 되었다. 이때부터 사람들은 이들 선각의 젊은이들을 개화당開化黨이라고 부르기 시작하였다.

개화 1세대들의 기쁨은 이만저만이 아니었다. 어린 줄로만 알았던 개화 2세대들이 세계를 바라보는 눈을 뜨게 되었기 때문이다. 호사다마라고 했던가, 바로 이무렵 이동인이 행방불명이 된다. 홀연히 없어졌으니까 행방불명이지, 실은 수구세력의 자객에게 암살된 것이다.

젊은 선각자들은 스승 이동인의 좌절을 딛고 갑신정변甲申政變을 일으키며 급진적인 개혁에 임한다. 그러나 철저한 준비 없이 시작된 혁명이 성사될 까닭이 없다. 갑신정변의 주역들이 정권을 장악한 것은 고작 사흘이었다. 그러기에 역사는 '갑신정변'을 일컬어 '삼일천하' 라고 적었다.

:: 노동자에게 배움의 중요성을 역설하는 유길준
〈노동야희독본〉 1909년

어차피 선각자가 가는 길은 고독하게 마련이다. 약국을 경영하면서 백의정승으로 예우받았던 당대의 선각자 유대치는 자신의 제자들이 이해 주도했던 갑신정변의 실패를 뼈아프게 지켜보던 와중에서 잠시 몸을 숨기려 하였다가 행방불명이 되었고, 오경석은 병으로 세상을 떠난다. 실로 허망한 종말이 아닐 수 없다.

불행하게도 개화를 이끌었던 우리의 선각자들은 역사학의 표면으로 등장하지 못한 채 야사에 묻혀 버리고 말았다. 역사는 역사인식을 바탕으로 했을 때 진정한 시대상을 기술할 수 있다. 유홍기, 오경석, 이동인 등의 선각자는 당연히 교과서에 등재되어 이 땅의 청소년들의 가슴을 밝히는 등불이 되어야 하는데도, 학자들은 그 무관심에서 깨어날 줄 모른다.

:: 한자리에 모인 개화파 인사들. 민영익(앞줄 가운데), 서광범(앞줄 오른쪽에서 두 번째), 유길준(뒤줄 왼쪽에서 두 번째)등의 모습이 보인다

배움에 귀천이 없어야 하는 것은 만고의 진리다. 정암 조광조가 갖바치를 찾아가 이상국가의 건설을 위해 조언을 들었던 것, 지천 최명길이 비록 오랑캐라 할지라도 배울 것이 있으면 배워야 한다는 것을 온갖 비난을 들어 가면서도 몸으로 실천해 보였던 지행知行을 본받아야 진정한 근대화를 맛볼 수 있다.

한 나라가 근대화의 길로 들어서는 개항에 대한 평가를 할 때마다 몇 가지 조건이 상정된다. 당사국에서 자력으로 개항(항구를 여는 일)을 할 것, 철로를 놓고 기차를 달리게 할 것, 그리고 은행을 열 것 등이다. 이 세 가지를 조건으로 삼는 것은 기득권을 지키려는 수구세력과의 극심한 갈등요인이 모두 여기에 포함되어 있기 때문이다. 그러나 조선의 경우는 외세에 의해 개항이 되었으므로 위의 갈등요인을 직접 체험하지 못하였다.

그러므로 개항을 주도하는 세력과 수구세력 간의 사상적인 갈등요인이 표면으로 드러나지 못하였다. 그 까닭은 유홍기, 오경석, 이동인 등이 중인의 신분이었기 때문임은 앞에서 지적한 바와 같지만, 그렇다고 하더라도 그들의 행적까지 역사의 뒷장에 묻고서는 우리의 미래를 열어 가는 일에 조금도 보탬이 되지 않을 것임을 가슴에 새겨 둘 일이다.

사연 많은 강화도

운양호 사건

강화도는 우리 역사와 아픔을 함께한 섬이다. 그 까닭을 한마디로 설명하자면 강화도는 지리적인 여건이 천혜의 요새였기 때문이다. 천혜의 요새란 난공불락의 의미를 함께 지닌다. 그러므로 역사 이래 외세의 침범이 있을 때마다 왕실은 언제나 강화도로 몽진蒙塵(임금이 피난하는 것)할 수밖에 없었다. 반대로 생각하면 조선 반도를 침략하기 위해서는 먼저 강화도를 공격하여 선점해야 한다는 논리가 성립한다.

강화도를 선점하면 왕실과 조정의 피난처를 봉쇄하는 것이 되고, 서울에서 가장 가까운 요새를 무력화하는 것이 된다. 그러므로 강화도 공략은 서울로 향하는 뱃길과 육로를 장악하는 최선의 계책일 수밖에 없다.

:: 19세기 후반의 강화도 지도

1235년이면 고려왕조의 고종高宗 22년이다. 몽고군 대병이 세 번째로 고려를 침략해 왔다. 그들은 유목민족이기에 평화보다는 전쟁을 신호하고, 또 말을 타는 솜씨가 대단하였으므로 농경민족의 보병으로는 그들과 대적하기가 어려웠다. 고려의 강토가 순식간에 쑥밭이 된 것은 그 때문이다.

고려의 왕실과 조정은 몽고군의 도륙을 피하여 강화도로 몽진하였다. 물밀듯이 추적해 온 몽고의 기마병은 수전을 경험한 일이 없었기에 일단 통진부通鎭府에서 공격을 멈춘다. 강화도가 빤히 건너다보이는데도 물이 무서워서 공략할 수 없었다.

지금은 강화대교가 놓여져서 섬과 육지가 이어져 있지만, 당시만 해도 물이 짜다 하여 염하鹽河라고 불렸던 그 좁은 강화해협의 물살은 거칠고 험난하였다. 특히 물살이 험했던 곳으로 이름난 '손돌목'의 얘기는 그 고려 고종이 염하를 건널 때 생겨난 고사라고 전해진다.

강화도로 피난한 고려 조정은 몽고군과 맞서 싸울 병사도, 전비도 없었다. 이에 백성들은 정성을 다한 염원과 기도로 적군을 물리치고자 하였다. 그리하여 만들기 시작한 것이 오늘 우리가 세계에 자랑하는 문화재가 된 「팔만대장경」의 경판이다.

경판의 수가 무려 8만 4000여 장이라면 정말로 엄청난 분량이 아닐 수 없고, 그 엄청난 분량의 경판에 글씨를 쓰고 새기는 일에 참여한 사람들만도 3000여 명에 이르렀다고 전해지고 있다.

그들은 한 획을 쓸 때마다 "몽고의 오랑캐를 물리치게 하소서"라고 염원하였고, 한 자를 새길 때마다 "나라에 평안함을 주소서"라고 빌고 또 빌었다. 그들이 쏟은 정성이 얼마나 지극하였는지를 보여 주는 실증으로 8만 4000여 장에 씌어진 5200여 만 자라는 어마어마한 글자가 꼭 한 사람이 쓴 것처럼 똑같은 필체요, 또 단 한 자의 잘못된 글자나 빠진 글자를 찾을 수 없을 만큼 정확하였다. 당시 사람들의 염원에 겸하여 우리 민족성의 뛰어남을 읽을 수 있는 대목이다.

총 8만 4000여 장에 달하는 「팔만대장경」의 경판이 완성된 것이 1251년(고종 38) 9월, 결국 착수한 지 16년 만에 완성된 셈이다. 대장경의 경판을 쓰고 새기는 발원으로, 그것도 장장 16년이라는 긴 세월 동안 한결같은 마음으로 평화를 발원하였기에 마침내 몽고군을 물리칠 수 있었고, 지금은 그 값진 유물을 유네스코가 '세계의 문화유산'으로 지정하기까지 하였다.

고려왕실은 강화도에 장장 39년 동안 머물러 있다가 몽고와 협상이 진척되어 개경으로 돌아가게 된다. 그때 고려가 강화도에 창건하였던 왕궁이 모두 파괴된 것은 애석한 노릇이 아닐 수 없다. 지금은 당시의 왕궁의 터만 남아 있을 뿐이다.

조선왕조에서는 강화도가 난공불락이라는 이점을 죄인들의 부처지로 이용하였다. 특히 왕실의 죄인들을 많이 보냈다. 도성과 가까이있었기에 감시하기가 수월하고, 탈출의 위험이 없었기 때문이라고 믿어진다.

임금의 자리에서 쫓겨난 연산군이 그러했고, 친형님인 임해군을 강화도에서 죽게 하고 이복 동생인 영창대군까지 강화도에서 쪄서 죽인 광해군도 왕위에서 쫓겨나서는 아들과 함께 강화도에 위리안치 되었다. 역사가 빚어 내는 아이러니가 아닐 수 없다.

그리고 1635년, 후금의 대병이 조선 강토를 다시 쑥밭으로 만들었던 병자호란의 비극을 겪으면서 조선 왕실은 먼저 왕자와 비빈妃嬪들을 강화도로 피난하게 하였다. 그러나 천하의 요새라고 믿었던 강화도가 후금의 대병들에게 무참히 유린됨으로써 난공불락의 신화는 깨지고 말았다.

19세기 말의 대항해시대가 전개되면서 강화도는 다시 조선 근대화의 요충지로 등장한다. 군사상의 요충지는 참혹한 병화에 시달리게 마련이다. 1866년에 있었던 프랑스 함대의 내침인 '병인양요丙寅洋擾'를 비롯하여 5년 후인 1871년에는 미국의 해병대와 결사항전을 한 '신미양요辛未洋擾'를 겪으면서 양헌수, 어재연 등의 장수를 잃었고, 외규장각에 보존되어 있던 귀중 문서까지 프랑스군에 강탈당하는 아픔을 겪었다.

급기야 1875년에는 '운양호사건雲揚號事件'을 체험하게 된다. 이 운양호사건은 이웃나라 일본이 자신들의 근대화인 '메이지유신'을 성공한

:: 운요 호

:: 조약이 체결된 강화도 연무당 – 일본군이 대포로 무력 시위하는 살벌한 분위기 속에서 체결되었다

지 불과 7년 만에 조선침략을 감행하였다는 점에서 우리에게 많은 것을 생각하게 한다.

운양호사건은 신생국 일본이 조서 침략의 마각을 드러낸 만행이었다. 그들은 조선 정부를 협박하여 강화성 안의 연무당에서 소위 '강화도조약'을 체결하면서도 무력도발을 병행하였다.

조선 침략의 발판을 마련하는 강화도조약을 체결할 때의 일본 대표단의 정사는 명치정부의 참의參議(요즘의 장관)인 구로다 기요타카黑田淸隆

였고, 부사가 후일 조선공사로 부임하게 될 이노우에 가오루井上馨였다. 이들 두 사람이 모두 메이지유신의 실질적인 주역이었다는 점에서, 문자 그대로 '정한론征韓論'과 '탈아입구론脫亞入歐論'이 조선 침략으로 이어지고 있었음을 알 수 있다.

강화도는 현존하는 고인돌만 살펴도 유서 깊은 역사를 간직하고 있음을 알 수 있다. 고대인들이 삶의 터전으로 강화섬을 선택하였다면, 우선 살기에 편한 환경을 선택하였을 것이고, 적으로부터의 침략을 저지할 수 있는 천연의 요새를 조건으로 삼았을 것이 분명하다.

그런 절호의 조건들이 시간을 거듭하면서 평화와 전란을 동시에 체험하는 운명의 섬이 되었다는 생각이 든다.

:: 강화도 조약 체결의 당사자인
구로다(위)와 신헌(아래)

왜국 승려의 미인계

조선국포교일기

1875년, 일본 군함 운양호雲楊號가 강화도를 침공한 사건을 계기로 '강화도조약江華島條約'이라고도 불리는 이른바 '병자수호조약'이라는 불평등조약이 강제로 체결되면서 조선 땅에 일본인들의 상륙이 허락되었고, 일본 군인들이 상주할 수 있게 되었다. 조선 조정은 서대문 로터리에 있던 청수관 터(지금의 적십자병원 자리)에 일본국 공사관을 마련해 주었다.

조선주재 일본 공사관 초대 대리공사 하나부사 요시타다花房義質는 잠깐 얼굴만 비쳤을 뿐 종무소식일 때, 엉뚱하게도 부산포에 일본 불교의 포교를 빙자한 사찰이 들어서게 된다.

일본 교토京都에 본찰을 둔 히가시 혼간지東本願寺가 부산분원釜山分院

을 개설하고 주지승 오쿠무라 엔신奧村圓心과 그의 여동생인 오쿠무라
이오코奧村五百子를 파견하였다. 주지승 오쿠무라 엔신은 이때의 일을
아주 구체적으로 적은 「조선국포교일기朝鮮國布敎日記」라는 희귀한 기록
을 남기고 있다.

오쿠무라 엔신은 나가사키 현 고덕사高德寺의 주지로 있다가 본찰의
명을 받고 부산포로 건너온 활달한 성품의 활동가였다. 또 오라버니를
따라나선 오쿠무라 이오코는 메이지유신을 성공으로 이끈 낭사浪士나
정한론자征韓論者들과 가까이 지내면서 사회개혁을 주장해 온 여장부
로, 이때 이미 세 번씩이나 결혼에 실패한 미모의 여성이었다.

후일에 이르러 일본 최초의 여성 종군기자가 되어 청일전쟁과 러일

전쟁을 취재하여 세인을 놀라게 하더니, 금릉위 박영효가 갑신정변에 실패하여 일본 땅에 망명하여 불우한 나날을 보내고 있을 때는 마치 여비서처럼 혹은 간호사처럼 그를 따라다니면서 손발이 되어 주기도 하였다. 말년에 이르러는 '일본 애국부인회'를 창설하여 총재를 지낼 정도로 적극적인 성격의 여성이었다.

오쿠무라 엔신이 주지로 있었던 나가사키 현의 고덕사는 임진왜란 전부터 부산에 있던 사찰이었다. 그 부산의 고덕사를 엔신의 선조인 오쿠무라 조신奧村淨信이 개창하였는데, 그는 승려가 되기 전까지 오타 노부나가의 문도로 있다가 상전이 죽자 곧 승려가 되어 다시 동본원사의 교여상인敎如上人(동본원사의 창설자)의 문도가 되었다. 그리고 1585년 부산포로 건너와 일본 불교의 포교를 위해 고덕사를 세웠다고「조선국포교일기」는 적고 있다.

그로부터 6년 후인 신묘년(1591:임진왜란 발발 1년 전)에 도요토미 히데요시의 조선 침략을 돕기 위해 일시 귀국하였다가 왜란 중에는 군승軍僧으로 활동하였다. 1596년(정유재란 발발 1년 전)에 다시 일본으로 돌아갔다가 영영 돌아오지 못하였다. 이 오쿠무라 조신이 부산포에 나타난 오쿠무라 엔신의 12대 조가 된다.

조선의 개항을 염원하고 있던 개화승 이동인에게는 히가시 혼간지의 부산별원이 문을 열었다는 사실 그 자체가 희망이며 등불이었다. 승려의 신분임을 이용하여 오쿠무라 엔신과 접촉할 수 있을 터이었고, 그 접촉이 잘만 진행된다면 일본으로 밀항할 수도 있을 것이기 때문이다.

이동인의 생각은 적중하였다. 조선의 개항과 개화를 염원하는 이동인의 열정은 오쿠무라 남매를 감동시켰다. 특히 오쿠무라 이오코와 의

기가 투합하였다. 이를 계기로 개화승 이동인의 일본 밀항이 성사된다.

마침내 1879년에 개화승 이동인은 우쿠무라 남매의 후원에 힘입어 일본으로 떠난다. 교토에 있는 히가시 혼간지의 본찰에 여장을 푼 이동인의 맹진이 시작된다. 우선 일본어를 배워야 했고, 일본에서 활동하기 위해서는 히가시 혼간지의 승려가 되는 것이 최선일 것이었다. 마침내 다음해인 1880년 봄에 이동인은 진종본묘眞淨本廟(혼간지의 법리)의 승려로 득도하는 데 성공한다.

히가시 혼간지의 주지는 모국의 개항을 열망하는 이동인의 애국혼에 감동하여 그를 도쿄로 진출하게 한다. 일본의 수도 도쿄에는 히가시 혼간지의 아사쿠사 별원淺草別院이 있고, 바로 그 아사쿠사 별원이 조선에서 오는 사신들의 숙소로 제공된다는 점에서 이동인에게는 큰 행운이 아닐 수 없었다.

1880년, 예조참의 김홍집金弘集을 수신정사로 하는 58명의 조선 사절단이 도쿄에 갔을 때 히가시 혼간지 아사쿠사 별원을 숙소로 쓰게 된다. 조선의 고관이 중인中人의 신분인 이동인의 자문을 받아야만 소기의 목적을 달성할 수 있는 운명적인 사건이 발생한 셈이다.

김홍집이 일본에 온 목적을 달성하기 위해서는 이동인을 통역으로 써야 하고, 반대로 이동인이 이를 간청하였을 수도 있다. 그해 7월 6일자 동경일일신문東京日日新聞(요미우리 신문의 전신)의 기사를 보면 이 같은 사실을 충분히 입증할 수 있다.

이동인은 급격하게 변하는 국제정세를 조선에 알리기 위해 김홍집보다 한 발 앞서 귀국한다. 그가 귀국할 때 가지고 온 수많은 서적을 김옥균, 박영효 등이 밤을 새우면서 읽었다는 기록은 무수히 많지만, 여기서는 서재필徐載弼의 회고문을 살펴보기로 한다.

그가 가지고 온 서적이 많았는데 역사도 있고 지리도 있고 물리, 화학과
같은 것도 있었으며, 그것을 보기 위해서 3, 4개월간 그 절(봉원사를 말함)에
자주 들렀지만 당시 이러한 책은 적발되면 사학邪學이라 해서 중벌에 처해
졌기 때문에 한 장소에서 장시간 독서할 수 없어, 그 다음에는 동대문 밖
의 영도사라는 절에서 독서하고 다시 봉원사로 옮겨 가는 등, 이와 같이
되풀이하기를 1년이 넘어서야 그 책들을 모두 독파하였다. 그 책들은 모
두 일본어로 씌어 있었지만 한자를 한자 한자 더듬어 읽으면 의미는 거의
통하였다. 이렇게 해서 책을 완독하여 세계의 대세를 거의 알 수 있게 되
었다. 여기에서 우리나라도 타국과 같이 민중의 권리를 수립해야겠다는
생각이 솟아났다. 이것이 우리로 하여금 개화파로 등장하게 하는 근본이
었다. 바꿔 말하면 이동인이라는 승려가 우리를 이끌어 주었고, 우리는 그
러한 책을 읽어 그 사상을 몸에 익혔으니 봉원사奉元寺가 우리 개화파의
온상인 것이다.

이동인의 귀국이 당대 지식인들에게 얼마나 큰 충격을 주었는지 알
만하다. 이동인에 의해 비로소 서구문물이 비교적 정확하게 이 땅에 전
해졌음도 알 수 있다.

조선 땅에 개화파의 씨앗을 뿌리고, 그 씨앗을 싹트게 한 이면에는
「조선국포교일기」를 쓴 오쿠무라 엔신 남매와의 우정의 열매가 작용했
다는 사실도 기억해 둘 필요가 있겠다.

빛나는 사토 페이퍼
정신적 근대화의 과정

1980년, 영국 외무성에서는 비공개 시효가 만료된 외교문서 '사토 페이퍼Satow Paper'를 공개하였다. 이 문건은 조선 말기의 외교사를 다시 써야 할 만큼 충격적인 내용을 담고 있다. 이 '사토 페이퍼'가 씌어진 시기가 1880년 무렵이니 장장 100년 만에 햇빛을 보게 된 셈이다.

문건을 적은 어니스트 사토Ernest Satow는 이동인李東仁이 히가시 혼간지의 승려가 되어 일본에서 활동하고 있을 무렵, 주일 영국공사관의 2등 서기관으로 근무하던 37세의 외교관이었다. 그는 일본 근무를 마치면 조선으로 건너갈 생각이었던 모양으로 자신에게 조선어를 가르쳐 줄 개인교사를 초빙하고자 하였다.

조국 조선의 근대화를 위해 물불을 가리지 않던 이동인에게는 낭보가 아닐 수 없다. 이동인이 지체 없이 일본주재 영국공사관으로 달려가 2등서기관인 어니스트 사토를 만난 날이 5월 12일이었다.

"처음 뵙겠습니다. 제 이름은 아사노朝野라고 합니다."

"아사노라니요? 그것은 일본 이름이 아닙니까?"

"그렇지요. 그러나 나는 조선에서 왔으니까 조선 야만Korean Savage이라는 뜻이지요."

1880년 5월이면 한미수교조약이 체결되기 2년 전의 일인데, 그러한 시기에 조선의 개화승과 영국의 직업 외교관이 마주 앉아 일본어로 대화를 나누었다는 사실은 주목하고도 남을 일이다.

자, 이쯤에서 사토 페이퍼의 본문을 살펴보아야겠다.

오늘 아침 아사노朝野라는 이름을 가진 조선인 승려가 찾아왔다. 그는 아사노라는 이름이 조선 야만朝鮮野蠻 : Korean Savage이라는 뜻이라고 재치 있게 설명하면서, 세계를 돌아보고 자기 나라 사람들을 개화시키기 위해서 비밀리에 일본에 왔노라고 말하였다. 그의 일본어는 서투른 편이었지만 우리는 서로를 충분히 이해할 수 있었다. 그는 외국의 문물이 엄청나다는 것이 거짓이 아님을 돌아가서 자신의 동포들에게 확신시키기 위해, 유럽의 건물이나 그 밖에 흥미있는 것들을 찍은 사진을 구입하고자 하였다. 또한 영국을 방문하기를 열망하였다. 그는 자기가 서울 토박이라고 말하면서, 서울에서는 '쯔' tz라고 발음하지 않고 '츠' ch라고 발음한다고 말하였다. 그는 오는 일요일에 다시 오겠다고 약속하였다.

이동인과 어니스트 사토의 극적인 만남을 소상하고도 흥미롭게 기술

하고 있음을 볼 때, 두 사람은 초대면인데도 서로의 관심사에 대해 허심탄회하게 의견을 교환했음이 분명하다. 이동인이 영국을 방문하기를 열망하였다는 대목이 그 점을 입증하고 있으며, 또 조선 말의 발음을 논의하면서 '쯔'라고 발음하지 않고 '츠'라고 발음해야 한다고 교정해 주고 있다면 어니스트 사토가 이미 조선어를 학습하고 있었음도 알 수 있다.

사토 페이퍼는 더욱 흥미롭게 이어진다.

1880년 5월 15일.

나의 조선인 친구가 다시 왔다. 그는 조선이 수년 내에 외국과 수교를 맺게 될 것이지만, 그러기 위해서는 현 정부를 전복할 필요가 있을 것이라고 말하였다. 그는 자기와 같은 생각을 가진 젊은 사람들이 날로 늘어 가고 있다고 하였다. (중략) 나는 여러 건물들의 모습이 담긴 사진과 전쟁터 사진 그리고 사진 잡지에서 추려 낸 사진들을 그에게 나 주었다. 그는 또 이홍장李鴻章이 청국 주재 영국공사관의 제의에 따라 외국 열강들과 관계를 열도록 조선 정부에 충고하는 편지를 보냈는데, 그의 친구들이 일본을 좋지 않게 이야기했을 그 문서를 일본에 있는 자기에게 보내는 것이 안전하지 않다고 생각했기 때문에, 그 문서의 사본을 받아 볼 수 없었다고 말하였다. 조선인들은 16세기에 도요토미 히데요시가 일으킨 부당한 전쟁 때문에 일본을 싫어하며, 많은 조선 주민들이 일본인과 이웃하여 사는 것을 피하기 위해 조국을 떠났다고 하였다.

그는 현재 한·일 간의 무역에서는 전적으로 유럽 상품을 거래하고 있으며, 조선이 다른 나라와 교역을 하게 되면 일본과의 교역은 사라질 것이라고 하면서 영국과 조선이 교역할 생각이 있느냐고 물었다. 나는 영국으로서는 어느 나라와도 교역 관계를 갖기를 열망하지만, 원하지 않는 나라에 사절을 보냈다가 거절당해 되돌아오게 되면 영국으로서는 그 모욕에 보복을 해야 하기 때문에 그러한 나라에는 사절을 보내지 않을 것이고, 따라서 조선이 교역 관계를 맺을 의욕을 보일 때까지는 그대로 둘 것이라고 말하였다. 그는 1878년에 내가 가져갔던 문서의 사본을 보고 내 이름을 익혀서 나를 찾아왔던 것이다. 그는 3시간가량 있다가 갔다. 나는 오는 20일, 시계를 사러 요코하마 시장에 갈 때 그를 데리고 가기로 약속하였다. 그는 금, 석탄, 철 및 연해의 고래 등 풍부한 조선의 자원을 개발하는 일에 매우 관심이 많았다. 그는 좋은 인삼과 나쁜 인삼의 견본을 나에게 주었는데, 유럽의 의사들이 인삼을 이용할 수 있게 되면 인삼이 조선의 중요 수출품목이 될 것이라고 생각하고 있었다.

우선 인용해 본 사토 페이퍼의 몇 대목에서 우리는 다음과 같은 사실을 알게 된다. 어니스트 사토는 1878년 동래부와 제주도를 방문한 바 있다. 제주도에 난파한 영국 상선을 구해 준 데 대한 감사장을 전하기 위해서였다. 그때 동래부에 전해진 문서의 사본을 보고 어니스트 사토의 이름을 알았다는 것이니, 이동인이 얼마나 철저히 사전조사를 했는지 확인할 수 있다. 또 몇 가지 중요한 사실은 이동인이 일본 땅에 밀항하여 동본원사의 승려로 득도하면서까지 일본인과 교유하며 일본의 새로운 문물을 익히고 있으면서도 반일 감정을 갖고 있었다는 점, 조선의 개화를 위해서는 정부를 전복할 필요가 있고 이를 지지하는 사람이 늘고 있다고 입에 담았다는 사실은 대단히 중요한 단서가 된다.

이로부터 4년 뒤에 갑신정변甲申政變이 일어나는 데, 김옥균, 홍영식, 박영효, 유길쥰 등의 주역들이 모두 그의 뮤도였다는 사실을 감안한다면 이동인의 밀항이 갖는 의미가 더욱 새삼스러워진다.

수신사로 일본을 방문했던 김홍집이 귀국하여 이동인의 존재를 고종에게 알리자 놀란 고종은 그를 거처인 창덕궁으로 부른다. 배불숭유排佛崇儒의 나라에서, 승려의 도성 출입을 금지한 조정에서 고종이 극비리에

:: 군국기무처의 총재를 맡았던 김홍집

이동인을 대궐로 불러서 만났다는 사실은 국법이 아니라 국시國是를 어기는 일이다.

이를 계기로 고종과 민비는 처음으로 서구문물과 일본의 근대화 과정을 소상히 알게 되었고, 이동인이 마련해 온 사진 등으로 서구문물의 실체를 확인하게 된다. 이로 인해 고종과 민비는 보다 확실한 조선 근대화의 방향을 모색하게 된다.

고종은 이동인에게 금봉金棒 세 개를 내려주면서 다시 한 번 일본에 다녀올 것을 명한다. 물론 이때는 고종의 신임장이 주어진다. 이 사실이 조선의 수구세력에게 알려진다면 큰 문제가 야기될 것이 분명하다. 이에 고종은 스스로 "부산에서 떠나면 남의 눈에 뜨일 염려가 있으니 원산에서 떠나라"라고 몸소 당부했을 정도다.

사토 페이퍼는 이 사실까지도 입증하고 있다.

아사노가 어젯밤 갑자기 나타났다. 이제 막 도착하였다면서 큰 가방을 들고 있었는데, 국왕이 개명하였다는 희소식과 국왕이 내준 여권(신임장)을 가지고 있었다. 그는 조선이 러시아로부터 공격당할 위험이 있다는 것을 국왕이 깨닫고 있으며, 몇 주일도 채 지나기 전에 개화당이 현 배외내각排外內閣을 대치하게 될 것 같다고 말하였다.

이동인은 어니스트 사토의 소개로 고베神戸에 주재하고 있었던 또 한 사람의 영국 외교관(영사)인 애스턴W.G. Aston과 사귀면서 서신 연락을 하고 있었던 것으로 미루어 보아 일본 땅에서 이동인은 비밀 외교관의 구실을 톡톡히 하면서 조선의 근대화를 위해 숨 가쁘게 질주한 것이 분명하다.

이 같은 사정으로 미루어 본다면 당시 개화와 수구의 양 갈래로 갈라졌던 조선의 지식인 중에서 근대화의 필요성과 근대화의 방향을 가장 정확하게 파악하고 있었던 인물이 이동인이었다는 사실은 누구도 부정할 수 없다.

당시 조선은 근대적인 조직으로 정부를 개편하는 와중이었다. 고종은 이동인에게 "환로宦路에 나서야 하지를 않겠느냐"라고 출사를 권고한다. 이 같은 이동인의 급격한 부상은 수구세력이나 젊은 개화세력 양쪽 모두에게 위기감을 불러일으키게 된다. 과거에도 응할 수 없는 중인의 신분이자 승려인 이동인이 조정의 고위관원이 되고, 만에 하나라도 외교를 좌지우지하게 되는 위치에 있게 된다면, 이 땅의 양반 사대부들에게는 굴욕이 아닐 수 없고, 500년을 이어 온 신분제도의 벽이 무너질 위험이 있다. 설혹 개화의 필요성을 느끼는 젊은 관리라 하더라도 중인이자 승려의 지도나 지배를 받게 되는 것을 환영할 까닭이 없다.

뿐만이 아니다. 청나라에서도 국제정세에 정통한 조선인의 출현을, 특히 북양대신 이홍장에게는 눈엣가시와 같은 존재일 것이었고, 일본에서도 처음과는 달리 자신들의 속내를 꿰뚫어 보는 이동인의 존재를 달갑게 여길 까닭이 없다.

이 같은 주변의 여러 사정이 복합적으로 작용되어 1881년, 이동인은 고종을 배알하고 퇴궐하는 길에 행방불명이 된다. 조선의 자주적인 근대화를 원치 않는 사람들에 의해 암살된 것이 분명하다. 그러나 언제, 어디에서, 누구에 의해 암살되었는지는 지금까지도 알려지지 않고 있다. 다만 많은 기록이 민영익이 주도하던 민씨 일문이나 흥선대원군 쪽의 소행일 것이라는 추측을 적고 있을 뿐이라 안타까운 노릇이지만, 실상은 조선에 대한 영향력의 상실을 우려한 청나라 자객에 의해 살해되었을 가능성도 있고 혹은 조선의 자주외교 노선을 차단하기 위한 일본쪽 낭인들에 의해 목숨을 잃었을지도 모른다. 물론 나의 생각은 후자의 범주에 있다.

그러나 이상하다. 이동인이 조선 근대화에 이바지한 공헌이 명백한데도 이 엄연한 사실이 역사의 전면으로 부상하지 못하는 까닭이 무엇일까. 역사학자들이 편협한 탓인가, 아니면 공부가 모자란 탓인가. 그것도 아니라면 당연히 역사인식의 부족으로 지적되어야 마땅하다.

선각의 젊은이와 4평짜리 서당

호연지기

오늘의 일본을 이해하기 위해서는 저들이 겪었던 메이지유신明治維新을 살피는 것이 바른 길이다. 메이지유신이야말로 일본의 정신적, 물질적인 근대화를 이룩한 힘의 원천이기 때문이다.

1853년, 일본의 도쿄 만 아래쪽에 있는 우라가 항浦賀港에 미국 동인도함대東印度艦隊의 군함 4척이 나타났다. 일본 사람들은 이 군함이 검은색이었다 하여 구로부네黑船라고 불렀다. 함대사령관인 페리 제독은 필모어 미국 대통령의 국서를 받을 것을 도쿠가와 막부德川幕府에 요구하였다. 개항하라는 압력이었다.

당시만 해도 외국문물에 익숙하지 못했던 일본 조야는 '개항'이냐 '수구'냐하는 엄청난 이념의 혼란을 겪을 수밖에 없었다. 이른바 나라

:: 요시다쇼인 초상

를 유신하여 근대국가를 만들어 보자는 진보세력과 기득권을 지키려는 막부세력 간의 충돌은 내란을 넘어서서 전쟁의 소용돌이 속으로 빠져들게 하였다.

구각에서 깨어나 새로운 일본을 건설하려는 젊은 선각자들의 불같은 열정이 모여서 마침내 1868년 메이지개원明治改元을 선포하게 된다. 이 메이지유신이 성공하는 데는 아주 중요한 표면석인 이슈가 있었다. 이른바 존황토막尊皇討幕이라는 기치였다. 유명무실해진 황실을 다시 세운다는 의미의 '존황'과 부패한 권력기관인 막부를 때려눕힌다는 의미의 '토막'이다. 이 네 글자, '존황토막'이라는 깃발을 세울 수 있었기에 지사를 자처하는 선각의 젊은이들은 물론, 농민들까지 결집시킬 수 있었다.

일본에는 메이지유신을 이끈 3개의 번藩이 있다. 그중 하나인 조슈번長州藩(지금의 야마구치 현)에는 요시다 쇼인吉田松陰이라는 아주 걸출한 선각의 젊은이가 있었다.

부산 건너편에 하기 시萩市라는 인구 4만 3000명 정도의 작은 도시가 있다. 이 작은 도시가 요시다 쇼인이 태어나서 자란 활동무대였다. 요시다 쇼인은 번주(지역을 다스리는 대명)의 요청을 받아 11세의 어린 나이에 위엄 넘치는 번주와 가로家老들 앞에서 손자병법을 강의했을 정도의 수재였다.

이 천재 소년이 1853년에 무술을 배우기 위해 에토江戸(지금의 도쿄)로 유학을 떠난다. 바로 우라가 항구에 미국의 군함이 들어왔던 그해였다. 미국 함대가 일단 돌아갔다가 1년 뒤인 1854년에 다시 왔을 때, 26세의 요시다 쇼인은 조국의 새로운 미래를 열어 갈 것이라는 굳은 의지를 실천으로 옮긴다.

내가 저 배를 타지 않으면 일본은 깨어나지 못한다!

청년 요시다 쇼인은 태풍이 휘몰아치는 밤바다를 헤치며 나뭇잎과 같은 쪽배를 타고 미국 군함으로 갔다. 이를테면 밀항을 시도한 셈이다.

페리 제독은 난감하지 않을 수 없었다. 이 청년을 데리고 미국으로 간다면 일본과는 외교적인 마찰이 일어날 것이기 때문이다. 페리 제독은 번주의 허락을 받고 오라면서 청년 요시다 쇼인을 배에서 내리게 하여 다시 육지로 보냈다.

요시다 쇼인은 뭍에 오르는 즉시 체포되어 그의 고향인 하기로 압송되었다. 쇼인은 압송되는 과정에서 27세가 되고, 그 후 고향의 감옥에서도 조국 일본의 미래를 생각하면서 함께 구속되어 있는 죄수와 간수들에게 「맹자」를 열강하였다.

번에서는 그의 천재성을 인정하여 곧 석방하였다. 자유의 몸이 된 쇼인은 젊은이들에게 조국의 미래를 깨우치면서 호연지기浩然之氣를 심어주기 위해 작은 서당을 열었다.

이 서당이 바로 메이지유신의 온상인 '쇼카손주쿠松下村塾'이다. 서당의 공부방은 다다미 8장 넓이였다. 우리 평수로 4평 남짓 되는 좁은 방에 19세에서 25세에 이르는 청년 13명을 모아 놓고 학문보다는 젊은이들이 간직해야 할 꿈과 그것을 실현하는 데 필요한 용기가 무엇인지를 가르쳤다.

당시 일본의 모든 학자들이 젊은이들에게 번주에게 충성하라고 가르치던 시절이었으나, 요시다 쇼인은 "번은 곧 없어질 것이며, 일본이라는 새로운 국가가 탄생한다. 우리는 모든 힘과 정열을 일본이라는 새

:: 하기시에 있는 '송하촌숙'의 4평 짜리 공부방과 선각자 요시다 쇼인의 거실

나라에 쏟아 부어야 한다"라고 가르쳤다. 수구집단인 번이나 막부 쪽에서 본다면 혹세무민惑世誣民이 아닐 수 없다.

젊은 선각자 요시다 쇼인은 어린 후학들에게 호연지기를 심어 주는 데 전력을 쏟았다. 호연지기란 무엇인가. 공명하고 정대하여 누구를 만나도 꿀림이 없는 도덕적 용기가 아니던가.

죽어서 불후不朽가 되려거든 때와 장소를 가리지 말라. 국가의 대업大業을 이루려거든 오래 살아서 뜻을 이루라!

지식과 실천력을 동반하게 하려는 아름다운 가르침이자, 나라의 미래를 내다보게 하는 꿈을 심어 주는 가르침이다. 젊은 문도들인 구사카 겐스이久坂玄瑞, 다카스기 신사쿠高杉晉作는 스승의 가르침에 따라 각기 25세, 29세의 꽃 같은 나이로 유신의 현장에서 산화하는 것으로 불후의 이름을 남겼고, 이토 히로부미伊藤博文, 가쓰라 고고로桂小五郎(후일의 木戸孝允), 잡병 출신인 야마가타 아리토모山縣有朋 등은 조선과 만주를 집어삼킬 때까지 오래 살면서 유신정부의 총리대신까지 지내게 된다. 뿐만이 아니다. 이노우에 가오루井上馨 또한 조선공사, 외무대신을 역임하면서 조선 침략의 원훈이 되는 등 오래 살아서 스승의 가르침을 실행하였다.

이렇듯 어린 후학들에게 일본의 미래에 대한 꿈을 심어주면서 스스로 행동하도록 가르친 선각자 요시다 쇼인은 혹세무민의 사상을 전파하였다는 죄목으로 체포된다. 선각의 지식인을 소탕하는 이때의 사건을 일본의 역사는 '대정大政의 옥獄'이라고 적었다. 결국 요시다 쇼인은 배를 가르고 죽는다.

三品有栖川〇

三條太政大臣

大隈參議

前原一誠

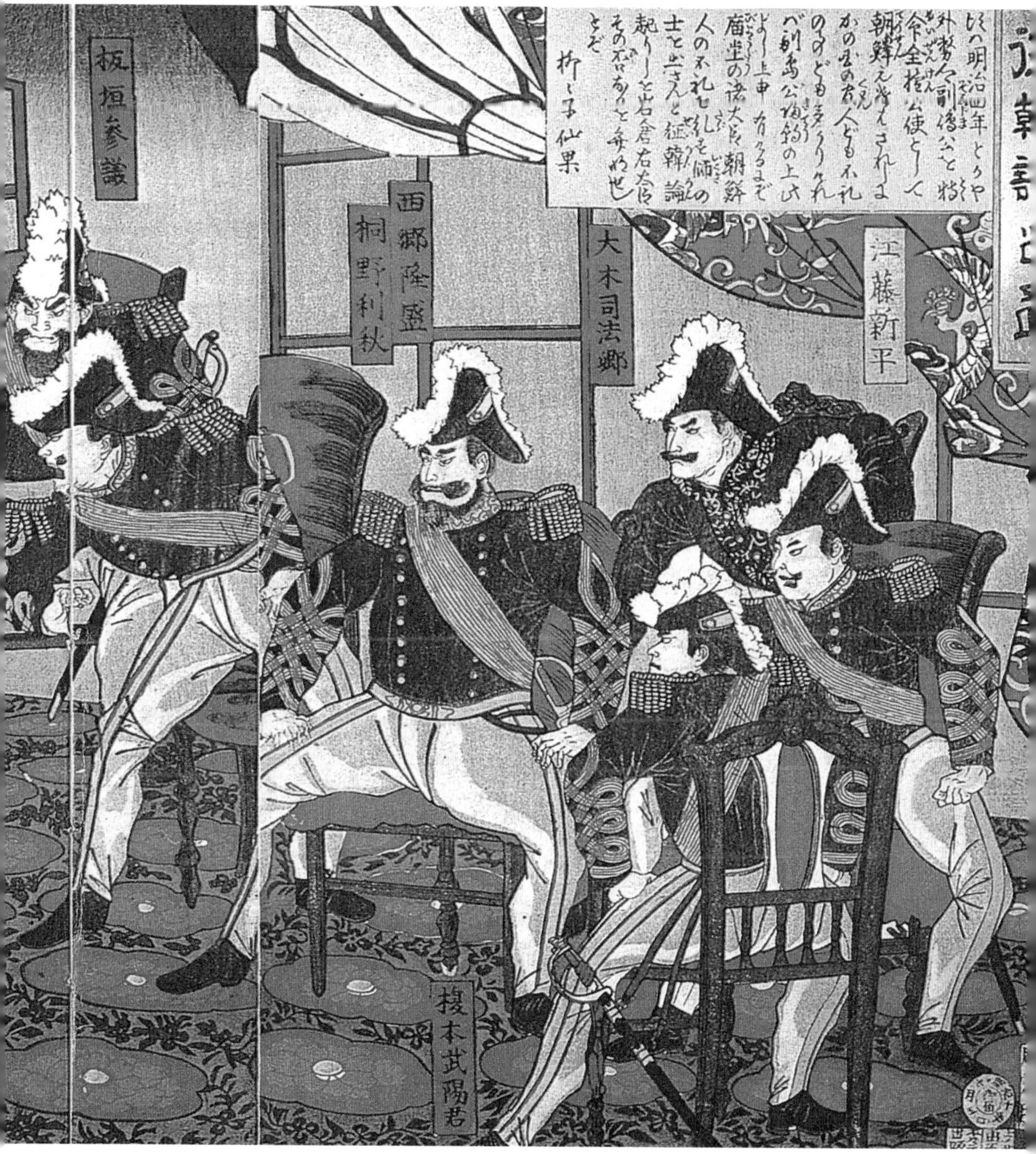
板垣参議
西郷隆盛
桐野利秋
大木司法卿
江藤新平
榎本武陽君

:: 정한론도 征韓論圖 – 周延畵 도쿄 도립 중앙도서관 소장

:: 한국침략의 원흉인 초대 통감 이토 히로부미(오른쪽)와 조선군사령관을 역임하고 뒤에 조선총독이 되는 하세가와 요시미치(왼쪽)

　　다다미 8장 크기의 4평짜리 서당에서 28세의 선생이 13명의 청소년을 모아 놓고 호연지기를 가르쳤다. 그것도 겨우 2년 3개월을 가르치고, 스승은 혹세무민의 죄목으로 목숨을 잃었지만, 바로 그의 제자들이 '메이지유신' 이라는 대업을 이루어냈고…, 세 사람의 총리대신, 여섯 사람의 대신을 배출하였다면 그가 가르친 선각의 의지가 얼마나 가치 있었던 일이었는지를 알게 된다.

　　메이지유신의 스승으로 추앙받는 요시다 쇼인이 이른바 조선을 정벌하자는 '정한론征韓論' 의 태두라는 사실을 안다면, 메이지유신에서 시작된 근대 일본이 지향하는 기본 이념이 무엇인지 알기란 그리 어렵지 않다.

이웃나라의 몸부림
메이지유신

　1999년, 일본 굴지의 보도기관에서 지난 1000년 동안 일본을 위해 가장 공헌한 인물이 누구냐고 묻는 여론조사를 하였는데, 놀랍게도 1위를 사카모토 료마坂本龍馬가 차지하였다. 그리고 2위가 오다 노부나가織田信長, 3위가 도쿠가와 이에야스德川家康, 4위가 다나카 가쿠에이田中角榮, 5위가 요시다 시게루吉田茂 등 가장 일본적인 인물들이 상위를 차지하였다. 이 결과는 일본인들의 국가관과 역사인식을 명확하게 알 수 있게 하는 좋은 본보기가 아닐 수 없다.

　사카모토 료마가 일본을 위해 가장 큰 공헌을 한 사람이라면, 일본 근대화의 상징인 메이지유신이 오늘의 일본을 있게 한 일본 역사상 가장 큰 위업이라는 뜻이 된다. 사카모토 료마가 그 메이지유신을 성사시

:: 사카모토 료마의 동상앞에서 일본의 '메이지유신'을 설명하는 필자

킨 핵심 인물이기 때문이다. 그러나 엄밀하게 따져서 사카모토 료마가 메이지유신을 이끈 기간은 고작 4년(1863~1867)에 불과하고, 또 그는 메이지유신이 이루어지기 1년 전에 세상을 떠났다는 사실에 유념할 필요가 있다. 그러므로 사카모토 료마가 29세부터 33세까지 단 4년 동안 활동했음에도 지난 1000년 동안 일본을 위해 가장 공헌한 인물이라고 평가하는 일본인의 마음

속에는 그가 항상 살아 있음이 분명하다.

일본의 메이지유신은 존황토막尊皇討幕(황실을 일으켜서 막부를 토벌한다)의 명분을 성사시킨 혁명이기도 했지만, 근본적으로는 개항과 근대화를 전제로 하고 있다.

1853년, 미국의 동인도함대 사령관인 페리 제독이 4척의 군함을 이끌고 에도 만江戶灣 어구인 우라가浦賀 앞바다에 닻을 내리고, 미국 대통령 필모어의 친서를 전하겠다고 위협하면서 개항의 바람에 불씨를 당기기 시작하였다.

단 4척의 미국 군함이 일본 조야를 벌집 쑤시듯 뒤집어 놓을 지는 아무도 몰랐다. 그 후 다른 지역의 해안에도 영국과 프랑스 군함이 출몰

하면서 마침내 '구로부네黑船'의 소동은 수구와 개항이라는 국론의 분열을 일으키면서 내란의 상태로 돌입한다.

당시의 일본은 중앙집권제가 아닌 각 지역에 번藩(지역을 다스리는 장군가의 영토)을 둔 봉건국가 체제나 다름이 없었으므로 소위 구로부네와의 접촉은 각 번의 형편에 따라 판이하게 달랐다. 바다를 끼고 있는 지역이냐, 아니면 내륙 깊숙이 있는 지역이냐에 따른 지정학적 필요에 의해 접촉의 강도가 달라지는 것은 당연하였고, 또 개항을 열망하는 선각자가 있느냐 없느냐에 따라서도 큰 차이가 있을 수밖에 없었다.

사카모토 료마는 1835년, 도사 번土佐藩(지금의 시코쿠 高知市)의 하급무사인 고시鄕士의 아들로 태어났다. 어려서 코흘리개, 울보로 불리던 그는 19세가 되어서야 검술공부를 하기 위해 지금의 도쿄인 에도로 간 정말로 보잘것없는 시골 청년이었다.

도장에서 검술연마에 전념하고 있을 때 소위 구로부네의 소동이 있었고, 그 구로부네를 구경하는 과정에서 조슈 번의 가쓰라 고고로桂小五郎라는 청년 무사를 만나면서 비로소 세상일에 어렴풋이 눈뜨게된다. 하지만, 그냥 그 정도에서 일단 귀향하였다가 세상일이 궁금하여 탈번脫藩을 감행하게 된다.

탈번이라는 것이 사형에 해당하는 범죄로 취급되던 시절, 사카모토 료마는 칼 한 자루에 몸을 의지하고 보다 넓은 세계로 나갔다. 과묵하면서도 성품이 열혈과도 같았던 료마의 운명을 바꾸게 된 것은 후일 일본 해군을 창설하게 되는 개화의 선각자이자 13년 연상인 가쓰 가이슈勝海舟라는 걸출한 선각자와 만나게 되면서였다. 두 사람의 만남은 운명적인 결합이 아닐 수 없었다. 가쓰 가이슈는 료마가 급변하는 세계정세

:: 메이지유신의 군상

정확하게 읽고 행동할 수 있는 모든 논리와 체험의 길을 터 준 후원자
요, 서각의 스승이었기 때문이다.

1865년, 31세 때 사카모토 료마는 동지 50명을 규합하여 일본상사日
本商社의 원형이라고도 평가되는 '가메야마샤추龜山社中'를 조직하여 나
가사키長崎에 사무소를 두고 운수, 개척, 투기, 수입대행 등의 업무를
개시했는데, 모든 직원의 월급을 차등 없이 동일하게 지불할 만큼 신감
각의 소유자이기도 하였다.

사카모토 료마가 이루어 낸 최대의 공헌은 사이가 벌어진 조슈 번과
사쓰마 번을 화해하게 하여 이른바 삿조동맹薩長同盟이라는 회천回天의
대업을 성사시키면서 막부를 치게 한 일과 '선중팔책船中八策'이라 불리
는 이른바 평화적으로 정권을 반납하게 하는 '대정봉환大政奉還'이라는
획기적인 계책을 마련한 일이라고 평가된다. 물론 그것도 그에게 배가
있었기 때문이었고, 그 일이야말로 메이지유신을 피 흘리지 않고 성공
시킨 핵심이었다.

토막, 유신의 화신이자 일본 근대화의 상징인 사카모토 료마는 그야
말로 메이지유신의 설계자라 해도 손색이 없다. 그러기에 그의 목숨을
노리는 수구파 무사들이 그림자처럼 따라다녔지만, 그의 검술이 또한
당대의 정상이어서 몇 번의 기습에도 살아남을 수 있었다. 그러나 불행
하게도 1867년 11월 15일 오후 9시가 지나 교토의 오미야近江屋에서 일
곱 사람의 자객에 의해 무참히 살해되었다. 향년 33세, 그가 열망하던
'메이지개원明治改元'이 선포되기 10개월 전의 일이었다.

사카모토 료마가 일본인들의 가슴에 가장 일본적인 인물로 자리잡게
된 데는 시바 료타로司馬遼太郎라는 걸출한 역사소설가가 있었다는 사실

도 대단히 중요하다. 그러므로 국민이 존경하는 역사적인 인물은 학술적인 관점에서보다 예술적인 관점에서 더 정밀하게 만들어진다는 사실도 다시 확인하게 된다.

'야후 재팬'으로 세계적인 명성을 얻은 손정의 씨가 모국을 방문하여 인터넷에 관한 강연을 할 때마다 사람들은 그에게 '가장 존경하는 인물이 누구냐'라는 질문을 던졌고, 손정의 씨는 언제나 사카모포 료마라고 대답한 것을 계기로 요즘 벤처기업의 젊은 경영인들 사이에는 사카모토 료마 읽기 붐이 일고 있다는 소식도 들린다.

일본 근대화의 상징인 메이지유신은 19세에서 35세까지의 젊은 청년들이 중심이 되어 조국의 미래를 위해 뜨거운 열정을 불태우고, 또 흔쾌히 목숨을 버린 것으로 성공하였지만 혁명의 성공만으로 미개한 나라가 근대화되는 것은 아니다.

메이지유신 이후 일본이 나라의 제도를 어떻게 개편하였으며, 그 개편을 위해 무슨 노력을 하였는지에 대해 살펴보는 것도 역사를 온전하게 읽는 방법 중 하나가 아닌가 한다.

1868년, 메이지개원이 선포된 이후에도 일본의 조야는 갈등과 반목으로 극도의 혼란을 겪고 있었다. 유신군과 유신을 반대하는 진영의 군대가 대포를 쏘면서 싸우는 '무진전쟁'도 이때 일어난다. 할리우드의 블록버스터 영화 '라스트 사무라이'가 바로 이 무진전쟁을 소재로 한 영화다.

1871년 11월, 나라가 이같이 혼돈을 거듭하고 있을 때, 유신정부의 리더인 이와쿠라 도모미岩倉具視는 정부를 이끌어 가는 핵심 참의(메이지유신의 주역)를 비롯한 요원 46명을 거느리고 미국과 유럽 시찰에 나선다.

:: 이와쿠라 도모미의 인솔로 구미 시찰을 떠나는 일본 지도자들

여기에 장차 일본을 이끌어 갈 유학생 59명이 포함되었으니 무려 105명으로 구성된 거대한 사절단인 셈이다.

이 사절단은 미국, 영국, 독일을 비롯한 11개국을 시찰하였고, 영국에서는 무려 120일을 체류하면서 산업혁명을 익혔고, 독일에서도 66일간을 체류하면서 일본의 미래를 정하는 데 도움이 되는 바이마르 헌법을 연구하는 등, 총 1년 10개월 동안 선진국을 둘러보면서 새로운 문물을 익히고 배우는 일에 열중한다.

이들이 귀국한 후에 기술한 1085권에 이르는 「특명전권대사 미구회람실기特命全權大使 米歐回覽實記」라는 방대한 기록이 일본의 정신적 · 물질적 근대화를 이루는 기초가 되었다는 사실에 우리는 주목하여야 한다.

유신정부의 주역들은 일본의 선진화를 꾀하기 위해 서양의 제도와 문물을 받아들이고자 했어도 거기에 걸맞은 용기容器가 없었다. 이를테면 르네상스, 내셔널, 커머셜, 스피치, 로맨티시즘, 달러 등 당장 필요한 서양용어를 일본어화하는 작업이 시급하였다는 뜻이다.

게이오기주쿠慶應義塾 대학을 설립한 30대의 후쿠자와 유키치福澤諭吉를 비롯한 선각의 지식인들은 이 어마어마하면서도 획기적인 작업에 도전한다. 이른바 정신적 근대화의 토양을 다지는 막중한 작업이었다.

르네상스는 문예부흥으로, 내셔널은 국가 · 민족으로, 커머셜은 상업, 스피치는 연설이라는 새로운 일본어로 탄생된다. 뿐만이 아니라 인민, 공화국, 물리, 화학, 생물, 노견… 어찌 그 모두를 일일이 열거하랴만, 오늘 우리가 쓰는 일본어식 한자어의 대부분이 이때 만들어진 신조어新造語들이다.

로맨티시즘은 마땅한 의역어가 없었던지 '로망'이라는 소리를 그대

로 한자로 적었던 탓에 '浪漫'이 되었다. 화폐 단위 달러는 $와 유사한 한자인 弗자를 쓰고 ドル라 읽기로 하였다. 이 괄목할 만한 성과는 그대로 조선과 중국에 전해지면서 소위 일본어식 한자어가 '대동아공영권'을 건설하는 공용어가 되기도 하였다.

남의 나라의 정신적 근대화를 몽땅 받아들인 우리의 처지는 어떻게 되었는가. 지금도 우리는 로맨티시즘을 '浪漫主義'라 쓰고 소리나는 대로 읽고 있다. 일본어식 '로망'을 '낭만'으로 읽는다면 과연 그것이 로맨티시즘과 관련이 있는가. 또 미국의 화폐 단위를 弗자로 적었다 하여 아직도 이 땅에서는 '달러'를 '불'이라고 발음하는 지식인들이 허다하다.

세계에서 달러를 '불'이라고 발음하는 나라가 우리 말고 또 있는가. 게다가 법률 용어는 또 어떤가. 기술 용어는 어떤가. 지금 쓰이고 있는 산림법山林法은 또 어떠한가. 그게 바로 조선의 강토를 황폐화했던 조선 총독부의 산림법이 아닌가. 엊그제 신문기사로는 아직도 일본인이나 동양척식주식회사東洋拓植會社와 같은 약탈 기관의 명의로 된 땅이 여의도의 일곱 배나 된다는데 이게 어디 될 말인가.

나라가 일제의 사슬에서 벗어난 지 반세기를 넘어 60년이 되어 가는데, 아직도 우리의 처지가 이런 지경을 맴돌고 있다면 과연 지금까지 정부는 무엇을 하고 있었으며, 이 땅의 지식인들은 무엇을 하고 있었는지 묻지 않을 수 없다.

광복 후 오늘에 이르기까지 여덟 사람의 대통령이 무소불위의 권세를 누리면서 통치자로서 이름을 남기고 있지만, 그 누구도 우리의 정신적 근대화를 생각하고 이끌어 온 사람은 없다. 그들은 때로 '역사 바로 세우기', '과거 청산'과 같은 당연히 필요한 기치를 내걸면서도 그것을 국가적 차원이 아니라 정권적 차원으로 이용하려 하였기에 실패하는 것은 당연하다.

이웃나라 일본의 메이지유신은 단순히 구각을 벗어던지고 근대화된 나라를 세우자는 의지가 아니라, 정신적인 근대화를 함께 꾀하였다는 점에서 우리에게는 반면교사가 된다. 그동안 우리는 이웃나라 일본의 메이지유신을 거론하면서 그것이 단순한 혁명이 아니라 정신적인 근대화를 함께 했었다는 사실에 눈을 돌리지 못하였다.

지금 우리가 참담하기 한량없는 '정신적 공황'에 시달리고 있는 것은 정신적 근대화의 과정을 밟지 못해서다. 이 정신적 근대화 과정을 생략하면 아무리 소득이 높아져도 선진국이 되지 못한다는 사실을 명심할 필요가 있다.

VIII 아름다운 삶 노래로 남고

작전명령은 '여우사냥'

명성황후 시해

이웃나라 일본국이 메이지유신에 성공한 것은 1868년이다. 그로부터 7년 후인 1875년에 운양호사건이 터졌다. 메이지유신은 온 나라가 만신창이가 되는 내란의 상태로 16년 동안이나 계속되었다. 그 엄청난 상처를 수습하면서 조선을 침략하는 데까지 걸린 시간이 겨우 7년이라면, 이 7년 동안 있었던 여러 가지 일과 그 7년 동안 있었던 인식의 변화가 무엇인지 해독하지 않고서는 결단코 일본이라는 나라를 이해할 수 없다.

1876년에 강화도조약이 강제로 체결된 이래, 한일병합의 전제가 되는 을사년(1905)의 '늑약'이 조인되기까지는 29년이라는 세월이 소요되었다. 이로부터 또 5년의 세월이 흐르고서야 경술년의 '병합조작'을 강제

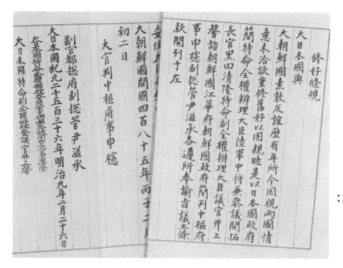

:: 강화도조약 – 1876년에 일본의 강요에 의해 맺어진 전문 12개 조의 기만적인 불평등 조약으로 조선은 이를 계기로 개항하게 되었다.

로 체결하였다면 이 기간이 일제의 식민지 기간과 꼭 같은 35년이 된다.

무력으로만 조선을 집어삼키려 했다면 강화도조약과 함께 합병을 강행했어도 아무 문제될 것이 없었다. 그러나 일제의 간악하고 치밀함은 장장 35년간에 걸쳐 조선의 국토를 장악하고 지배하면서 국력을 무력화하였고, 공직에 종사하는 자를 안일무사하게 하였으며, 그런 와중에서 매국에 앞장서는 파렴치한 식자들을 의도적으로 양성하였다.

그러므로 나는 일제의 식민지 지배 기간은 경술년(1910)부터가 아니라, 1875년 운양호 사건을 기점으로 보아야 한다고 늘 강조해 왔다. 그렇게 되면 일본제국이 조선을 지배하면서 재산을 약탈하고 조선인의 기상을 병들게 했던 만행의 기간이 70년으로 늘어난다.

경술년 이후 조선총독부가 저지른 아무리 악독한 행위도 을미년(1895)에 자행된 민황후시해閔皇后弑害사건보다 더 잔인무도한 것은 없다. 남

의 나라를 침략하여 그 나라 황후를 시해한다는 것은 그런 생각 지체만
도 야만인들이나 하는 짓이기 때문이다.

1895년(고종 23)의 여름은 길고 잔인하였다.
주한 일본공사 이노우에 가오루井上馨의 후임
으로 새 일본 전권공사 미우라 고로三浦梧樓가
부임해 온 것이 사건의 발단이었다. 미우라
고로는 일본군 예비역 육군중장에 정3위 훈일
등勳一等, 자작子爵의 지위에 있는 강골의 무장
이었다. 이 같은 강골의 미우라가 조선주재
일본공사로 부임하는 데는 일종의 밀계를 도
모하자는 음모였다.

:: 명성황후 시해사건이 주모자인 미우라
고로 당시 일본 공사

첫째는 날로 실추되어 가는 일본의 위신을
다시 일으켜 세워야 하고, 둘째는 일본 정부가 시도하고 있는 모종의
음모를 결행하려는 계책의 일환이었다. 일본 정부는 조선 조정의 정책
이 친러 성향으로 바뀌는 것을 왕비 민씨의 입김과 척족인 민씨 일문
에 의해 주도되고 있다고 판단하였다. 조선 조정의 외교정책을 다시
친일 성향으로 되돌리기 위해서 무엄하게도 조선의 국모를 시해하겠
다는 실로 엄청난 음모를 꾸민 것이었다.

새로 부임한 일본공사 미우라 고로는 온천지방인 아타미熱海의 한 병
원에서 신병을 치료하던 중에 일본 외무성으로부터 조선공사로 취임해
줄 것을 교섭받는다. 그는 조선에 관련한 모든 정책을 자신에게 맡길
것을 조건으로 승낙하였고, 그 조건에 '민왕후의 시해'가 포함되어 있

었다. 물론 이 어마어마한 밀계는 일본 정부 최고의 조선통이자 전임 조선공사인 이노우에 가오루와 함께 짠 것으로 보아도 무방하다.

미우라 공사의 작전계획을 실행하게 될 조선 조정의 군부와 궁내부의 고문으로 있는 일본인 오카모토 류노스케岡本柳之助 또한 작전의 달인이라 불리는 고급장교였다. 그는 본시 일본군 포병소좌로 쿠데타(竹橋事件)를 주도하였다가 사형을 선고받고 복역 중에 있었다. 그가 일찍부터 문무 신동神童이라 불렸다는 사실이 우리를 더욱 놀라게 한다.

오카모토 류노스케는 감옥에서 사형 집행일만 기다리고 있는데, 동향인 외무대신 무쓰 무네미쓰陸奥宗光가 폐병 환자로 위장하게 하여 석방하였다. 물론 조선 조정에 밀파하여 조선의 내정을 간섭하게 하기 위해서였다.

육군중장 출신의 강골인 미우라 공사가 작전의 신동이라 불리는 포병소좌 출신의 걸출한 참모 오카모토에게 '여우사냥'이라는 작전명령을 내리고, 자신은 남산에 있는 일본 공사관에 틀어박힌 채 불상佛像 앞에서 염불만 외고 있었다. 조선의 고관대작들은 그의 위장전술에 속아서 미우라 공사를 염불공사念佛公使로 얕잡아보는 우를 범하게 된다.

8월 16일. 조선의 군부대신 안경수가 미우라 공사를 찾아와 일본군 교관이 조련한 조선훈련대를 해산하겠다고 통고한다. 미우라 공사는 놀라지 않을 수 없었다. 훈련대가 해산되면 경복궁의 장악이 불가능하고, 또 그것은 민 황후의 시해작전에도 큰 차질을 빚을 것이기 때문이다.

:: 명성황후 진영

미우라 공사는 귀국을 위장하면서 인천에 대기하고 있던 오카모토 류노스케와 그 일당들에게 당장 한양으로 돌아와 '여우사냥'에 나설 것을 명하였다.

이때 민 황후의 시해에 동원된 일본인 낭인들의 몰골을 히로시마 지방재판소廣島地方裁判所의 예심판사가 작성한 예심결정서豫審決定書는 다음과 같이 적고 있다.

일행 30여 명은 용산의 쇼시莊司, 기타니木谷의 양 점포와 일본 경찰서에서 잠시 휴식하고, 밤 12시가 지나서 결속을 마치고 공덕리로 향하였다. 양복을 입고 있는 사람도 있었고, 허리에 칼을 찬 사람도 있었고, 몽둥이를 든 자, 짚신을 신은 자, 양복을 입고 밀짚모자를 쓴 자 등 그 해괴한 모양은 초적폭도草賊暴徒의 일단과 같았다.

일국의 국모를 시해하려는 무뢰배의 몰골로는 아주 제격이 아닐 수 없다. 이들이 공덕리로 향한 것은 흥선대원군의 가마를 인도하기 위해서였다.

8월 20일(양력 10월 8일) 새벽 3시.

일본인 낭인들이 경복궁 담장을 뛰어넘는 범궐을 감행하였다. 경복궁의 수비대는 대장 홍계훈洪啓薰과 군부대신 안경수의 지휘로 출동한 시위대와 힘을 합쳐 총격전을 벌이며 사투하는 듯했으나, 홍계훈이 일본 경찰이 쏜 총탄에 맞아 쓰러지고, 안경수마저 도망하자 대원들은 순식간에 뿔뿔이 흩어지는 오합지졸이 되고 만다.

이때, 민 황후의 침전은 경복궁 북쪽 끝자락인 건청궁乾淸宮의 곤령합坤寧閤이었다. 광기로 뒤덮인 왜인들의 발길이 여기를 놓칠 리가 없다.

처음 얼마 동안 민 황후는 상궁들에게 섞인 채 방 안에 있었으나, 천만 다행으로 침전을 유린한 일본 낭인들은 누가 민 황후인지를 핀별하지 못하였다.

에워싸고 있는 상궁들의 기지로 민 황후는 곤령합을 빠져나오는 데까지는 성공한다. 이어 사력을 다해 대궐을 벗어나려 했으나, 옥호루玉壺樓 앞에서 일본인 낭인들에게 발각된다. 무도한 낭인들은 장검을 휘둘러 민 황후를 시해하였다. 통한의 최후가 아닐 수 없었다. 향년 44세였다.

이 참혹한 현장을 외국인 두 사람이 지켜보고 있었다. 한 사람은 미국인 당직 장교 월리엄 매키 다이였고, 또 한 사람은 대궐 안의 양관洋館을 관리하던 소련인 건축기사 사바틴이었다.

사바틴은 이때의 참경을 다음과 같이 적었다.

일본군들이 궁녀들의 머리채를 끌어당겨 정원으로 내던졌다.

그러나 이보다 더 잔인하고 적나라한 기록은 조선 정부의 고문으로 있던 다치스카立塚英藏가 본국의 스에마츠末松 법제국 장관에게 타전한 전문이다.

왕비를 끌어내어 두서너 군데를 칼질한 다음 나체로 만들어 국부검사를 하고 석유를 뿌려 불을 지르니 필설로 형언하기 어려운 잔인함이라….

어찌 천인이 공노할 만행이 아니랴! 일국의 국모가 일본인 무뢰배들에게 무참하게 시해된 것은 말할 것도 없고, 또한 그들은 시신의 옷을 벗겼으며, 가공하게도 국부를 희롱한 다음에 불태웠음을 스스로 자신들의 문건으로 밝히고 있음에도 당시의 히로시마 재판소는 증거 불충분이라는 미명 하에 조선공사 미우라 고로를 비롯된 모든 폭도들을 무혐의로 석방하였다.

역사란 참으로 엄숙하다. 민 황후를 시해한 사건이 있은 지 꼭 100년째 되는 지난 1995년, 당시에 사용되었던 일본도가 규슈에서 발견되었다. 그 도검의 칼집에는 무엄하게도 "순식간에 여우를 해치우다"라는 글자까지 새겨져 있었다는 사실에 우리는 다시 한번 몸서리 칠 수밖에 없다.

이 야만적인 사건을 일본 사람들은 '민비암살閔妃暗殺'이라는 막말로 적고 있지만, 우리는 그 말에 동의할 수 없다. '민 황후 시해사건' 또는 '명성황후 시해사건明成皇后弑害事件'이라고 적어야 옳기 때문이다.

왕후王后가 아니라 황후皇后여야 하는 것은 대한제국의 왕비였으므로 황후로 불려야 하는 것이며, 후일 민 황후에게 '명성황후'라는 시호가 내려졌기에 그렇게 부르고 그렇게 써야 하는 것이 당연하다.

:: 명성황후국장모습 - 명성황후의 관이 들어있는 대거를 장지로 이동하는 장면

후회는 통한에 사무치고
순종황제의 유서

조선왕조의 마지막 임금으로 스물일곱 번째가 되지만, 격동의 시대를 헤쳐 가야 했던 대한제국으로 보면 두 번째 황제가 되는 이가 융희황제(순종)이다. 융희황제는 아버지 고종이 일본의 강압으로 황제 자리에서 쫓겨나는 광경을 피눈물로 지켜보아야 했으며, 본인 스스로는 소위 경술년 국치庚戌年 國恥(1910)라고 일컬어지는 망국의 통한을 체험했던 불행한 임금이다.

태조 이성계가 조선왕조를 창업한 이래 장장 519년간 왕통을 이어 왔던 조선왕조의 막을 내리는 장본인이라면 그 수치스러운 회한이 유난히 컸을 것임은 알고도 남을 일이다. 지난 세월에도 임진왜란, 병자호란 등 치욕의 국란이 없었던 것은 아니지만, 왕조가 자취 없이 사라지

∵ 제 27대 순종의 어진(1874~1926)

는 망국의 비극은 없질 않았는가.

어려서부터 병약했던 순종 임금은 춘추 33세가 되던 해 왕조 말의 혼란을 몸소 지켜보면서 천추의 한을 남기게 된다. 조선통감 이토 히로부미伊藤博文는 아버지 고종황제가 이준 열사 등을 헤이그에서 열린 만국평화회의에 밀파하였다는 구실로 황제의 자리에서 강제로 물러나게 하고, 자신을 황제의 자리로 밀어 올렸다. 나라에는 불충을, 부왕에게는 엄청난 불효를 동시에 저지르게 되었다. 설사 그것이 조선통감부의 농간이었다고 하더라도 자식 된 도리를 다하지 못한 것은 분명하다.

이른바 '한일 병합'이라는 경술년의 국치를 당하면서도 순종 임금은 자신의 명백한 의지를 표명하지 못했다. 자신에게 밀어닥칠 비극적인 불운은 감내한다고 하더라도, 연로한 고종황제에게 미칠 또 다른 위해를 감안한다면 설사 그것이 국익을 위한 발언일지라도 함부로 입을 열 수 없는 것이 그의 딱한 처지였다.

고종황제와 순종 임금이 자리를 함께 하였을 때 두 부자는 무슨 말을 했을까… 생각해야 하는 쪽이 자못 고통스러워지기도 한다. 500년 종묘사직에 종지부를 찍어야 하는 큰 불충을 저지른 처지로 서로 '내 탓'이라고 했을지도 모르고, 그들도 인간이었기에 서로 눈물만 흘리면서 앉아 있다가 헤어졌을지도 모른다.

그들의 주위를 에워싸고 있는 내시와 상궁들 중에도 조선통감부의 수하로 암약하는 밀정들이 있었을 것이기에 두 부자는 나라를 잃는 통한의 설움까지도 직설적으로 표시할 수 없었을 것이지만, 설혹 그렇다고 하더라도 국토와 백성을 거느린 황제가 취할 태도라고는 볼 수 없다.

순종 임금은 아무것도 하는 일이 없는 허수아비 황제 노릇을 하면서도, 아니 국익에 해가 되는 일을 해야 하는 고통과 통분을 안고 17년이라는 긴 세월을 왕좌에 앉아 있어야 하였다 그 암담하고 찬혹한 세월은 차라리 죽음만도 못했을 것이라고 짐작되지만, 순종 임금으로서는 거역할 수 없는 운명이었을지도 모른다.

1926년 4월 26일, 순종 임금은 춘추 50세로 임종을 맞게 되면서 비로소 한 인간이자 황제의 소임이 무엇인지를 깨닫게 된다. 일신의 안위보다 종사와 겨레가 더 소중한 것을 안다면 차마 아무 말 없이 명을 다할 수 없었다. 지난 17년 동안 피눈물을 쏟으면서 가슴속에 간직할 수밖에 없었던 통한의 한마디… 그 한마디를 토해 내지 않고서는 눈을 감을 수 없지를 않겠는가.

마침내 순종임금은 궁내부대신 조정구趙鼎九를 불러 유조遺詔를 받아 쓰게 하였다.

그 눈물겨운 전문을 여기에 옮겨 본다.

한 목숨을 겨우 보존한 짐은 병합 인준認准의 사건을 파기하기 위하여 조칙하노니 지난날의 병합 인준은 강린强隣 일본이 역신逆臣의 무리(이완용 등)와 더불어 제멋대로 해서 제멋대로 선포한 것이요, 나의 한 바가 아니다. 오직 나를 유폐幽閉하고 나를 협제脅制하여 나로 하여금 명백히 말을 할 수 없게 한 것으로 내가 한 것이 아니니 고금에 어찌 이런 도리가 있으리오. 나 구차히 살며 죽지 않은 지가 지금에 17년이라, 종사의 죄인이 되고 2000만 생민의 죄인이 되었으니, 한 목숨이 꺼지지 않는 한 잠시도 이를 잊을 수 없는지라, 어두운 곳에 갇혀 있는 처지로 말할 자유가 없이 금일에까지 이르렀으니 지금 한 병이 침중하니 한마디라도 말하지 않고 죽으면 짐은 죽어서도 눈을 감지 못하리라. 지금 나는 경에게 위탁하노니 경은 이 조칙을 중외에 선포하여 내가 사랑하고 공경하는 백성으로 하여금 병합이 내가 한 것이 아닌 것을 분명히 알게 한다면 이전의 소위 병합 인준과 양국讓國의 조칙은 스스로 과거에 돌아가고 말 것이리라.

여러분들이여, 노력하여 광복하라. 짐의 혼백이 명명한 가운데 여러분을 도우리라!

조정구에게 조칙을 내리심.

오직 답답하다는 생각이 들 뿐이다. 위 '유조'의 내용이 아무리 순종 임금이 피눈물로 간직했던 17년 동안의 통한이라고 하더라도 실기한 것이 분명하다.

만에 하나라도 이 '유조'가 경술년 국치일을 전후하여 발표되었다면 수많은 조선 민중들의 궐기를 촉발하였을 것이기 때문이다.

"여러분들이여, 노력하여 광복하라. 짐의 혼백이 명명한 가운데 여러분을 도우리라!"라는 통한의 절규는 씹고 또 씹어 볼 만한 대목이 아닐 수 없다.

순종임금의 통한으로 점철된 이 '유조'의 전문은 우여곡절 끝에 당시 미국에서 발행되던 교민신문 신한민보新韓民報의 그 해 7월 8일자에 게재되었다.

고국을 떠나 만리 이방에서 또 다른 고통에 시달리고 있던 많은 교민들은 망국의 한을 씹으면서 피눈물을 쏟았겠지만, 그들로서는 아무 일도 할 수 없었을 것이 아니겠는가.

역사란 정말 아이러니를 동반하면서 흘러가는 것일까. 이 땅에서 씩

어진 갖가지 소설이나 드라마에서 순종 임금은 어려서는 병약하고 성인이 되어서는 결단력이 결여된 나약한 군주로 그려졌던 것은 통한으로 점철된 이 '유조'가 있었는지조차 몰랐기 때문일 수도 있다.

순종 임금의 이 '유조'가 있었음이 그때로부터 무려 70여 년의 세월이 흐른 1997년 가을에야 우리에게 알려지게 되었다. 늦었다는 느낌이 아주 없는 것은 아니지만 이 '유조'로 인해 지금까지 유순하게만 그려졌던 순종 임금의 모습이 조금이라도 더 인간적인 쪽으로 그려질 수 있겠다는 생각이 든다.

역사란 정말로 새로 발굴되는 사료에 의해 고쳐지고 다시 씌어지는 것인지도 모른다.

행동하는 지식인의 모습
면암 최익현과 매천 황현의 경우

직언은 통치자의 오만과 우매함을 깨우치기 위한 필수조건이지만, 그 직언으로 인해 목숨을 잃는 경우도 허다하였다. 그러므로 진정한 직언은 생사를 결단하는 용기가 있어야만 가능하다.

직언은 군왕의 면전에서 하는 경우도 있으나, 대개는 논리정연한 상소문에 직언을 담아서 올리는 것이 보통이다. 상소문 한 장과 목숨을 바꾸겠다는 장렬함을 드러내는 경우가 지부복궐상소持斧伏闕上疏다.

지부복궐상소는 글자 그대로 몸에 도끼를 지니고 궐문 앞에 꿇어앉아 자신이 올린 상소를 가납하지 않겠다면 지니고 있는 도끼로 죽여 달라고 대드는 경우와 다름이 없다.

조선왕조 500년 동안, 도끼를 지니고 궐문 앞에 꿇어앉아 상소를 올

勉菴崔先生七十四歲像 毛冠本

:: 「최익현 초상」 채용신 비단에 채색 41.5×51.5 국립중앙박물관

린 사건은 단 두 번 있었다. 한 사람은 임진왜란 때 의병장으로 활약한 중봉重峰 조헌趙憲(1544~1592)이고, 또 한 사람은 구한말의 면암勉菴 최익현崔益鉉(1833~1907)이었다.

면암 최익현은 큰 의리와 성스러운 충의를 몸소 실천해 보인 유림의 거벽이기도 하지만, 위정척사衛正斥邪의 화신으로 민족자존을 품에 안았던 명망 높은 인품이다. 그러므로 사람들은 그의 위대함을 말할 때, 그의 삶은 최익현 한 사람의 삶이 아니라 천하동생天下同生이며, 그의 죽음은 최익현 한 사람의 죽음이 아니라 천하동사天下同死라고 말한다.

신 최익현은 돈수백배하고 삼가 아뢰옵니다. 신이 산림 속에 앉아 조정의 형세를 살펴보건대, 실로 울분을 금할 길이 없사옵니다. 벌써 오래전부터 정치의 옛 규범이 무너지니, 조정의 모든 신하가 유약해져서 삼공육경은 건의하는 일이 전혀 없고, 간관과 승지들은 직언을 피하는 풍조가 만연되어 있사옵니다.

「면암집勉菴集」에서

최익현의 직언은 조정에 실정이 있을 때마다 신랄한 문투로 계속되었다. 고종 13년(1876) 1월, 일본제국이 조선 침략의 마각을 드러내는 소위 강화도조약이 체결될 때가 최익현의 연치 44세, 그는 살을 에이는 듯한 추위를 견디며 도끼를 들고 대한문 앞에 꿇어앉아 이른바 지부복궐 척화상의소斥和上議訴를 올렸다.

왜倭는 서양 오랑캐와 마찬가지이니 결코 가까이 할 수 없음이옵니다. 이

들과 수호하자 함은 나라를 파는 일이요 짐승을 끌어들여서 사람을 잡아
먹게 하는 일이오니, (중략) 강화도조약이 받아들여진다면 조선은 머지않
아서 망할 것이며, 조선의 쌀이 왜적에게 약탈되어 마침내 조선의 백성들
은 기근의 고통에서 헤어나지 못할 것이옵니다.

「면암집」에서

상소문의 내용에 강화도조약으로 인한 망국을 예언하는 구절이 있음
을 볼 때, 당시의 국제정세를 살피는 최익현의 통찰력이 얼마나 냉철했
던가를 알 수 있다.

그리고 1905년 치욕의 을사년 늑약이 강제 체결되자 최익현은 '위정
척사'를 실천하여 참 선비의 도리를 몸소 행동으로 보여 주었다.

면암 최익현은 74세의 노구를 이끌고 호남의 제자들을 찾아가 위기
에 처한 종사를 구할 것을 호소하면서 스스로 의병대장이 된다.

최익현을 따르는 800여 명의 의병군은 큰 갓을 쓰고 도포를 입은 사
람도 있었고, 총을 든 사람, 창칼을 든 사람 등 행색은 말이 아니었다.
그러나 우국충정은 뜨겁게 타오르고 있었기에 그들 의병군은 정읍井邑,
곡성谷城, 순창淳昌 등을 중심으로 크게 위세를 떨쳐 나갔다.

1906년 6월 12일, 교전해야 할 상대가 조선군 진위대임이 확인되자
조선인끼리는 싸울 수 없다 하여 최익현은 지체 없이 의병군의 해산을
명하였다. 의병들은 통곡하였으나 오히려 최익현은 13명의 제자들과
함께 관군에 투항하고 서울로 압송된다.

조선통감부는 최익현을 조선 땅에 두고서는 감당하기가 어렵다는 판
단으로 약식재판에 회부하여 대마도로 강제 압송하기로 결정한다.

:: 일본 군인들에 의해 쓰시마섬으로 잡혀가는 최익현

최익현은 대마도에 도착하면서부터 "이미 이 지경에 이르러 너희들의 음식을 먹고 너희들의 명령에 따르지 않는 것도 의義가 아니니, 지금부터는 단식하겠다"라고 선언한다.

면암 최익현은 왜국 땅 대마도에서 식음을 전폐하는 고고함을 보인다. 그가 남긴 유시遺詩는 오늘을 사는 우리들을 숙연하게 한다.

일어나면 북두를 우러르고
임금님 계신 곳에 절하면
흰머리 오랑캐의 옷자락에
분한 눈물 쏟아져 흐른다네.

만 번을 죽는다 해도
부귀는 탐하지 않으리.
평생을 읽은 글이
노나라의 춘추라네.

起瞻北斗拜瓊樓
白首蠻衫憤悌流
萬死不貪秦富貴
一生長讀魯春秋

마지막 구절인 "평생을 읽은 글이 노나라의 춘추라네"라는 대목은 느끼게 하는 바가 너무 커서 백 번을 읽어도 모자람이 없다.

역사를 소중히 하고 역사에 대한 외경심이 있었기에 신하의 도리, 어버이의 도리, 제자로서의 도리를 충실하게 다할 수 있었다는 자부심이 아니고 무엇인가.

면암 최익현이 평생을 하루같이 직언, 직필의 상소문을 올릴 수 있었던 것은 자기희생을 감수하고서라도 임금의 소임을 깨우치며, 나라의 명운을 열어 가리라는 참선비의 도리를 실행하려는 용기가 있었기 때문이다.

면암 최익현의 의병활동과 대마도에서의 순사, 그리고 면암의 시신이 조선 땅으로 돌아와 장례가 치러지는 과정을 눈에 본 듯이 선하게 그려 놓은 매천梅泉 황현黃玹(1855~1910)의 노작 「매천야록梅泉野錄」은 조선 근대사를 살피는 데 없어서는 안 될 대단히 귀중한 책이다.

:: 「황현 초상」 채용신 비단에 채색 95×66 구례 매천사

매천 황현은 전라도 광양光陽 서석촌西石村에서 태어나 구례求禮로 이사하여 살았고, 어려서부터 시를 잘 지어 인근 선비들을 경탄케 하였다. 고종 22년(1885)에 생원시에서 장원하였으나, 나라가 어지러웠던 때라 관직은 물론, 도시로의 진출까지도 모두 거부하였다.

　그는 향리에 머물면서도 자신을 태어나게 한 조선왕조의 명운이 다하고 있음을 통탄하면서 당시의 사邪와 정正을 적어서 후세에 전하기로 마음을 굳힌다. 그리하여 나라에 충성을 다하는 사람들을 상찬하고, 혹은 오명에 물든 거짓 선비들의 행태를 혹독하게 비판한 역사서 「매천야록」의 저술에 정성을 쏟았다.

　라디오도 신문도 TV도 전화도 없었던 시절, 인터넷도 없었던 그 시절에 호남의 남단에 은거하면서 적은 「매천야록」은 대한제국 말기를 기록한 역사서로는 더없이 높이 평가되는 명저가 되었다.

　물론 매천 황현의 정론정신正論精神이 이루어 낸 큰 성과이자 업적이 분명하기에 매천 황현은 진실로 행동을 수반해 보인 지식인의 참모습을 우리에게 보여 주었다.

　1910년, 대한제국이 일본에 강제 병합 되는 민족적인 비극이 있었을 때, 매천 황현은 스스로 목숨을 끊으면서 다음과 같은 유서를 남겼다.

　나는 죽어야 할 의리는 없지만, 다만 국가가 선비를 기른 지 500년이나 되었는데 나라가 망하는 날 한 사람도 이 난국에 죽지 않는다면 오히려 애통하지 않겠는가. 나는 위로 황천이 내려준 아름다움을 저버리지 않기 위해 길이 잠들고자 하니 진실로 통쾌한 줄 알겠다.

이때 매천 황현의 연치 쉰다섯이었다. 더 살아서 얼마든지 자신이 하고자 하는 일을 할 수 있었을 텐데도 선비의 도리를 다하는 것으로 통쾌함을 느꼈다면, 바로 이것이 '행동하는 지식인'의 참모습이 아니고 무엇이랴.

결국 참선비의 도리는 도덕적 용기를 갖추고 그것을 행동으로 옮겨서 실천해 보이는 것임을 알게 된다.

아버지의 득죄, 아들의 속죄
우장춘의 선택

    역사를 옳게 읽으면 옷깃을 여미게 되고, 역사를 바로 알게 되면 두려움이 생긴다. 또 역사를 바로 살피는 첩경은 '흐름'으로 읽어야 한다는 점이다. 그러므로 역사를 단편적으로 끊어서 이해하면 대단히 큰 오류를 범하게 되기가 십상이다. 역사에는 오묘한 흐름이 있고 엄숙한 법도가 있기에 더욱 그렇다.

    1896년 10월 8일.

    일제는 주한일본공사 미우라三浦梧樓의 지휘로 50여 명의 군인, 경찰, 신문사 사장, 낭인들을 동원하여 조선의 왕비인 명성황후를 시해하는 야만적이고도 잔혹한 범죄를 저질렀다. 이 사건에 연루된 우범선禹範善은 일본으로 망명하였다. 사건 당시 우범선의 공식 직함은 조선군 훈련

:: 을미사변 후 일본 망명시절 우범선 일가의 모습
 – 가운데 어린이는 육종학자 우장춘 박사이며 오른쪽은 일본인 아내 사카이 나카

대 제2대대장이었고 계급은 참령參領이었다.

우범선은 도쿄, 고베를 거쳐 일본 최대이 죠선造船 기지리고 불리는 구레 시吳市에 정착하는 과정에서 일본 여인과 결혼하여 다섯 살 난 아들을 두고 있었다.

1903년 11월 24일, 우범선은 명성황후의 심복과도 같았던 고영근高永根에게 망명지인 일본 땅 구레 시에서 암살된다. 향년 47세였다. 이 사건이 역사와 아무 상관이 없는 개인의 원한이라면 여기서 모든 것이 끝나야 옳지만, 역사의 흐름은 그것을 용납하지 않는다.

우범선이 암살되었던 구레 시의 와쇼 거리和庄町 2079번지는 지금도 흉가 터라 하여 집을 짓지 못하는 빈터(밭)로 남아 있다. 어디 그뿐이랴. 다섯 살에 암살로 아버지를 잃은 어린이가 자라서 육종학育種學의 세계적인 권위자 우장춘禹長春이 된다.

1950년 3월 8일, 우장춘 박사는 아버지의 나라인 한국으로 돌아온다. 어머니의 나라인 일본 땅에 어머니와 아내, 그리고 2남 4녀의 사랑하는 자식들을 남겨 둔 채 혈혈단신 가난에 쪼들리는 조국의 품으로 돌아온 것이다. 이 같은 우장춘 박사의 석연치 않은 귀국에 대해 몇 가지 설왕설래가 있었던 것은 당연하다.

그때 일본에서는 우장춘 박사의 업적을 높이 평가하고 있었다. 그가 원한다면 안락한 연구환경과 가족들과의 행복한 생활을 얼마든지 보장받을 수 있었는데, 그는 왜 모든 것을 버리고 농업환경이 척박하고, 연구시설이 전무한 아버지의 나라, 반쪽의 조국으로 돌아왔을까?

첫째, 반역자로 몰려서 암살로 세상을 떠난 아버지 우범선의 명예를 회복하기 위해서인가, 아니면 자신의 능력을 아버지의 나라에 바침으로써 속죄를 하려고 했는가?

둘째, 농업환경이 열악한 곳에서 육종학을 꽃피우고 싶은 식물학자로서의 야망 때문인가?

일본의 공영방송인 NHK에서도 이 같은 우장춘 박사의 수수께끼를 풀기 위해 쓰노타 후사코角田房子 원작의 논픽션 「두 개의 조국」을 다큐멘터리로 제작하게 되었다. 나는 그 다큐멘터리의 한국 측 리포터로 출연해 달라는 교섭에 응했는데 그 이유는, 첫째는 쓰노타 후사코 할머니에게 이 작품의 사료를 제공하였던 인연을 살리고 싶었고, 둘째는 비록 짧기는 했어도 일본 공영방송인 NHK의 전파에 명성황후 시해사건이 영상으로 담긴다는 사실이 마음에 들어서였다. 그때까지만 해도 일본의 공영방송에서는 일본인 낭인들이 명성황후를 시해하는 장면을 방송하는 것을 금기시하고 있었다.

일본 측 연출자인 오카사키 사카에岡崎榮도 대단한 의욕을 보여서 제작진은 우장춘 박사와 관련이 있는 일본 땅을 두루 섭렵하면서 우장춘 박사의 일본 자녀들과도 모두 만나서 인터뷰를 하게 되었다.

그때마나 나는 똑같이 아버지 우장춘 박사의 느닷없는 귀국이 무엇을 의미하느냐고 물었지만, 자녀들의 대답은 한결같았다.

"글쎄요, 잘 모르겠습니다."

조금은 쑥스러운 웃음을 담으며 그렇게 말했지만, 뭔가를 숨기고 있다는 분위기가 역력하였다. 그러면서도 자료를 제공해 주는 일이나 인터뷰에는 적극적으로 협조해 주었다. 그러나 정작 맏아들은 인터뷰에는 물론 응하지 않았고, 촬영을 하지 않겠다는 조건을 제시해도 만난다는 것 그 자체를 탐탁히 여기고 있지 않는 것이 완연하였다.

:: 우장춘 박사의 자녀들을 취재하는 필자

나는 우리가 생각하는 우장춘 박사와 그 분의 자녀들이 생각하는 아버지 우장춘의 이미지에는 화합할 수 없는 큰 거리가 있음을 확인할 수 있었다.

아내와 장성한 자녀들에게 일언반구의 말도 남기지 않은 채 농업환경이 열악한 아버지의 나라로 돌아가기 위해 밀항자를 수용하는 오무라 수용소大村收容所로 걸어서 들어가는 농학박사 우장춘의 돌연하면서도 비장한 행태를 어떻게 해석해야 하는 것일까?

완성된 다큐멘터리는 한국의 KBS와 일본의 NHK에서 방송이 되었다. 그러나 우장춘 박사의 학문적인 업적은 잘 그렸으면서도 그의 돌연한 귀국을 정확하게 밝혀 내지 못한 아쉬움을 남기고 말았다.

방송이 나간 지 며칠 뒤에 MBC 고문이었던 언론인 최석채崔錫采 선생께서 전화를 주어 우리들이 고민했던 부분에 대한 명쾌한 결론을 내려 주셨다.

뭘 그렇게 어렵게 생각하나. 우장춘 박사가 내게 직접 말했어. 아버님을 대신하여 조국에 속죄하기 위해 가족들을 버렸노라고….

아, 등잔 밑이 어두워도 분수가 있지. 최석채 선생의 명쾌한 해답을 받고서야 나는 우장춘 박사의 일본 자녀들이 보여 주었던 어색한 웃음이 무엇을 의미하는지를 알게 되었다. 그들은 차마 "아버지는 우리를 배신하였습니다"라고 말할 수 없었을 뿐이었다.

아무튼 그 다큐멘터리에 최석채 선생께서 출연을 하였다면 모든 의문이 일거에 해결되면서 보다 명쾌한 작품이 될 수 있었겠지만, 그러나 어찌하는가. 방송은 이미 끝난 다음인 것을. 나중에서야 이 소식에 접한 오카사키 감독도 몹시 아쉬워하는 모습을 보였다.

우범선과 우장춘 박사의 이 기막힌 부자 간의 갈등은 개인사적인 것이지만, 그것은 '명성황후 시해'라는 역사의 흐름과 무관할 수 없기에 역사의 향배를 따르는 필연적인 결과일 것이라고 나는 믿고 있다. 역사를 적은 전적들을 대하노라면 역사서에 등재된 당사자와 후손들의 관계는 단절되지를 않는다는 사실을 알게 된다.

역사에 악명을 남긴 사람들의 후손들은 그 선조로 인해 수백 년 동안 마음 편히 살지 못하는 경우를 얼마든지 보게 된다. 또 그것은 옛 기록에서만 적용되는 것이 아니라 오늘의 일도 그 테두리에서 벗어나지를 않는다.

일제가 무력을 동원하여 조선을 강점했을 때 소위 매국오적이라 불리는 다섯 사람의 대신들이 있었다. 그중의 한 사람이 죽자 그의 후손들은 호화로운 무덤을 만들었다. 그 무덤이 너무 크고 거창하여 지나가는 사람들이 모두 한마디씩 비아냥거렸다.

"대단하네그려, 누구 무덤이지?"

"매국노 아무개의 무덤이 아닌감."

"에이 더러운 놈!"

지나가는 사람들은 모두 무덤을 향해 침을 뱉곤 하였다. 비록 100년도 안 된 사건이지만, 매국노의 후손들에게는 엄청난 고통일 수밖에 없었다. 죽은 사람이야 매국한 대가로 당대의 영화를 누렸으나, 조상의 얼굴도 모르는 자손들에게 무슨 죄가 있는가.

후손들은 그 창피함을 견디지 못해 무덤을 깎아 내어 평평한 평묘平墓로 만들어 버렸다. 죽은 선조에게는 엄청난 불효를 저지른 것이지만, 그로부터 침을 뱉는 사람들이 없어졌고, 자손들은 치욕의 구설수에서 얼마간 해방될 수 있었다. 당대의 악행으로 얻었던 영화가 그 자손들에게 극심한 피해를 주는 것은 역사가 가르치는 준엄한 교훈이다.

나는 이 같은 종류의 역사적 사실을 살필 때마다 역사의 존엄성에 대한 두려움을 느끼곤 하였다. 무엇이 역사를 이토록 엄숙하게 흐르게 하는가. 참으로 오랜 시간을 허비하고서야 나름대로의 결론을 얻게 되었다. '역사를 관장하는 신神'이 있다는 사실을 믿게 되었다는 뜻이다.

역사를 관장하여 그것을 바로 흐르게 하는 신은 종교적인 의미의 신을 두고 하는 말이 아니다. 또 역사를 관장하는 신이 어떤 모습으로 어디에 존재하는 것인지를 입증할 수 있는 능력이 내게는 없다. 그러므로 논리적인 설명은 불가능하다.

그러나 나는 확신한다. 역사를 매만지고, 역사를 보살피며, 역사를 엄숙하고 정연하게 하는 신이 없고서는 역사에서 감동을 얻을 수 없을 것이라고.

지금 우리가 체험하고 있는 크고 작은 일들은 모두가 역사의 울 안에서 생성되고 소멸되는 편린들이지만, 어떤 경우에도 그 여파는 당대에서 끝나지 않고 다음 시대로 이어진다는 사실을 나는 확연히 믿는다.

'역사를 관장하는 신'은 아무리 사소한 것까지도 큰 흐름으로 관장하고 있다. 그러므로 역사를 두려워할 줄 아는 외경심이야말로 세상일을 바르게 살피게 하는 가장 값진 겸손이라는 사실을 알면 눈앞의 실익에 매달리지 않는 지혜를 터득할 수 있을 것이리라.

오가사하라 섬에서

김옥균의 고행

조선의 근대화를 거론하는 것은 조선 근대화의 실패를 확인하는 과정에서부터 시작된다. 여기서 말하는 근대화의 개념은 정신적인 근대화, 다시 말하면 의식의 근대화를 말한다.

조선 민족의 의식혁명을 이룰 수 있었던 절호의 기회를 놓친 첫 번째가 1645년 청나라에서 돌아온 소현세자가 아버지 인조에게 살해된 비극이었고, 두 번째가 이른바 '삼일천하'라고 불리는 김옥균의 정치혁명이 외세의 각축으로 인해 실패로 끝난 일이다.

실패한 쿠데타의 전형과도 같은 김옥균의 뼈아픈 패배는 1884년(고종 21) 10월 17일에 있었던 소위 '우정국'의 낙성을 기념하는 연회장에 안국동에서 불이 났다(방화)는 신호가 날아들면 조선의 근대사를 후끈하게 할 쿠데타의 기치를 올리게 되어 있었다. 그러나 불행하게도 일은 여의치 않았다. 다급하게 된 김옥균은 그 여의치 않은 조건에서 궐기할 수밖에 없었다.

그날로부터 19일에 이르는 3일 동안 피를 말리는 긴장감 속에서 정부를 장악하고, 혁명내각을 구성하는 데 까지는 성공하였다. 그러나 조선반도의 영향권을 포기할 수 없었던 청·일 간의 무력대결이 격화되면서 일본이 밀리게 되자 30대 젊은이들에 의해 주도되었던 조선의 근대적 혁명은 완전 실패로 끝나고 만다.

김옥균, 박영효, 서광범, 서재필 등 혁명의 주역들은 인천항에 피신하였다가 일본의 상선 천세환千歲丸에 몸을 숨기고 망명길에 오른다. 김옥균에게는 죽음으로 이어지는 파란의 여정이었다.

김옥균의 망명생활은 비참하였다. 조선 조정이 그를 암살하기 위한 자객을 연이어 일본에 파견하였기 때문이다. 조선에서 파견된 자객들이 일본의 수도 도쿄를 누비고 다니게 되자, 일본 정부는 김옥균의 존재(보호가치)가 거추장스럽게 된다. 그를 보호한다 해도 더 얻어낼 실익이 없었고, 반대로 그의 과보호는 외교적인 마찰을 빚어 내기가 십상이었다. 그렇다고 김옥균을 거리로 내몰면 조선에서 파견된 자객에 의해 목숨을 잃을 것이 뻔하다.

생각다 못한 일본 정부는 김옥균을 미국으로 보내고자 하였으나, 당사자인 김옥균의 완강한 반대에 봉착하자 궁리 끝에 절해고도인 오가사와라 섬小笠原群島에 보내기로 하였다.

오가사와라 섬은 도쿄에서 남쪽으로 1000킬로미터 떨어진 절해고도에 흩어진 섬이다. 북회기선 바로 위로 부도父島, 모도母島, 형도兄島, 자

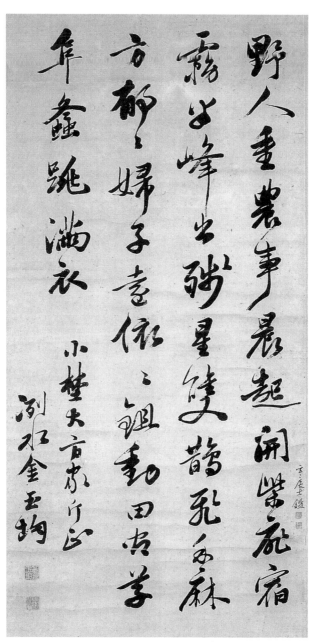

:: 김옥균 金玉均〈五言律詩〉紙本墨書 107.5×52 서울대학교박물관 소장

도姉島 등과 같이 혈연으로 묶여진 듯한 일곱 개의 섬들로 구성되어 있다. 제2차 세계대전 때 미군과 일본군의 혈전장이 되었던 이오시마硫黃島가 바로 이 섬들의 남쪽에 있다.

아무리 태평양 가운데라도 본토에서 1000킬로미터나 떨어진 곳에 사람이 살고 있는 영토(섬이지만)가 있다는 사실은 부러운 노릇이 아닐 수 없다. 1593년, 오가사와라 사타요리小笠原貞賴라는 사람이 남쪽 바다를 탐사항해 하던 도중 무인도를 발견하고 상륙하여 일본 영토라는 팻말을 꽂았다. 그러고도 무려 82년 동안이나 방치하였다가 1675년에서야 비로소 도쿠가와 막부가 섬을 탐사하여 지도를 만들게 된 것을 계기로 명실상부한 일본의 영토가 되었고, 섬의 이름도 처음 상륙한 '오가사와라 사타요리'의 성을 따서 부르게 되었다.

김옥균이 이 섬에 유배된 것이 1886년 당시 도쿄와 오가사와라 섬을 오가는 뱃길은 1년에 단 네 번 있었고, 그나마 돛단배로 21일간을 파도와 싸워야 하는 그야말로 죽음의 뱃길이었다. 오늘날의 호화 여객선 '오가사와라 마루'로도 무려 28시간이나 걸리는 먼 길이라면, 일본의 명치정부는 김옥균이 유배 도중 풍랑에 밀려 죽기를 바랐을지도 모를 일이다.

오가사와라 섬에서 김옥균은 위장병으로 고생을 하면서도 비로소 자유를 만끽할 수 있었다. 그에게는 만만치 않은 학문이 있었으므로 섬의 유지들은 물론 새로 개교한 소학교 학생들까지도 그를 따랐고, 후일 김옥균을 아버지라고 부르면서 상해까지 동행하여 그의 암살현장을 수습하였던 와타 엔지로和田延次郎도 이 섬에서부터 김옥균을 섬겼다.

김옥균의 유배로 인해 오가사와라 섬에 경사가 난다. 17대 혼인보本因坊 슈에이秀榮가 찾아온 것이다. 혼닌보란 에토 시대부터 바둑의 명가로 이름을 떨치던 가문의 이름을 습명(조치훈도 해당된다)하는 그야말로 바둑의 황제를 말한다.

김옥균의 바둑 실력은 프로 초단에 2점 접바둑이었다고 전해진다. 요즘말로 하면 아마추어 3단인 셈이다. 혼닌보 슈에이는 오가사와라 섬에 3개월 동안 머물면서 김옥균의 객고를 위로하였다. 친구의 유배지를 찾기 위해 21일간을 돛단배로 태평양의 파도에 시달릴 수 있다면 이건 우정이라는 말로 설명하기가 어렵다.

김옥균은 그런 슈에이를 위해 시적 산문詩的散文을 지어 친필로 써 주었다. 그 글의 내용은 목숨을 걸고 찾아온 친구의 후의를 정말로 감동적이면서도 아름다운 문투로 적고 있다.

김옥균은 망명지 일본 땅인 북해도, 나가사키, 고베, 미토水戶 등지에 수를 헤아릴 수 없는 족적을 남겼다. 물론 자객에게 쫓기는 몸이기도 했지만, 일본 정부의 강권에 따라 오지奧地를 떠돈 덕분이었다.

그는 조선의 젊은 혁명가답게 일본 정부의 요직에 있는 지도자들과의 유대도 돈독하였다. 육군대신 야마가타 아리토모山縣有朋, 오스미 시게노부大隈重信, 외무대신 이노우에 가오루井上馨, 게이오기주쿠 대학의 설립자 후쿠자와 유키치福澤諭吉 등과도 각별한 우의를 나누었다는 기록이 풍성하게 남아 있다.

김옥균의 '삼일천하'가 일본의 지원에 힘입었다 하여, 혹은 일본 유수의 정객들과 교유가 두터웠다 하여 김옥균을 일본의 사주를 받은 사람으로 매도하는 역사관은 대단히 위험하다.

김옥균은 개명한 선각자이며, 조선의 미래를 설계하였던 내셔널니스트였다고 평가하는 것이 정당한 역사인식이 아닌가 한다.

조선인을 위해 죽은 일본인

요시나리 히로시

일본인들은 상전에 대한 의리를 대단히 소중히 한다. 그것은 그들 나름의 전통이라 할 수 있는 무사도武士道가 있기 때문이다. 사무라이라고도 불리는 무사계급은 상류사회의 지도층에 속하였다.

지도층에 있는 사람들이 섬기고 있는 상전을 위해 목숨을 바치고, 자신의 과실이 인정되면 거침없이 할복割腹(배를 째고 죽는 일) 자결하는 모습이 하류계층의 사람들에게 장렬하고 아름답게 비쳐지는 것은 당연하고, 또 은연중에 소중히 간직하게 된다. 지도층의 언동이 하부계층의 사람들에게 귀감이 되는 것은 이 때문이다. 그런 무사도 정신이 알게 모르게 오늘의 일본 사회를 이끌어가는 중심 기둥임은 재론의 여지가 없다.

일본군 육군 중좌 요시나리 히로시吉成弘는 한국인 왕족인 이우 공李鍝公의 부관 격인 왕공족부무관王公族付武官이었다. 그는 제2차 세계대전이 막바지로 치닫던 1945년 8월 6일 이른 아침, 일본 땅 히로시마廣島에서 원자폭탄으로 인해 세상을 떠난 이우 공의 시신을 수습하고 나서 스스로 일본도로 배를 가른 다음 권총으로 자신의 관자놀이를 쏘아 섬기던 상전의 뒤를 따르는 장렬한 죽음을 택하였다.

한국과 일본의 민족적인 갈등이 극도에 달해 있던 때라는 점에서, 또 전쟁이 이미 끝나 가고 있었던 시점이었으므로 모르는 척해도 그만일 것인데도 그가 조선인 상전을 위해 자결로써 의리를 지켰다는 것은 얼마나 일본인다운 결단인가. 아마도 일본인이 조선인을 위해 목숨을 버린 유일한 사례일지도 모른다.

일본제국이 한국의 국권을 강탈한 이른바 '을사년의 늑약' 이후, 한국의 왕족(특히 어린이)은 하나같이 유학이라는 미명 하에 일본 땅 도쿄에 볼모로 잡혀갔다. 그 대표적인 인물이 왕세자의 지위에 있었던 영왕英王 이은李垠이었고, 고종 임금의 손자인 이건 공李建公, 이우 공 형제도 예외일 수 없었다. 심지어 고종의 총애를 받았던 덕혜옹주德惠翁主까지도 잡혀갔다.

볼모로 잡혀간 왕족들은 남자의 경우, 학습원學習院 초등과初等科를 거쳐 육군유년학교, 육군사관학교를 졸업한 다음, 일본의 왕실이나 귀족의 딸과 강제 결혼하여 평생을 군인으로 살게 되어 있었다.

물론 이우 공도 그랬다. 그는 10세 때인 1922년에 강제로 일본 땅으로 끌려가 학습원에서 수학하고 13세에 육군유년학교를 졸업한다. 이우 공의 동기생들의 증언에 따르면 이우 공은 화가 날 때나 싸울 때는

:: 황실가족 사진 오른쪽으로부터 덕혜옹주, 순정효황후 윤씨, 고종황제, 순종, 영친왕

한국어로 소리쳐서 주위를 놀라게 하였다고 한다.

육군사관학교에 진학을 하고서도 그는 한국인 동기생을 만나면 당당하게 한국어를 사용하면서 조국의 주권을 다시 찾아야 한다는 의지를 거침없이 토로하여 오히려 한국인 동기생들을 두려운 지경으로 몰아넣곤 하였다고 전해지고 있다.

영왕 이은이 일본 황족의 딸(李方子)과 정략결혼을 했고, 형인 이건 공도 일본인 귀족의 딸과 정략결혼을 했지만, 오직 이우 공만은 박영효朴泳孝의 손녀인 박찬주朴贊珠와 결혼을 하였다. 이들의 약혼이 전격적으로 발표되자 일본 왕실에서는 극력 반대하였고, 일왕은 결혼식 16일 전까지도 허락을 하지 않았으나, 이우 공은 군인의 신분이었으면서도 박찬주와의 결혼을 한국인의 의지로써 성사하고야 만다. 당시로는 충격적인 결단이 아닐 수 없다.

이우 공은 육군 중좌의 계급으로 중국에서 근무하다가 일본 땅 히로시마에 있는 제2군 총사령부의 교육참모로 부임해 있었다.

1945년 8월 6일 8시 15분.

히로시마에 원자폭탄이 투하되면서 20여만 명이 순식간에 목숨을 잃었고, 거기에는 2만여 명의 한국인도 포함되어 있었다. 이우 공은 출근길에 참변을 당하였다. 군사령부는 조선 왕족인 그를 찾으라는 작전지시를 내렸다. 홍가와本川에서 발견된 이우 공은 곧 우지나宇品의 선박사령부로 이송되었으며, 생명에는 지장이 없을 것이라는 희망적인 진단이 내려졌다. 밤 10시경에는 히로시마 만의 남쪽에 떠 있는 니노시마似島라는 작은 섬으로 다시 후송이 되었다.

선착장에 도착한 이우 공은 의무관들의 부액은 받았으나 몸소 걸어서 육군 검역소의 장교 휴식소에까지 이르렀다. 이때만 해도 그의 정신은 또렷했고, 주치의들과 말을 주고받을 정도로 상태도 양호하였다고 전해진다. 밤 12시가 조금 지나서 의무관들이 교대를 마치자 그의 용태가 갑자기 악화되면서 고열에 신음하다가 곧 세상을 떠났다. 향년 33세의 아까운 청춘이었다.

요시나리 히로시 무관은 폐허가 된 히로시마 시가지에서 상사를 찾아 헤매다가 니노시마에 후송되었다는 소식을 접하고 단숨에 달려왔으나 애석하게도 이우 공이 세상을 떠난 다음이었다. 이우 공의 유해를 서울로 후송키로 하자 그는 의무관들은 불러 주사로 방부처리하게 하였다. 그 모든 과정을 수발하고 난 다음 요시나리 히로시 중좌는 자결로써 상전에 대한 의리를 지켰고, 일본 정부는 그에게 육군 대좌를 추서하였다.

8월 8일, 이우 공의 유해는 쌍발연습기로 서울의 여의도 비행장에 도착하여 곧 박찬주(1914~1995)와 두 아들이 소개되어 있는 운현궁으로 운구되었다. 박찬주의 애통한 간청으로 관을 열었는데 화상을 입은 부분이 새까맣게 변해 있었다고 전한다.

운명이란 정말 이상하다. 이우 공의 장례식은 8월 15일. 그의 하관식이 진행되고 있을 때, 일왕은 연합국에 대해 무조건 항복을 한다는 저 유명한 옥음 방송을 하였다.

조국의 광복을 1주일 앞두고 가장 훌륭했던 왕족 한 사람이 원폭의 희생자로 참변을 당한 것이었다. 결혼 생활 10년, 어린 두 아들을 가슴에 안고 부군과의 사별을 비통해하던 박찬주는 곧 요시나리 중좌의 비장한 자결 소식을 접하였다.

∷ 영흥군 이우와 박찬주여사, 큰아들 이청(가운데) − 일본 육군 야전포병학교 교도연대 중
대장 시절의 모습이다

그녀는 요시나리 중좌의 미망인에게 애간장을 찢어 내는 위로의 전
보를 쳐서 조선인 상관을 위해 순사한 아름다운 죽음에 눈물의 찬사를
보냈다. 그리고 얼마의 세월이 흐른 다음 다시 위로와 아픔으로 점철된
길고 긴 편지를 보냈고, 한·일관계가 호전된 다음에는 몸소 일본 땅
히로시마로 달려가서 이우 공이 피폭되었던 홍가와에 부군의 넋을 위
로하는 꽃다발을 띄워 보냈다.

　　그리고 요시나리 중좌의 미망인을 만나 두 여인의 가슴에 맺힌 회한
을 풀었다고 한다.

왜, 국사를 가르치지 않는가
나라의 정체성을 살리려면

얼마 전 중국에서 사람을 태운 인공위성이 발사되어 지구를 몇 바퀴 돌고 무사히 기지로 귀환하였다는 뉴스를 접하면서 크게 감동했던 기억이 아직도 생생하다. 감동의 원인은 아주 간단하다. 일인당 GNP가 1000달러를 조금 넘었으니 후진국으로 분류되어야 마땅한 중국이 그와 같은 우주과학을 과시하고 있다면 경제이론만으로는 설명이 불가능한 일이겠지만, 국가경영이 꼭 경제논리만으로 되는 것이 아니라는 사실을 명백하게 입증해 주었기 때문이다.

중국 정부는 자신들이 당면한 가장 시급한 과제를 다음 네 가지로 공식발표한 일이 있다. 첫째 13억 인구가 밥 먹고 사는 일이며, 둘째 빈부의 격차를 해소하는 일이며, 셋째 부정과 부패를 척결하는 일이며, 넷째 모든 규제를 철폐하는 일이라고 천명한 것이다. 그러면서도 중국 정부가 천문학적인 예산을 들여서 추진하고 있는 프로젝트는 그 시급한 네 가지 과제와는 아무 상관이 없는 우주산업과 동북공정東北工程이다.

중국이 우주산업에 박차를 가하는 것은 미국과 함께 세계의 초강대국이 되는 기본조건을 갖추고자 하는 일이며, 고구려 역사가 중국의 변방사임을 강조하는 동북공정에 열을 올리는 것은 적어도 30년 또는 50년 뒤를 내다보는 국가 비전을 설정하고, 그 목표를 달성하기 위해 프로젝트를 운영하고 있다는 뜻이 된다.

일본의 경우도 다를 바가 없다. 일본 정부는 자국의 청소년들에게 그들의 정체성을 확립시키기 위한 역사교육을 강화하고 있다. 그런 역사인식으로 씌어진 역사 교과서(비록 검인정이지만)를 우리는 왜곡된 교과서라고 비난하면서 개정해 주기를 강력히 요청하였다. 그러나 일본이 우리 입맛에 맞추어 왜곡된 교과서를 고쳐 주기를 기대한다면 그 또한 망상에 불과하다.

이런 주변국가의 역사인식에 비한다면 우리는 나라의 정체성을 확보하고, 적어도 30년 내지 50년 앞을 내다보는 국가 비전이 무엇인지, 곧 찾아 올 21세기의 격동기를 어떻게 헤쳐 나갈 것인지에 대한 프로젝트의 운영은 고사하고 당장 시급한 국사교육까지 소홀히 하는 정신적 공황에 허덕이고 있다.

한국의 초등학교에서는 국사를 가르치지 않는다. 대체 세계 어느 나라가 자국의 초등학생들에게 역사를 가르치지 않는지 물어보고 싶다. 세계에서 유일하게 제 나라 역사를 가르치지 않는 한심한 지경을 연출하고 있는 것이 우리의 교육인적자원부라는 곳이다. 그렇다면 중학교

:: 민족교육에 사용된 교재들 – 일제의 식민지 노예교육에 대항하여 이러한 교재들이 야학, 사설
강습소 서당 등에서 사용되었다. 국외로 망명해 있던 박은식은 한국의 뼈아픈 역사 〈한국통사〉
와 한국독립운동의 피로 쓴 역사 〈한국독립운동지혈사〉 등 그가 지은 책의 제목에서 엿볼 수
있듯이 일제의 식민사학에 대항하여 민족의식을 고취했다.

에 진학하면 국사를 가르치는가. 놀랍게도 우리는 중학교 1학년 학생들에게도 국사를 가르치지 않는다. 이 무슨 황당한 노릇인지 정말 알 수 없다.

우리 청소년들이 국사 교과서와 처음 만나게 되는 것은 중학교 2학년이 되어서다. 그로부터 고등학교 1학년 때까지 배우면 또다시 국사교육은 흐지부지 되고 만다. 고등학교 2학년이 되면 문과와 이과로 갈라지면서 이과에서는 아예 국사를 가르치지 않게 되고, 문과에서는 국사가 선택과목이 되어 배우고 싶지 않으면 안 배우면 되기 때문이다.

더 놀라운 것은 중학교를 졸업하고 특목고(외국어학교 등)를 지원해야 하는 학생들은 영어학원에 가서 미국의 역사를 영어로 배워야 한다. 이 무슨 한심한 작태란 말인가. 공교육에서 국사를 소홀히 하게 되면서 우리의 청소년들은 국사를 한 줄도 읽지 않아도 대학에 진학할 수 있게 되었다.

나라의 엘리트를 선발하는 사법고시는 어떤가. 여기도 국사는 선택과목으로 밀려나 있다가 1997년 아예 사라져 버렸다. 이처럼 국사를 모르고서도 판사가 되고, 검사가 되고, 변호사가 될 수 있는 것이 우리의 현실이다. 2005년 2월 25일 시행되는 외무고시 1차시험을 마지막으로 국가 고급공무원 시험에서 국사과목은 완전히 폐지된다. 일본대사가 서울 기자회견에서 "역사적으로 독도는 명백한 일본 땅"이라고 주장할 때 우리는 마지막 국사시험을 치르며 역사 교육의 위기를 자초하고 있는 것이다.

세계에서 제 나라 국사를 모르는 사람들에게 법원을 맡기고, 정부를 맡기고, 또 지식인의 대열에 끼어 주는 나라가 우리 말고 또 있는지 교육인적자원부에 묻고 싶다. 물어 본다 해도 잘 가르치고 있다는 대답이 나올 것이 뻔하다.

이 어처구니 없고 한심한 현실에 대한 정부 고위인사의 해명은 우리를 더욱 참담하게 한다. '수능시험에 시달리는 고등학교 학생들의 짐을 덜어 주기 위해서는 한 과목이라도 더 줄여야 하기 때문'이라고 한다. 더 기막힌 대답도 있다. '국사를 가르치면 국수주의적인 사고방식을 길러 주게 되어 세계화에 역행한다'는 말도 거침없이 토해 낸다. 터무니없는 대답은 또 있다. '국사는 세계사의 한 부분이므로 꼭 세분하여 가르칠 필요성을 느끼지 않는다'고도 한다.

국사교육을 소홀히 하면 나라의 정체성이 무너진다. 정체성을 확보하지 못한 나라는 생활이 풍족하다 해도 선진국이 되지 못한다. 지금 우리의 경우가 그렇다. 40대의 젊은 역사학 교수들이 '역사 교과서의 해체를 위한 심포지엄'을 개최하기도 하였다. 고구려 역사가 동양사의 일부이므로 굳이 우리 것이라고 주장할 필요가 없다는 학자들도 있다. 아무리 형편없는 나라라도 그렇지, 이런 사이비 지식인들에게 청소년들의 교육을 맡겨 두어도 나라의 앞날이 괜찮을지 심각히 생각해 보지 않을 수 없다.

이런 판국인데도 정부에서는 2만 달러 시대를 열어 가자고 열을 올린다. 결단코 말하거니와 지금과 같이 천박해진 세태로는 2만 달러 근처에도 갈 수 없다. 이 참담한 현실에서 벗어나기 위해 우리가 당장 해야 할 일이 무엇이겠는가. 수출인가, 외자 유치인가, 정치개혁인가. 그 어느 것도 정답이 될 수 없다.

세계은행의 예측에 따르면 2020년이면 중국 경제가 미국을 추월할 것이라고 한다. 그때 한국은 세계 최강인 중국과 일본 사이에 끼인 샌드위치가 될 것이라는 불길한 예측도 이미 나와 있다.

2020년 무렵의 한국은 누가 이끌어 갈 것인가. 두말할 것도 없이 그때의 30대가 주도하게 된다. 21세기의 격동기인 2020년경에 한국을 이끌어갈 30대의 핵심적인 인재들은 지금 어디에 있는가. 그들이 바로 초등학교 상급반 어린이들이다.

그 어린이들에게 국사를 가르치지 않고, 민족의 정체성이 무엇인지를 깨닫게 하지 않고서도 살아남을 수 있는 방도가 있다고 생각한다면 이만저만한 착각이 아니다. 정부가 지금 당장 서둘러야 할 것은 우리의 정체성을 바탕으로 한 정신적 근대화에 나서는 일이다. 오직 그 하나로 피폐할 대로 피폐해진 이 정신적 공황에서 헤어날 수 있다.

지금까지는 우리 것을 내다버리는 것을 자랑으로 삼았을 뿐, 우리의 본바탕에 흐르는 정체성이 무엇인지를 논증하는 일에 너무도 소홀하였다. 이른바 세계화라는 외형에만 요란을 떨었지 국가의 웅비에 대비하는 프로젝트를 운영할 궁리는 전혀 하지 않았다는 뜻이다.

공교육에서 국사를 가르치지 않는 사태가 앞으로 5, 6년 더 계속된다면 우리는 국사를 배우지 않은 대통령을 선출하게 될지도 모른다. 그렇게 되면 3백여 명의 국회의원도 국사를 모르는 사람들로 구성될 것은 뻔한 노릇이다.

국사를 배우지 않은 대통령이 국사를 모르는 국무위원들과 모여 앉아서 민족의 정체성을 운운하는 코미디가 펼쳐질 날이 멀지 않았다. 그런 끔찍한 광경이 눈앞에까지 다가와 있는데도 국사를 가르치지 않으려는가.